絕 ゼツエン 緣

威瓦・勒威瓦翁沙
郝景芳
亞非言
村田沙耶香
拉先加
阮玉四
鄭世朗
連明偉
韓麗珠

邱香凝 譯

致那些斷絕與連結

鄭世朗

最初受邀的內容，是問我是否有意願與同時代的日本作家一起寫一本書。我非常高興，這是個勾起創作意願的提議。說也奇怪，每當我沮喪時，經常想起鄰國的作家及文化人們。韓國與日本的文化界從以前就一直珍愛對方，無論外交氛圍再險惡，我們仍交換親密訊息，彼此交換調皮的眼神，像是在說「儘管這些那些努力都泡湯了，我們還會見面吧」、「等狀況變好了，就立刻重啟現在暫停的那些事吧」。還記得當我為日本反韓情緒蔓延感到憂慮時，日本的文學家們站出來發聲的事。這樣的友情要是能拓展到全世界，一切將變得多麼美好。每次看到令人心情黯淡的新聞，我都會這麼想。因此，我決定將自己已體驗過也非常珍惜的堅定友情範圍向外擴大。於是，不只韓國和日本，亞洲各地許多作家爽快答應加入這個企畫，一起寫下了這本書。真的非常感謝大家。我早就想這麼做了，只是一直在等待執行的夥伴出現。

和眾多作家一起創作相同標題的小說，該選哪個主題才好呢。這確實是個快樂的煩惱，不過我腦中倒是很快浮現了「絕緣」這個主題。這個詞彙以濃縮的方式表達了我們時代的氛圍。在這個瞬息萬變的世界，人們隨時被迫面臨價值觀的判斷，也反覆經歷著別離。到哪裡為止還算健全的糾結，從哪裡開始已是難以挽回的決裂，每個人的基準肯定都不相同吧。有些人大聲喊出了他的絕緣，有些人的絕緣只默默發生在自己的內心世界。「絕緣」這個簡短的詞彙透過每一位作家詮釋後，將變化成如何豐富的內容，真教人期待不已。願這些關於絕緣的故事能夠成為某種刺激，幫助人們割除腐蝕的事物，找到更強烈的連結。

衷心感謝跨越語言差異與空間距離，促成這本書誕生的每一位人士。這顆珍貴的果實如今終於成熟，我將輕輕摘下，獻給各位讀者。若您能從中感受到來自鄰近或遙遠國度的各種香氣，那就太棒了。

二〇二二年夏　於首爾

目次

無

無

村田沙耶香

村田沙耶香
むらた さやか
MURATA SAYAKA

一九七九年生。二〇〇三年首次投稿小說《授乳》獲得群像新人文學獎優秀作品獎，正式於文壇出道。二〇〇九年以《銀色之歌》拿下野間文藝新人獎，二〇一三年以《白色街道的那根骨頭的體溫》獲得三島由紀夫獎。二〇一六年獲得芥川龍之介獎的《便利店人間》翻譯超過三十種語言，於全世界累積發行超過一百萬冊。此後，出版《地球星人》、《生命式》、《丸之內魔法少女蜜拉克利娜》、《信仰》等作品，不斷為讀者呈現嶄新的世界觀。

▲

「我女兒說她將來想當『無』，真傷腦筋。」

戶川太太嘆著氣這麼說。現在是公司的休息時間，今天難得和好幾個同事一起到附近新開的蕎麥麵店嘗鮮。

「啊，『無』嗎？最近好像又增加了不少呢。」

「真的很困擾。她不去補習，連學校也不去了，說什麼都聽不進去，頑固得拿她沒辦法。」

戶川太太個性老實，似乎真的非常擔憂女兒的將來。她比我小十歲，屬於「尋求穩定單純世代」那個年齡層，或許因為這樣特別容易煩惱。

「年輕孩子在想什麼真的不知道——白倉太太家的呢？上次說找到工作了？」

「是啊，我女兒該說是精明嗎，算是做事頗有要領，很快就能做出決定那種類型。」

「真令人羨慕，多希望我家孩子也能活得踏實點。」

戶川太太低下頭。

以計時人員方式來打工的九條太太則是比我大幾歲的「過剩浪費快樂世代」，她樂觀地說：

「哎呀，總會有辦法的啦，就算成為『無』也不可能持續太多年，只有現在會那樣而已——」

「公司旁邊多了一個『無街』，妳們聽說了嗎？真討厭，為什麼不去找個不被看到的地方，集中住在那裡就好啊。畢竟也有像我女兒這樣受到影響的孩子啊，這樣說雖然有點那個，但『無街』的治安真的很差……」

「令嬡幾歲了？」

「十二歲，小學六年級。最糟糕的是，我女兒好像去找導師商量，結果導師好心告訴她許多關於『無』的事。當導師可輕鬆了，不用考慮孩子的未來，只要顧眼前的事就好。這麼一來，孩子們還很崇拜他，說他是好老師，自我感覺一定很好吧。問題是，他又不負責孩子們的一輩子。我也想過要向校方抗議，但琴音……啊，這是我女兒的名字，她心意已決，說是認真考慮將來要成為『無』。」

「真教人擔心啊。『無』這種事，我們這個時代的人根本難以想像！」

「就是說啊……」

我看著窗外出神。附近高樓林立，看不到東京鐵塔。即使如此，此刻東京鐵塔依然牢牢與我連結。來自東京鐵塔的電波在我體內攪動，我的內心緩緩升起一股憐憫的情緒。我跟隨那股情緒，微微瞇起眼睛，打從內心體恤戶川太太，心痛地凝視著她。

孩提時代，我曾問母親：「媽媽我問妳，高興或悲傷的心情是從哪來的？」

那是從白天幼稚園老師唸給我們聽的繪本學來的話。那本繪本講述在天上飛來飛去的小嬰兒妖精對太陽公公和雲朵提出問題的內容。裡面，小嬰兒就問太陽公公說：「噯，高興或悲傷的心情是從哪來的？」太陽公公溫暖地照耀著小嬰兒，回答：「摸摸你的胸口，心是不是正溫暖地跳動？那些情感就是從你溫暖跳動的『心』來的喔。」我心想，真是無聊的繪本。環顧四周，已經有小朋友聽膩了，開始玩起玩具，還有人在挖鼻孔。幼稚園老師大概察覺我們反應冷淡，一邊挑選其他繪本一邊說「我最喜歡這本繪本了呢」、「不過說得也是，對大家而言可能還太早了點」。是喔，原來大人喜歡這種繪本喔。我這麼想，打算回家跟媽媽分享，讓她開心一下。

正在準備晚餐的媽媽似乎沒聽見我的聲音。我再大聲問一次：「媽媽我問妳！高興或悲傷的心情是從哪來的？」

煮著晚餐要吃的咖哩飯，媽媽回頭怒吼：

「東京鐵塔啦！」

我大受衝擊。咦，為什麼？怎麼做的？儘管我如此陷入混亂，從媽媽的背影感受到「別再跟我說話了」的無言壓力，什麼都無法再問出口。

那天的咖喱飯吃來索然無味。雖然怕被媽媽罵，我還是剩下超過一半沒吃。悶悶不樂地想著，現在這種情緒也是從東京鐵塔傳送過來的嗎。這麼一想，就睡不著了。

隔天，我從幼稚園繪本區的「漫遊世界繪本」系列找出「日本」，熱切地注視著頁面上的東京鐵塔。

紅色與白色管狀物交纏的模樣，的確和家附近的房子或大樓長得不一樣，看上去更像「人體奧妙」系列繪本裡的血管。

從此之後，每當我看見電線桿或電線，就會產生「那裡面也有情感流過呢」的感覺，只要在電視上或繪本裡看到東京鐵塔，我就害怕得想逃。一想到這種「恐懼」的心情或許也是東京鐵塔做出來的，我更不知道自己還能相信誰了。

那段時間，通學路上到處都設置了監視鏡頭，使我確信自己的想法沒錯。我們一定都活在這些鏡頭的監視下，情感才能呼應當下的狀況，當場流入體內。仔細一看，校園裡或車站月臺，到處都有監視鏡頭，捕捉著我們驚訝、悲傷或歡笑的身影。

我就這樣上了國中，當時流行一股「綠色女孩」風潮。大家都擦上綠色指甲油，把頭髮染成綠色，穿上綠色的流行服飾，連口紅、眼影和腮紅都偏綠。

雖然是一股奇妙的風潮，不知為何，我自己也在衝動驅使下打扮得一身綠。看到綠色的商品，內心就會湧現想擁有的欲望，花光壓歲錢拚命買下綠色的飾品和包包。

「為什麼會想要這種東西啊？」

看到我脫在玄關那雙新的綠色球鞋，母親這麼嘆氣。我在心中怒吼：「都是東京鐵塔害的啦！」我也不知道為什麼會這樣啊。所以，大概是東京鐵塔的錯吧。要不是那個東京鐵塔把名為欲望的情感注入我心裡，我怎麼會這麼想要綠色的東西？

上大學時，「綠色女孩」退流行，開始一股新的「喪服女孩」風潮。穿上黑色套裝、黑褲襪，戴上念珠，身穿喪服搭配樸素妝容的打扮大大流行。我把綠色的衣服全部丟棄，跑去買念珠飾品和散發燒香氣味的香水。

大學裡有做各種打扮的人，但是穿喪服的女生還是最多。

「我們帶動了這個國家的經濟成長呢。」

在漢堡店裡和大家一起打開網購頁面，預約人氣品牌新出的奠儀白包造型皮夾時，其中一個女生這麼說，大家一起點頭。

「我懂！要是流行一直沒改變，我就不用打這麼多工，把收入全都拿來買東西了。」

「那些綠色的衣服，現在覺得好丟臉，都不敢穿了嘛。」

是啊，我們一定是被操控來刺激經濟發展的吧。當時我這麼想。所以才會如此難以抗拒內心購物的衝動，花錢買下這些東西。

我在當喪服女孩時交的男朋友，同樣無法抵抗東京鐵塔注入的「大學男生專用流行」，把打工賺來的錢全用來購買時下最流行的高級襪子。獨立廠牌的小眾襪子一雙就要好幾萬円，穿到破洞之後還拿去請專門業者修補，珍惜著繼續穿。

他說「要不要去東京鐵塔約會？」時，我內心非常恐懼。這個人難道是想去向不斷從自己身上貪取金錢的東京鐵塔復仇嗎？

他穿上珍藏許久的二十年骨董老襪，我也穿上一身流行的喪服，兩人前往東京鐵塔。我盡量不去看東京鐵塔，小心不讓自己沐浴在東京鐵塔的電波下。自己的人生是如此受到東京鐵塔操控，我不敢近看它。

「好厲害呢，從這裡發出的電波不僅向全日本的電視傳送訊號，還發電供應整個日本，包括智慧型手機的訊號和我家的 Wi-Fi 在內，全都是從這裡傳送出去的呢。」

他這麼喃喃讚歎。

欸？什麼啊？是這樣嗎？我聽得一頭霧水，回家上網查了才確定是男朋友搞錯。不過，我錯得更離譜。可是，我無論如何都沒辦法只把東京鐵塔看成普通的電波塔。

我想起在東京鐵塔裡看見一道似乎通往地下的階梯。那道階梯下方一定有個很大的地下室，所有的「情感」都是在那裡製造出來的吧。和愚笨的我不一樣，一定有很多菁英在那裡工作。製造怎樣的情感，注入怎樣的人心中，才能有效帶動經濟發展或繁殖剛剛好的人口，這些都在那裡經過完美的計算。這麼一想的同時，「感謝」的情緒注入體內，心臟一陣緊縮。

大學畢業後，我在東京找到工作，開始獨自生活。無論公司或家裡，東京鐵塔都透過監視鏡頭凝視著我。

二十五歲左右，像是算準時機似的，東京鐵塔把「戀愛感情」、「發情」、「孤獨感」等情感注入我心中。在這些情感驅使下，二十五歲那年，我跟同公司的男性結婚，因應丈夫的要求，很快生了孩子。

今年就要五十一歲了，我暗自將自己年齡相仿的世代稱為「富裕自然世代」。每個世代都有每個世代流行的生存之道與特徵，我喜歡在心中偷偷幫這些世代取綽號。我對比自己大的「過剩浪費快樂世代」心理難以理解，這個世代對乍看之下無法獲得快樂的奢侈消費行為不買單，像九條太太就常說「妳這樣太無聊了！人生就是要享樂！」相較之下，看在「尋求穩定單純世代」的眼中，我又是那種會浪費錢買無謂高價裝飾型家電的人，戶川太太就曾驚訝地說「欸？妳買了那個喔，真厲害。」

我女兒上了大學那陣子，社會上開始流行一種叫「無」的生存之道。我在心中暗自稱女兒那個世代為「『無』世代」。過去，流行的個性或生存之道大概每隔五、六年更迭一次，不知為何只有這個「無」的風潮拉得特別長，一直看不到結束的徵兆。不過，風潮始終是風潮，總有一天會結束，然後再次流行另外一種完全不同的生存之道吧。

現在我們「富裕自然世代」正崇尚花錢取得的自然風格。雖然我不知道為什麼不讓所有人流行同一種生存之道，而是每隔幾年就換一種流行。或許因為這樣比較好操控，或是更容易計算行動模式，提高經濟效果，總之一定有什麼聰明人才想得到的理由。

我頭腦不好，跟著頭腦好的人做準沒錯。我只要淡然活在他們大致規劃好的世界裡就好。

丈夫二十五歲左右就跟上「沒朋友角色」的風潮，至今也一直維持這樣的個性，過著在手遊上花了不少錢的生活。每次看到丈夫的手機帳單明細，我都佩服地想「果然順利刺激了經濟發展呢」。

今天東京鐵塔也一樣凝視著我們，將情感注入我們之中，將流行注入我們之中，掀起某種生存之道的風潮，靈活操控眾人。眼角餘光瞥見那橘紅色的光芒，我在心中道謝，今天也辛苦你了。夜裡醒來時，東京鐵塔仍不眠不休，將迎向明日的喜悅注入這個女兒離家後變得安靜的公寓。

我為在東京鐵塔地下室持續工作的聰明人們祈禱。感謝他們今天也操控了我。彷彿像是要將我的祈念傳送過去，東京鐵塔今天依舊閃閃發光，即使視線低垂，強烈的光芒依然能夠傳入眼底。

「奈奈子有沒有跟妳聯絡？」

正在準備晚餐，丈夫突然這麼問，我感到困惑。

「咦？怎麼了嗎？沒特別聯絡啊。」

「不，沒有就算了……」

丈夫低聲嘀咕。

事實上，女兒奈奈子偶爾會跟我聯絡。

當時還是大學生的奈奈子，有天突然說「我要成為『無』」就離家出走，至今已經超過五年了。

我不是很清楚「無」到底是什麼，原本以為是把智慧型手機之類與「無」呈現兩極的東西都丟掉。然而，因為丈夫曾以強硬手段拖回女兒，所以現在，為了怕出什麼新的差錯，我得多注意一點才行。

雖然也會埋怨為什麼事情都是我在做，萬一出了什麼麻煩，我自然也會受波及，正因如此，就算不情願也只能姑且幫女兒的忙了。

女兒離家後，丈夫更加沉迷手機，整個人幾乎活在手機裡。為了不讓宛如行屍走肉的丈夫肉體消亡，我供他食物，打理他的日常生活，為他洗衣打掃。因為有體力上的問題，無法做全職，但我還是出門工作。像個奴隸為公司勞動時，我才得以忘記自己是家庭奴隸的事實。

丈夫一定也疲於面對東京鐵塔吧。發洩東京鐵塔注入體內的情感，跟隨世間流行，時而浪費，時而勞動，時而繁殖。這些來自東京鐵塔的祕密指令，或許也讓丈夫很痛苦。

「那孩子現在處於『無』的期間內啊，說不定已經放棄手機了。」

「也對……真是的，竟然染上『無』那種無聊的東西……」

丈夫恨恨地嘆氣。

他自己還不是跟著流行養成了現在的個性，過著自己那個世代典型的人生，為什麼這麼反對女兒的生存之道，我真是不懂。

我的「綠色女孩」或「喪服女孩」、「富裕自然」，到了女兒的世代就變成了「無」。雖然和自己的世代相比，我也覺得那樣的流行太單調又無聊，無法理解哪裡有趣，但在流行「無」的時候選擇作為「無」而活，不是最開心的一件事了嗎？

我度過了自己這個世代典型的童年和青春期，擁有這個世代人典型的價值觀，談了這個世代典型的戀愛也走入典型的婚姻，過著我這個世代典型的人生。我有自信，要是換成活在別的世代，一定也會成為那個世代的典型範例。所以，女兒選擇過她那個世代典型的人生，我是一點都不覺得奇怪。

「性格這種東西也是有流行趨勢的呢。」

在餐廳裡聽到從幼稚園至今的朋友亞子突然這麼說時，我差點激動起身。倉促之間急忙大力點頭。

「嗯，我超懂妳的意思，沒錯。」

「嗯嗯，除了個性，生存之道也有不同的流行趨勢吧？短一點的五年，長一點的流行個十年，進入下個流行的人就會活在不同的世界觀中了。」

亞子和我都是典型的「富裕自然世代」。當然一定有人過著比我們更富裕的自然生活，同個世代裡沒能過上富裕自然生活的人也很多。我認為我和亞子運氣都很好，還算能過上典型的富裕自然生活。

「這都是東京鐵塔注入我們之中的吧」，這句話，我沒能說出口。可是，我認為亞子應該也隱約察覺了才對。要不然她就不會刻意提這話題了。

現在，伴隨著身體內血管蠢蠢欲動的感覺，「高興」的情緒正被注入我的體內。

亞子用塗著透明指甲油的漂亮指尖撥弄一頭沒有染過、充滿光澤的頭髮。

「我們這個世代，十幾歲時流行綠色女孩，之後又掀起喪服女孩的潮流，之後大部分人都轉而追求自然了吧？二十幾歲那時好流行自然風格，大家都想用自然的面貌和朋友相處，找尋能讓自己坦然展現天然自我的對象結婚，生了小孩也要當個走自然風格的媽媽，認為過著寬裕又自然的生活最好，也非得以此為目標不可。」

「就是說啊。雖然追求自然，其中要是沒有成年人的奢華享受，好像又少了點什麼。所以看到我女兒那個世代流行『無』，還真是不太能理解。」

「對對對，就算突然跟我說什麼『無』，我也霧煞煞啊。話說回來，美代妳還真就這樣接受奈奈子成為『無』啊？」

「欸？因為彼此活在不同世界觀下啊。所謂不同世代的人，就代表世界對我們人生故事的解讀不同吧？」

聽了我說的話，亞子像是很困惑，先是停頓了一下才又說：

「美代……放任到這種程度是不是太過分了點啊……嗯，我認為其實妳心裡很氣奈奈子吧，不是嗎？」

亞子的反應讓我瞬間明白，她根本不知道東京鐵塔的事。

「或許……真的，只要一想到奈奈子我就好憂鬱。」
故意嘆口氣給她看。
「總有一天，奈奈子一定也會明白美代的心情。」
「是啊，現在只能等了。啊，抱歉，話題變得這麼灰暗。」
「沒事沒事！美代，妳還好吧？擔心女兒是理所當然，但也要珍惜自己的時間，輕鬆面對比較好喔！」
湊過來看我的亞子塗著灰色的口紅。看到那個我心想，啊，跟我上次買的顏色一樣。即使分隔兩地，我們依然接收著相同訊號。
我們也透過物質在對話。跟亞子一樣淺灰的口紅，只輕輕拉一點眼線，塗上透明睫毛膏的眼妝，擦了透明指甲油的手指戴一只小小的戒指。一看就知道材質高級的毛衣，脖子上不戴項鍊，但是會珍惜地佩戴骨董手錶。
我和亞子各自結婚後就幾乎沒有碰面，彼此住在搭電車也要一小時才會到的地方。我在東京，亞子在神奈川，兩人過著相似的人生。同樣完美體現「富裕自然」的生活，上個月我去過的溫泉旅館，下個月亞子打算去，亞子喜歡的餐廳，是我常去買外帶的地方，我們在各個地方接觸到彼此的生活，擦身而過，感覺就像擁有相同體驗。某種意義而言，比起丈夫，亞子生活在與我更相近的時代，走在更相同的人生道路上。

「對了，最近在考慮要不要買營養水製造機。」

「啊，我家也是！我想在營養水裡加鑽石α膠原蛋白，但有這種機型的廠商不多，看來或許再等一陣子比較好。」

「我懂我懂，還有就是希望廠商推出方便維修的機型。」

就連正在苦惱要不要買的東西也一樣，有時我會想，和我生活在一起的其實不是丈夫，應該是亞子及無數同世代的典型範例才對吧。

「可是，繼續這樣不和奈奈子見面好嗎？」

育兒方式也有不同的流行。亞子一直維持「和女兒不過度親密，自在相處的關係」。對我們來說，和孩子的相處模式未必跟孩子們身處世代流行的生存之道一致，為此總是十分苦惱。

「亞子，你家孩子周遭不流行『無』嗎？」

「流行啊，我家孩子還是國中生，每天都在吵架！可是我絕對不會讓他們成為『無』的！穿著打扮或吃的東西想趕流行無妨，要是連大學和就職都跟隨流行，以後會很辛苦！」

我暗忖「是嗎？」，我們到現在不都還跟著流行走嗎。雖然這麼想，但沒說出口，只是點頭回應「說得也是」。

「我們這麼為女兒們的幸福著想，她們還那麼叛逆，這個媽我真是做不下去了。」

「哈哈，真的。」

隨口答腔，我對跟我走著相同人生道路的亞子微笑。為了不讓我們脫離「典型的人生」，東京鐵塔現在也還不斷透過各地的監視鏡頭凝視我們。

回到家時，丈夫還沒回來。我正要進廚房準備晚餐，又不經意地在浴室旁的那扇門前停下腳步。那裡原本是女兒的房間，現在已經沒人住了。

打開門，屋裡的東西維持她離家時的模樣。這是丈夫的堅持。

女兒總把我當下人使喚，現在她不在，我還真樂得輕鬆。

生孩子雖是出於丈夫強烈的要求，但更大的原因是，我想生下未來能照顧我，類似活家電般的存在，這樣以後才會比較輕鬆。簡單來說，我想要為老後的自己準備好家畜。那隻家畜就是女兒。

沒想到，生了之後卻是我變成家畜。對丈夫而言，我雖然老舊骯髒，但能用來發洩性欲，放著不管還會自己做家事，換句話說就是肉體工具。女兒雖然不會拿我發洩性欲，稍微長大一點後也理所當然地開始使喚我。不過，「總有一天女兒也會成為服侍我的工具」，這個念頭成了我支撐下去的唯一動力。

然而，一旦成為「無」，女兒就不再是我們的家畜了。

只有一次，在女兒上高中時，我試著找律師事務所諮詢是否能合法要求孩子簽下「將來絕對會照護父母」的契約。因為只是在匿名留言板上諮詢，無法確定回答的人是不是值得信賴的法律專家，但對方嚴厲地斥責了我一頓，我馬上就登出網站了。

要是老後得不到女兒的照護，只會一輩子受她使喚的話，說不定讓她成為「無」還比較好。我心想，幸好當時流行的不是所謂「像朋友的親子」之類過度親密的親子關係。

想著這些事時，我求助地望向平時因為恐懼而不敢正眼直視的東京鐵塔。

為什麼。

為什麼東京鐵塔不把「母性」注入我的身體呢。

生女兒的時候，我理所當然地以為，東京鐵塔會像平常那樣把「母性」注入我的身體。可是，或許因為東京鐵塔必須為太多人製造情感，一時之間忙不過來也說不定，又或許是監視鏡頭漏了我破水的那一刻。無論等多久，我都接收不到東京鐵塔傳來的訊號，「母性」遲遲沒有注入我的身體，取而代之的只有怨念。

關上女兒留下許多物品的房門。老實說，我本來想拿這間房當儲藏室，但又怕太刺激丈夫，只好先維持原狀。我暗自心想，人都不在了還這麼礙事，這算哪門子的「無」啊。

這時，我凝視東京鐵塔。只要看到那支配了我的光，我就能放棄各種事。全都是東京鐵塔的錯，所以沒有辦法。這麼一想，什麼事都變得無所謂了，我得以擁有非常平靜的心情。

會帶戶川太太的女兒琴音去女兒居住的「無街」只是出於偶然。因為我知道不同「世代」的人無法理解「無」，對「無」有很多怨言，所以不打算讓公司的人知道女兒住在「無街」的事。只是，一個為了成為「無」而辭去工作的年輕女同事預計要去住的地方，正好是女兒在「無街」裡住的那一區。女兒的事就這樣被她知道了。

我當然有要求她保密，所以也不知道事情到底是怎麼傳出去的。總之，戶川太太跑來對我說：「那個，要您說出不想說的事情，我也真的非常抱歉……」聽到她接著說：「我知道白倉太太您女兒成為『無』的事情了。」，我也只想著「喔，被發現啦」，沒想到她又說：「我知道這麼做很厚臉皮，但我希望能讓女兒看看『無』的生活到底有多嚴苛，好讓她打消成為『無』的念頭。」

聽到這裡，我才真的訝異於她臉皮之厚。

那個總是低調內斂，對誰都過度順從到令人擔心的戶川太太，遇到跟女兒有關的事時這麼沉不住氣，真是教人意想不到。就我看來，戶川太太的個性也是她們那個世代的典型，她選擇了符合那個世代典型的生存之道。明明只是不同世代之間「典型的人生」不同，她卻搞得這麼拚命，我不由得同情起戶川太太的女兒琴音，她一定覺得很困擾吧。

雖然奈奈子意外爽快答應讓琴音去參觀，我可是一點都提不起勁。難得的假日，又要因女兒而毀掉了。

走出陽臺，我凝視平常刻意不看的東京鐵塔。

總是呈現近乎紅色的橘紅鐵塔，今天散發藍色的光芒。

現在開始也好，請從那邊向我注入「母性」吧。我想自己這輩子是註定要當家庭裡的家畜了，但是若能擁有母性，在這受盡踐踏的日常中，或許還能感受到一絲喜悅。

在那底下工作的成群聰明人啊，求你們發現我吧。請洗腦我吧。

眼角似乎瞥見公寓防盜監視器閃了一下。

○

醒來時，躺在灰色天花板下，日光燈的光籠罩著我。

或許因為沒有睡得很沉，身體感到倦怠。

生理期可能快來了。即使開始在「無」生活，經血依然規律地從我身體流出。因為這個緣故，某種程度我還掌握得到今天是幾月幾日。也有人動手術盡量去除身體性徵，但我沒有這麼多錢，所以子宮今天仍在體內。

外面似乎下著雨，只是室內聽不到任何聲音。

我套上球鞋，踏上房間外的走廊。

在「無」的一天當中，我們盡可能不使用五感。由於健康管理很重要，我會在公寓裡健走。走在沒有窗戶的灰色走廊上，沿室內階梯下樓，在總共有十層樓的公寓裡前進。

呼吸急促起來後，無窗的走廊開始令我感到有點難受。有些人無法忍受，會到室外去健走，但我選擇盡可能保持「無」，利用走廊和公寓地下室的無人健身房鍛鍊身體、保持健康。先在公寓裡走一小時，再到沒有其他人的地下健身房踩室內腳踏車一小時，然後回房間。

我猜在這棟公寓被「無」買下前，這間房間也是有窗戶的。重新裝修後的灰色牆壁被打造為雙層，連窗戶的位置在哪都看不出來。我從冰箱裡拿出「無」，配水吞下。

吃完沒有味道的食物，喉嚨還會渴，就再喝一杯水。不用杯子，直接就著水龍頭喝水，水裡帶有一點自來水特殊的氣味。這氣味刺激了舌頭，讓我覺得很不開心。

喝完水，總覺得內心惶惶不安，躊躇之餘還是按下冰箱旁小型保險箱的密碼，拿出裡面的手機。真正的「無」是不會想拿手機的，但我有過一次被祖母強行帶回家的經驗，從那之後，我開始不定期向母親確認自己的所在之處是否還沒被發現，不這麼做就感到不安。

不可思議的是，對於我選擇成為「無」活下去的事，母親打從一開始就表示支持。

看在我眼中，母親實在是個凡庸的人。

從小我就經常想，她活成那樣不覺得無聊嗎？自己的生存之道為何不自己選擇呢？過著那種只求不出錯的生活，真的滿足嗎？

我對母親坦白自己將成為「無」前，猜測她的反應若不是強烈反對，就是不置可否。母親的反應是後者。

我利用了母親無論如何都不違抗的個性。

母親的存在對我而言非常方便。我將徹底利用她協助我在「無」的生活上軌道，最後再捨棄她。那時，我沒想太多便這麼決定了。決定讓母親成為我最後一個遺忘的東西。

讀母親傳來的訊息時，不小心看了時間，得知今天是二月八日星期五的早上七點。室內溫度受到控制，所以不知道確切的氣溫，外面或許很冷吧。

母親傳來的訊息一如往常方便又簡潔。父親前段時間還吵著要報警協尋失蹤人口，現在某種程度已經冷靜，母親要我暫且等待。祖母腰受了傷，大概也沒體力到「無街」來找我。

除此之外，母親難得對我提了要求。

「不行的話請直接拒絕。我有位女同事的小孩，現在小學六年級，說想參觀『無』的生活。是否有可能讓她看一下妳的生活狀況呢？我知道這要求強人所難，如果為難的話請直接拒絕，不用客氣。」

偶爾會有人想在完全進入「無」的生活前先來觀摩見習，所以我回覆「知道了，我這邊沒問題」。

「一天二十四小時」這個「混沌」裡的時間單位造成的生理節奏還殘留體內，將我的一天分成清醒的時間和感覺睏的時間。房間裡有張乾淨的大床，睡在上面的次數或許正符合這個節奏。進入「無」的生活周期已經半年了，那種生理節奏竟然還殘留體內，真是可怕得像詛咒。

不趕快把回信打完送出，大腦會記起更多事情，我趕緊往下打。

「請繼續回報我父親的動向。妳同事孩子來參觀的事，請告訴我對方希望的日期。」

我這麼回覆。和誰約定碰面，就表示在那天到來之前都必須記住日期與時間，這令我感到憂鬱，躺在床上閉起眼睛。

為了過成為「無」的生活，離家已經五年了。這期間大約搬了三次家。搬到這個「無街」裡的公寓，差不多經過了一年。

結束兩個月的「工作期間」，至今又度過了六個月。在「無」就職時，接受各種選項的說明後，我選擇了一年周期的選項。

一年周期是「無」之中頗受歡迎的選項。意思是，一年當中勞動幾個月，賺取以「無」度日所需的金錢。以我的狀況來說，先幾乎沒有休假地勞動兩個月後，剩下的十個月就能以「無」度日。這是相對而言「無」的時間較長的選項，和我一起進入「無」就職的朋友都很羨慕。

這次，兩個月的勞動期間我做了工廠女工、便利商店和大樓清潔等各種領日薪的工作。勞動場所和內容都不一樣，根據中心的人說明，這樣可以藉此喪失在「混沌」工作時對人際關係及時間的感覺。當時我認為有整整十個月成為「無」的時間夠長了，現在卻不滿足地想著希望能一直待在「無」之中。距離下次的勞動期間只剩下四個月，我得在那之前多遺忘一點事情才行。

從昏昏沉沉中醒來，感覺身體有點冷。不知道現在是早上還是晚上，我帶著盥洗用具走向共用淋浴間。

再度走到地下樓層時，迎面來了一個熟悉的面孔。啊，我心想，還沒忘記。我還「認得出」這個人是住我隔壁房間的人。對這件事感到羞恥，我出聲向對方招呼。

「我是隔壁房間的 Bqq 亞 809709 波 66009GQQ。」

「啊，是。」

不知道是從我的聲調還是五官，Bqq806548QQ 也「想起」我是誰了。我感到非常抱歉，繼續說：

「下星期，我家人會來。那個……當然我已經沒把對方視為家人了，但她好像要帶朋友的女兒來『無』參觀。當天可能會有點吵，不要緊嗎？如果您覺得受打擾，我現在還可以拒絕……」

「喔喔，謝謝您的告知。房間隔音做得很好，再說有孩子想來參觀『無』也是好事。辛苦您了。」

「不好意思，給您添麻煩了。」

我對 Bqq806548QQ 低下頭。暗自發現自己久違地想起「給您添麻煩了」這句話。

Bqq806548QQ 好像已經忘了怎麼打招呼，只用生硬的動作點了點頭，嗯嗯幾聲就上樓去了。

我曾經以為遺忘是自己的專長。

最初的遺忘，發生在小學三年級時。運動會上，突然完全想不出級任導師是男是女，是老還是年輕。老師們上場競賽的單元，我不知道該幫誰加油才好，感到不知所措。看到身邊的孩子們喊著「高野老師——！」我只能跟著含混不清地小聲喊「老師！」

運動會結束後，一個高個子，年紀有點大的陌生男人走過來，眼眶泛淚對大家說：「你們都很努力了！」原來他就是我們的級任導師嗎？但我還是想不起來這個人是誰。

從老師襯衫領口看見濃密的胸毛，走近一看左手手背上有黑痣，我靠這些特徵記住了他。因為有胸毛的老師很少，後來我便這樣區分，只要有胸毛和黑痣的就是導師，沒有的就不是。

當時勉強用這種方式解決問題，但到小學六年級教學參觀旅行時，我連自己小學的名字都忘記了。我們去日光觀光，停在附近的遊覽車到底哪一輛才是自己學校的，即使看了名牌也不確定，不知如何是好。住旅館時也一樣，不知道自己學校的團體在哪間房間用餐，只能站在走廊茫然失措。因為我迷路了好幾次，被當時的級任導師——一位背紫色後背包的老師（沒記錯的話應該是女老師，當時我也因為記不得老師的長相，只能用後背包來認）罵得很慘。

健忘不只在學校造成困擾。後來，我還經常忘記父母的長相。父親有戴眼鏡，是一副銀色細框的眼鏡，加上他假日總穿黑藍色的球鞋，靠這兩點還算能認得出他。母親的臉我就幾乎沒印象了。

我也常忘了母親的名字「美代」。爸爸媽媽對彼此的稱呼是「孩子的爸」、「孩子的媽」，我少有機會聽到雙親的名字。

上了國中後的某天，我們全家開車去一間大型量販店，我在那裡逛文具。找到喜歡的自動筆芯後，抬起頭時，把父母的名字和長相都忘記了。

那間量販店離家很遠，附近有沒有車站也不知道。已經這個年紀了，去兒童走失中心報到未免太丟臉。最重要的是，我連自己姓什麼都忘了，要怎麼請人廣播協尋？

正傷腦筋的時候，忽然想起父親在家用遊戲機耳機專區挑選商品的事，趕緊去了那個賣場。找了一下，熟悉的戴銀框眼鏡穿黑藍球鞋男人映入眼簾。

「喔，奈奈子，怎麼啦？想買什麼嗎？」

他這麼對我說，看來這人是父親無誤。我鬆了一口氣，點頭說「嗯」。

回家的車上，我暗自慶幸這次父親也有來。萬一只有我跟母親兩人，絕對無法在那廣大的量販店裡找到她。這麼一想，才發現母親這人沒有嗜好。或許有也說不定，但我不知道。植物賣場、餐具賣場、化妝品賣場、音響賣場……無論哪個賣場，我都難以想像她在裡面的模樣。

我為嚴重的健忘感到困擾，能陪我商量這件事的，只有住在附近的兒時玩伴直美。直美是我從幼稚園就認識的朋友，彼此住得又很近，從小到大，放學後經常去對方家裡玩。雖然我也不時遺忘她的長相，但直美有戴眼鏡，而且是大大的黑框眼鏡，所以很好辨認。

「上次我在想啊，奈奈子妳或許有『無』的天賦喔。」

「『無』？」

「現在國外很流行，是一種嶄新的生活型態喔。日本也愈來愈多人選擇這種生存之道，我表姊現在就搬去加拿大的『無街』，在那裡生活。」

聽了直美的說明，我還是不太懂。只知道，對以「無」的方式生活的人而言，遺忘是一件再好不過的事。由於我對自己健忘的毛病一直很煩惱，擔心這樣是否太失禮或太無情，聽到還有這樣的世界，我驚訝到下巴都快掉下來。

「原來還有這種生活方式呀，真羨慕啊，希望日本也能流行起來。」

「我表姊搬去加拿大住的時候說，這股潮流一定也會來到日本喔！希望能盡快啊，這樣的話，大家就會嚮往奈奈子的境界了，這可是逆轉全壘打！」

無論長相或名字都被我遺忘過無數次的直美從未為此生氣。每當那黑框眼鏡下露出溫柔笑容，用瞇細了的深黑眼瞳凝視我時，我都覺得好難受，為什麼自己老是把這麼重要的人遺忘了呢。

現在回想起來，那天直美說的話彷彿預言。我上大學時，「無」掀起驚人的風潮，在我們這個世代之間廣泛流行。

原本我就喜歡穿樣式簡單的衣服，開始經常有人對我說：

「白倉也是『無』嗎？我也是！」

「每次看到電視上說『無』是年輕人之間的流行，我就覺得很煩躁，他們太不了解了，真不希望把我跟那些人混為一談。」

「我懂，那些人根本就不懂，還自以為了解年輕人，我最討厭那種人了。」

同為「無」的夥伴經常這麼說，我也同意。大學裡已經有好幾個清楚確定自己將身為「無」活下去的朋友。

「白倉，既然妳這麼擅長遺忘，當『無』絕對比較好。這是很厲害的天分耶，比起待在『混沌』之中，更適合到『無』裡去。」

一個我忘記名字的大學同學熱情向我推薦「無」。

今後就是「無」的時代了。這不是一時的潮流，我們將逐漸成為無。這是我們大家共同抱持的「預感」。

「無」的夥伴們稱「無」以外的世界為「混沌」。現在，日本各地也開始出現「無街」了。將來「無街」和「混沌」的領域範圍將會出現逆轉。就算不到這種程度，至少也會打平吧。大家都有這種感覺。

我高中和直美讀了不同學校，後來就不太聯絡。然而，即使已經忘記她的長相，我仍經常想起她的黑框眼鏡。

得知直美自殺的消息，是大一那年冬天的事。

一回到家，看見母親穿著喪服，我嚇了一跳。母親站在鏡子前，莫名喜悅地說：「好久沒拿念珠了，真懷念。」

「要去參加誰的葬禮嗎？」

「臨時接到聯絡，說是今晚守靈。奈奈子，還記得直美嗎？妳們以前不是很要好？」

我驚訝得說不出話。母親淡淡地告訴我，直美在「無街」生活，對自己沒有「無」的天分感到絕望，選擇了自殺。

「明天才舉行葬禮，雖然說是只限家人參加。奈奈子要不要也去拈個香？」

隔天，我去了直美家，她媽媽哭著迎接我。

「上高中後，那孩子突然說要成為『無』就離家了……也沒有其他朋友。」

直美的媽媽說「想要什麼都可以拿去」。我在直美房間找到幾副黑框眼鏡，即使度數增加重新配過，她好像也捨不得把舊的扔掉。雖然不知道哪副才是直美國中時戴的，我仍從中挑了一副看起來最像的帶走。

直美說的「天分」兩個字始終在我腦中縈繞不去，我開始經常思考這件事。

被說「具備某種天分」，感覺就像在說「你應該存在那裡」。具備天分這件事，也代表人生被自己的某種特質掌控。或許早從很久以前，我就被這個世界決定自己將來要成為「無」了。乍看之下似乎尊重人類的特性，其實我感到這也是暴力的一種。然而，那時的我除了遵循之外別無選擇。

「無街」會定期舉行群組討論會。能馬上靠自己成為「無」當然最好，但過程中有太多困難，所以產生了各式各樣的群組。比方說，為了盡快遺忘言語，規定只能說「阿」的群組。也有遺忘過了頭，想不起某些事而感到困擾的群組。我參加的是讓一直無法好好進入「無」的正軌，懷抱焦慮或自卑感的人們加入的群組。

群組討論會都在「無街」一隅的廣大公園裡舉行。久違的外出，刺眼陽光下皺起眉頭。天空的藍與風的變化，強烈的日光和反射道路的光線等，在我的感覺中都成了襲擊而來的暴力。

抵達附近的公園，我立刻認出「無街」的人。那是一群身穿灰衣的集團，年齡不一，但一看就知道是跟我住在同一間公寓的人。

「妳也是來參加群組討論會的吧?大家都過來集合吧，請圍成一個圈坐下。」

自稱組長的人俐落地帶領著大家。

這個群組討論會要每個人輪流分享自己最近「感到進展順利的事」與「感到進展不順利的事」。欸？我一陣不安。不就是因為進展不順利才來參加群組討論會嗎？或許因為心聲都寫在臉上了，組長看著我說：「不要緊不要緊，所謂進展順利的事再小都可以。透過分享成功經驗可以培養自信，最後再把自己的苦惱說出來。」

大家在草原上圍圈坐下，每個人先是輪流分享自己的成功經驗。

「我搬來『無街』三年左右時，終於順利達到很大的遺忘。從睡夢中醒來時，連自己在哪裡出生成長都不知道了。在那之前一直都有斷斷續續地遺忘著什麼，但馬上就會想起來，又把記憶的碎片給補上。可是，那次真的完全想不起來。連自己住的是海邊還是山城，是都市還是鄉下都忘了……」

「這可真了不起。」

「那是什麼樣的感覺呢？」

「感覺就像多餘的資訊或認知等不純粹的東西都從自己的細胞流出、掉落，自己就此成為純粹的生物。」

女性陶醉地說完後，又低下頭無助地喃喃低語：「可是，那之後就完全沒再遺忘什麼了……我好怕自己無法擁有超越那次的體驗。」

坐在我旁邊的女人嘆氣說：

「好羨慕啊，我從來沒有這麼順利過。」

接下來，大家陸續分享自己的成功經驗。有自己消滅了戀愛與性愛記憶的人，也有失去「笑」這種感覺的人，還有成功將日語遺忘了一半的人、終於連自己的長相和名字都忘記的人……然後，輪到我了。

「我……什麼都沒有。來這裡之後，我只有記起什麼，從未順利遺忘。」

聽我以沙啞的聲音這麼一說，組長立刻為我打氣：

「什麼都可以！再小的事情也沒關係！別急、別急！」

「來『無街』之前，我以為自己是擅長遺忘的人。可是，來這裡生活後，復甦的記憶愈來愈多。我好害怕。該不會那些以為已經忘記的事情，其實都還好好沉眠在自己體內吧？」

「沒事、沒事的。」

身旁的女人一邊這麼說，一邊輕輕摩挲我的背。我一陣驚恐，因為那流暢的動作，使我想起自己小學時，朋友在遠足的遊覽車上暈車，還有國中的時候，朋友為了失戀而哭泣，我都曾自然而然對她們做出這樣的動作。明明直到剛才我都還不記得身體曾經如此不假思索地做出為誰摩挲背部的反應。

一邊說「沒事的」一邊撫摸誰的背，這屬於人類的動作在我心中鮮明復甦。我環抱自己的肩膀，無助地抬起眼睛，望向那個女人。

「我明白 Bqq 亞 809709 波 66009GQQ 小姐的感受。最初我也非常沒有自信，因為，我們活在『混沌』之中時，不是一直都在持續遺忘嗎？透過遺忘達到新陳代謝，是這樣活下來的吧？就算無法全部成為『無』，來到這裡之後至少能遺忘更多，回到更純粹的存在吧？我一直理所當然地如此相信。」

說完，她低下頭。猶豫了一會兒，我也用同樣的動作摩挲那個女人的背。國中時的泳池旁，幼稚園時的公園裡，上大學後和朋友去的家庭餐廳，高中時的運動會……自己都曾做出這個動作。體溫透過動作與掌心相連，記憶汩汩湧現。

「我們其實根本無法靠近『無』的境地吧？」

我聲音顫抖，想起「流淚時是會這樣甩頭的啊」，反射性地閉上眼睛。死命想封印不斷復甦的肉體記憶，拿手帕去擦額上冒出的冷汗。

或許我們看起來太像溺水的人，組長笑咪咪地說：

「冷靜點。」

「我甚至覺得還在『混沌』的時候自己更接近『無』。」

「一開始大家都是這樣的喔。」

「我已經花了五年的時間，賭上人生的一切，除了試圖遺忘以外，什麼都沒做耶？」

察覺自己膨脹到爆炸的聲音與表情，我心想，啊，這是「憤怒」。

這確實是自己曾經擁有的東西。長久以來，這感覺都被我遺忘了。發熱的情感，在一段時間沒有使用而生鏽的全身迴路中流動打轉。

「遺忘一切其實是不可能做到的吧？我根本全部都還記得吧？」

「才五年當然不可能啊。大家都是這樣的，起初雖然順利，過了幾年會進入『回憶復甦期』，想起曾經忘記的事，然後再度遺忘，反覆幾次之後，就能真正忘卻了。」

「該不會要回到『混沌』吧……」

我撫摸背部的那個女人喃喃自語。

「別急著做出結論，難得來到『無街』，再努力一下嘛。」

組長積極勸說，那副置身事外的模樣令我煩躁。

「可以先從大的東西開始遺忘喔，一般來說都是『家人』，這是最簡單的，能忘掉這個就表示前進了一大步。」

「家人，是嗎……」

「妳是不是都不外出？這個做法當然也有它的效果，有時還是要前往殘留強烈記憶的地方，用新的遺忘去覆蓋原本的遺忘。我覺得這個做法值得一試。」

組長的態度雖然教人火大，「遺忘家人」這個關鍵字卻留在我心中了。那是我人生最初的遺忘，是將我引導來此的契機，同時也是我最擅長的遺忘。

■

「小琴，約好星期天中午十二點了喔。如果補習班必須請假的話，記得跟老師說喔。」

收到母親傳來的訊息時，我正在放學後的教室裡，和大家一起安慰哭個不停的美雪。

我趁大家不注意快速回覆了訊息，再度換上嚴肅的表情回到小圈圈裡。

美雪經常和在網路上認識的上班族男人做愛，她不久前失戀了，現在大家正在幫她超度這段戀情。

要是母親聽到，一定會大驚小怪地說這不是戀愛，是犯罪吧。可是，只要美雪說這是戀愛，對我們來說那就是戀愛。我們永遠不會對踐踏這個說法的人說真話。

大致聽完美雪的描述，我想，以她現在的狀態，只能去找其他戀愛對象做愛才能填補那份失落感了。不過，我也不會因為這樣，就認為朋友們圍著她，為她哭泣的這段時光只是做白工。

我自認知識程度不亞於母親。聽美雪的描述，我也知道她現在的精神狀態需要的大概不是戀愛，而是心理諮商。在美雪身旁嚎啕大哭的茉奈狀況也很危急，如果沒有父母及教師之外的專業人士幫忙，大概只會一直重蹈覆轍。儘管我知道這是「正論」，但也明白世界上有太多光靠正論解決不了任何問題的狀況。

我盡可能做出嚴肅的表情。

窗外已被夕陽染成一片橘紅。

這個星期天，我得以前往「無」參觀。必須好好感謝為我安排這次行程的母親才行。

母親是脆弱的人。我擔心自己真的去了「無」的話她該怎麼辦。弟弟年紀還小，又很愛模仿父親，我要是去了「無」，母親會很孤獨吧。可是，我已經疲於繼續存在了。

上小學後不久，我已經察覺自己比其他小孩具有更多優勢。

父親經營自己的公司，不過，這件事在幼稚園裡是不能說的。

「只是很小的公司，萬一被幼稚園裡其他媽媽誤會的話會很傷腦筋，我們家明明就沒有錢。」

我也一直這麼以為，連幼稚園老師問「聽說妳爸爸是社長，真的嗎？」我也這樣說明。實際上，我聽說家裡開的只是賣業務用洗髮精的小公司，我們家住的房子也不是那麼大。

然而，事實是父親的生意十分興旺，家裡經濟也很優渥。我是在耶誕節快到來時發現這件事的。在幼稚園裡，老師讓我們畫「希望收到的耶誕禮物」，畫完之後我才發現，其他小朋友畫的禮物都只有一樣。

我穿的童裝是昂貴的名牌貨，接我放學的母親穿的衣服和提的包包、遠足時帶的便當和嶄新的後背包……從這些地方似乎就能看出，即使開的是小公司，這孩子的家境相當優渥。

母親原本想讓我考私立小學，父親以「再怎麼說都太早」為由反對，她只好放棄。

上小學後，課堂裡教的內容和母親讓我去上的補習班內容相差太多，起初我很困惑。老師也從低年級時就察覺這點，總是說「請戶川同學教聽不懂的同學」，分派了職務給我。

在和父親結婚前，母親似乎曾在一間大公司任職。和父親結婚後被迫離職，就這樣無法回到職場。她經常告訴自己對此有多不甘心。去年，母親不去父親公司幫忙，轉而找了個工時不長，方便接送我上補習班的工作。可是，她總說「和之前的公司比起來，工作沒有成就感」。我想，她大概很快就會辭掉工作，專心輔助我考私立國中吧。

家境優渥，因此能夠上補習班從中獲得的知識，營養均衡飲食因而獲得的健康身體……擁有這些讓我感到羞恥。

唯一不如人的地方，大概就是性別了。出身富裕家庭令我有罪惡感，而身為一名女性時常感受到不公平的對待，儘管如此，至少這能稍微消弭我內心的罪惡感。要是生為佔據優勢的男性，我可能早就頭也不回地奔向「無」了吧。

我的長相或許可形容為「天生麗質」。所以，大概也會有很多人指責「在相貌上妳也佔了優勢」。我曾被大我超過十歲的級任導師說想認真跟我交往，為了不激怒他也只能微笑裝作駑鈍的樣子打馬虎眼。如果遇到這種狀況也算佔優勢的話，這種優勢我還真想馬上拋棄。幸好在語音聊天室認識的大學生及上班族姐姐們告訴我「妳是受害者」，我才沒有把自己想得更可怕。

成為受害者的那一瞬間，比起站在剝削的一方，感覺活得更有價值一點。雖然這種心情對母親、語音聊天室的姐姐們或教室裡的其他女生都說不出口就是了。

可是在其他方面，我確實是享有壓倒性優勢的剝削者。我從小學五年級就開始認為，自己必須為這件事償還一輩子。用上所有在優渥環境中獲得的知識與財富，讓弱勢的人不再弱勢，只有這樣活下去，我才能不把自己想成卑鄙懦弱的人。

可是，我累了。無論如何償還，都無法彌補我的優勢。

「我懂、我懂，也有人是因此成為『無』的嘛。」

在語音聊天室內跟我交好，同樣活在「優勢」中的一位大學生姐姐不經意地這麼說，這句話吸引了我，忍不住坦承：

「『無』啊，老實說我考慮過好幾次。」

「反過來說，因為生活太苦而成為『無』的人也很多呢。雖然我不認為去那裡就能拯救優勢帶來的痛苦，但那個心情我能理解。」

「妳不要太多嘴，別忘了琴音還是小學生。」

其他人急忙這麼勸阻，但我那時早已深深受「無」吸引了。

雖然我知道自己真正該做的是好好活在「混沌」的世界，為社會盡力，償還自己受到的「優待」。可是，我已經筋疲力盡了。如果能去一個不必輕蔑自己的世界，我現在就想逃到那邊去。

看到出現在約定地點的兩個女人，我一眼就知道較年長的那位「在經濟上相當具有優勢」，看似二十多歲的另一個女人看上去則屬於「弱勢」。既然兩人是親子，女兒在經濟上應該也有某種程度的優勢才對。果然成為「無」就代表拋棄優勢，這個事實讓我感到一陣心安，差點當場跌坐在地。

與生俱來的優勢和擁有的各種特權，超乎想像地侵蝕著我。明明享有優勢還如此受到侵蝕令我感到羞恥，甚至很想就這樣死掉。

母親介紹給我的那對母女雖然不如我們，某種程度似乎也算「具有優勢」的人，這才讓我不至於那麼想死。母親美代女士對自己身處優勢一事好像沒有自覺，在這樣的人面前，我也不用繼續感到羞恥，得以保持較為正常的心理狀態。

以結論來說，「無」和我期待的不同，令我感到失望，當下馬上就想回家了。

打著「無」的旗號，裡面依然存在優劣與剝削的情況。關於外表，幾乎只是統一髮型和服裝而已。有錢的人可以花錢整容，把自己改變成「無」裡的人所能想到最接近「無」的所謂「平均」外貌，甚至可以動手術去除性別。對住在「無街」裡的人而言，那是至高無上的榮譽，是非常優秀的事，也是眾人欣羨、嚮往的對象。換句話說，在這個世界裡，光是一個身體構造就能分出優勢與弱勢。明明是如此優劣分明的地方，眾人卻陶醉地稱其為「無」，我覺得太可怕。

從談話中我拼湊出奈奈子小姐在這裡選擇了「只工作兩個月」的生活。之所以能夠做這個選擇，也只不過因為她在「混沌」中是具備「優勢」的人，比別人更容易拿到好工作，賺取更多薪資罷了。這麼一想，她根本沒有從「混沌」中解脫，奈奈子小姐自己卻對此渾然未察，反而還認為自己是不幸的人。

「如何？感覺在這裡過得下去嗎？」

盡可能用溫柔的語氣，像是在說給自己聽似的這麼問我的奈奈子小姐，這句話中大概包含了「這裡不是抱著隨隨便便的心態就能來的地方，對吧？」的情感。之所以看上去像個「弱勢」，只因她在這裡的成績不如人罷了，現在我非常理解了。

「我想回家考慮一下。」

聽到我明顯不積極的低聲回應，母親和奈奈子小姐都鬆了一口氣。奈奈子小姐或許不想帶我進入「不幸又辛苦的世界」吧。

奈奈子小姐的母親美代女士則是個不可思議的人。第一次看到女兒在那裡的生活狀況，她卻絲毫不感興趣。

頂多為了不讓我母親起疑裝出感興趣的樣子，其實她根本什麼感覺都沒有吧。

「啊，不好意思，我有電話。」

母親的手機發出聲響，奈奈子小姐露出為難的表情。

「那個，這裡只能收簡訊或電子郵件，如果要講電話，只能去特定地點，就是剛才說明過的地下健身房旁邊……」

「怎麼辦，是琴音補習班老師打來的。不好意思，我可以去回個電話嗎？」

母親戰戰兢兢地問，美代女士說「不介意的話，我也一起去吧。這樣琴音小妹也可以在房間裡慢慢參觀。」說完，兩人就一起離開了房間。

「那個……如果有什麼問題想問，不用客氣喔。難得有機會能來。」

剩下兩人獨處後，奈奈子小姐客氣地這麼對我說。

「奈奈子小姐，請問您有什麼想在『無』做的事情或目標嗎？」

奈奈子苦惱地想了想後說：

「大概就是想試試忘掉大一點的事情吧。說來丟臉，我還沒有把重要事物遺忘的經驗。這事別告訴我媽喔，畢竟我都當『無』當了五年了。」

她這麼喃喃低語。

「對重要事物的遺忘……是嗎？」

「對，無法做到這點的自己真的很丟臉。抱歉哪，妳應該對『無』懷抱了更多的夢想吧？可是，在這裡只會不斷受自卑感刺激而已。」

我小心注意著不去破壞奈奈子小姐的嘆息，謹慎地說：

「所謂對重要事物的遺忘，或許像是某種強烈的暗示吧，一定是這樣的。」

奈奈子小姐用黯淡的目光窺看我。

「暗示……？」

「啊，我是記得在學校好像有看過類似內容的書啦，書上說遺忘也是暗示的一種。」

「這樣啊。」

我感覺到奈奈子小姐走投無路，盡可能想提示她遺忘的方法。當然，為了不傷害奈奈子小姐的自尊，我也注意著自己的表達方式，不忘裝出孩童天真的口吻，講得像是一個小孩子碰巧在書上讀過相關內容，避免突顯奈奈子小姐的無知。

「儀式這種東西好像很有趣呢。圖書室裡的書說，睡不著的人可以試試這種方法。我也試過喔，就像一個小小的咒語，或者說是自己給自己催眠。」

「是喔？怎麼做？」

比起美代女士和我母親還在房間裡時，奈奈子小姐似乎放鬆多了，開始對我說的話提起興趣。

「書上說這叫『連結』，找個東西跟睏意連結起來。從我房間的窗戶可以看見附近的漢堡店，那間店每天晚上十一點熄燈。舉我的例子來說，只要一看到漢堡店熄燈，身體就會突然放鬆，真的就這樣睡著了。最近雖然還好，但更小的時候我經常失眠，嘗試這個方法真的很有效喔。」

「是喔，好厲害。或許因為妳是小孩子才辦得到吧，不過我會試試看的。」

「很有趣唷。慢慢地，窗戶感覺好像家裡的佛壇。這樣的話，或許應該叫祭壇嗎？好像有點恐怖就是了。」

奈奈子小姐總算笑了。那張連眉毛都仔細剃乾淨，盡可能向「無」靠攏的臉上，眼尾與嘴角獨特的動作帶出「奈奈子的笑容」。拋棄這個笑容才是真正的「無」嗎？我不知道。

突然接到奈奈子小姐的聯絡時，我已經上國中，差不多把和母親一起去「無街」參觀的事忘記了。

「抱歉，突然聯絡妳。還記得我嗎？那個，我是白倉奈奈子，妳小學的時候曾來『無街』參觀，當時我們交換了聯絡方式。」

聽著奈奈子小姐結結巴巴的聲音，腦中才浮現她那張蒼白的臉，我發出「喔喔！」的聲音。

「當時厚著臉皮去打擾，真是不好意思。結果，我還是選擇了『混沌』。」

「這樣啊，那太好了。」

原本還有所戒備，以為她是要來勸我加入「無」，沒想到不是，我稍微鬆了一口氣。

不過，和奈奈子小姐見面後的這兩年來，「無」爆炸性地增加，大概也沒有拉人加入的必要了吧。

「我想從『無』逃出去。」

因此，奈奈子小姐這句話倒是出乎意料。

奈奈子小姐說，她在找人幫她逃離「無」。只能依靠國中生的我雖然令她感到不安，自從搬到「無街」後，她唯一保留的只有母親的聯絡方式，也沒有其他人能聯絡了。

「好的，只要是我能力所及，我都願意幫忙。這麼說來，美代女士不願意幫妳嗎？」

「我聯絡不上母親。那個人已經忘記我，成為『無』了。」

彷彿美代女士在我們去奈奈子小姐房間那天就已成為「無」似的，我懷著這種意外的奇妙心境，只能勉強擠出「這樣啊……」的回答。

幫助奈奈子小姐從「無街」逃往「混沌」並不是多麻煩的事。我幫她預約了機票，搭計程車去接她。

「那天真的謝謝妳。我從未忘記琴音來那天的事。那真是奇蹟似的一天呢。要是沒有那天，我將無法做出這個決斷。琴音，那天妳直白地為我指出了『無』的矛盾之處，這麼小的孩子說的話，聽在我耳中卻字句如雷貫耳。我母親和琴音的母親也都很驚訝——拜那天所賜，我才能著手進行擺脫『無』的準備。」

我內心感到疑惑。看來，那天短暫交談的記憶，在奈奈子小姐心中已經被竄改、美化了。對她而言，那天成為「重要的一天」，這點我還能夠理解。但是，我對自己的記憶也不是非常肯定，所以沒有特別說什麼。奈奈子小姐和我記憶中的奈奈子小姐相差甚大，現在的她似乎對我全心信賴，把「無」的現狀都告訴了我。

「我母親做了一個大型祭壇，導致『無』快速擴張。」

在「無街」裡的人身上幾乎沒有現金，我用自己的壓歲錢叫了計程車，現在正奔馳在前往羽田機場的道路上。

計程車內，奈奈子小姐像是感覺很刺眼似的一邊看著窗外的景色，一邊斷斷續續為我說明。

「透過建立巨大的祭壇，母親成功製造了『完美的無』。這件事改變了『無街』。」

我心想，世上真有「完美的無」嗎？但仍小心翼翼點頭。

「原來是這樣啊，既然說是大型祭壇，是否表示在『無』裡添加了宗教的要素？」

「母親以東京鐵塔為祭壇，每天晚上進行『無』的儀式。」

奈奈子小姐如此說明，我一時之間難以理解她在說什麼。

「跟琴音見面那次，我後來送母親去搭地下鐵，路上就順便聊到一點『連結』的事。母親說，琴音還是個小學生就懂這麼多啊。回到家後，她好像就把東京鐵塔視為祭壇，一直對著鐵塔進行精神訓練。母親甚至不是憑著自己的意志來到『無街』的，因為她創造出的『無』太完美，『無街』的高層將她帶走，加以保護了。」

「我有點聽不太懂，所謂『完美的無』，世上真存在這種東西嗎？」

我忍不住這麼問，才發現說這種話，對於把人生奉獻給「無」的奈奈子小姐未免失禮，趕緊閉上嘴巴。正當我考慮著說什麼來打圓場時，奈奈子小姐像是明白我的心情，以無助的表情點頭。

「是啊，遺忘不是那麼簡單的事。我暗自認為，那些母親以為已然遺忘的所有事物，其實都還沉眠於她內在。並不是因為身為女兒，想保留和她的牽絆才這麼說，那樣太噁心了。我只是覺得，人類的大腦應該是那樣的吧。我在『無街』親身體驗到太多這種事了。」

奈奈子小姐嘆口氣，低下頭。

「總而言之，母親成為『無街』的象徵。這令一切變得非常詭異。原本的『無』變成了幻想。」

「為什麼呢？那麼多人一起變成那樣？」

面對我單純的疑惑，奈奈子小姐像是難以啟齒似的低聲回答。

「大家都在描摹母親的『無』。因為，過去說到『無』的範本，肉眼可見、可以模仿的頂多只有服裝或肉體手術。而現在，『無街』裡所有的房間都設置了大型螢幕，上面映出母親的身影，每個人都透過描摹她來徹底成為『無』。」

「也就是說，美代女士隨時都出現在鏡頭下嗎？她住在哪裡呢？」

「我也不知道。不知為何，影像裡是個紅色的房間，她什麼都沒穿，只是面無表情地站在那裡。只有東京鐵塔熄燈的時間會離開房間，出來『巡禮』，其他時間不是站著就是睡覺。當然，也會吃一點『無味』的食物和上廁所。東京鐵塔電源關閉後，她就會帶著臉上更加深的『無』，回到紅色房間。」

「播放那些影片有獲得美代女士的同意嗎？」

奈奈子無力地說：「我不知道。」

「總之，由於出現了絕對的『無的範本』，『無』的發展愈來愈上軌道。在那之前有很多人進展不順利，但是現在，不只母親，對整個『無街』來說，東京鐵塔逐漸成了巨大的祭壇，彷彿記憶的墳場。」

「東京鐵塔是墳場嗎？」

奈奈子小姐坐立不安，看著用我買給她的充電器充飽電的手機。

「還有一點時間吧？」

接著，她小心翼翼地這麼問。

「還沒上高速公路，搭的又是早班機，應該還有一點時間。妳有哪裡想去嗎？」

「這些錢我一定會還妳，能不能讓我先繞去另一個地方？這次一走，我大概不會再回日本了。儘管遺忘失敗，『混沌』之中也沒有我能回去的地方。不過，最後我想親眼看看母親。」

我凝視奈奈子小姐的眼睛，心想，自己現在看的是電視劇裡經常可見的那種母女情感殘骸嗎。然而，似乎不太一樣。奈奈子小姐微微一笑。

「我想親眼看看母親毫不掩飾的『無』。那個人一直隱藏的『無』破殼孵化的樣子，我想用這雙眼睛親眼目睹。」

我不很明白奈奈子小姐這話的意思，但也沒有過問太多。只說：「好的，我會幫忙。那我們現在該往哪去？」

聽說東京鐵塔從前是祈禱戀情順利的地方。我聽母親說過，她學生時代曾和戀人一同造訪。

可是現在，那裡擠滿了祈求「無」的人們。

人潮洶湧，另一端出現一個身上裹著床單，駝著背的女人。

「啊。」

不是「媽媽」，也不是「媽媽在那裡」，奈奈子小姐只發得出「啊」的隻字片語。

與其說美代女士變了個人，不如說當時我從美代女士身上隱約感覺到的不對勁，如今更純粹地呈現在我眼前的她身上。

美代女士披著床單，神情恍惚地凝視橘紅色的東京鐵塔。那副模樣看上去確實像喪失了什麼。

可是，我認為上次看到美代女士時，她就已經是一副空殼了。

「啊，要熄了。」

下起雨來，奈奈子小姐像是憶起雨水從空中落下是什麼感覺，赫然抬頭仰望黑暗天空中反射微光的雨滴。

「唔唔唔唔、唔唔唔唔唔唔唔唔唔唔……」

我原本以為人類殘留的最後一個音會是「啊」，看來在「無街」流行的是只發出「唔」的嘴型。

看著吠叫的美代女士，我心想，或許最後殘留的話語不是「唔」，只是留在空洞的美代女士心中最後的吶喊以「唔」的發音呈現而已吧。

「唔唔唔唔唔唔——！唔唔唔唔唔唔唔唔——！」

吼叫的美代女士，看起來只像是在哀號。

「看，好厲害，是那個『無』耶。」

「好好喔，果然東京鐵塔效果絕佳。我也能像她那樣成為『無』嗎？」

許多人注視著美代女士微笑。他們一心想成為美代女士那樣，懷著甘美的憧憬，盛讚美好的「無」，陶醉地欣賞著美代女士。

「太好了。」

奈奈子小姐喃喃低語。

「在永不相見之前，能親眼目睹母親的本性，真是太好了。我一直覺得那個人有點詭異。那個人是怪物的事，現在終於好好回想起來了。」

奈奈子小姐凝視自己的母親，像是想將她烙印心底。

這幅光景，奈奈子小姐一定也會一點一點遺忘，但又不認為自己已經遺忘，只是在心中一點一點地轉變為不同的光景。美代女士似乎有那麼一瞬間朝這邊看過來，不知為何，我感覺自己「要被殺掉了」。不過，美代女士只是持續發出呻吟聲而已。

我一定會馬上忘記眼前這幅光景，或是竄改自己的記憶吧。人類會對某些主題感興趣，受到那些主題支配，所有的記憶到最後都會落入那個主題的洞裡。

我也有自己最感興趣的主題，這幅光景以後大概會掉進那個潛伏了優勢與弱勢的洞裡吧。

美代女士始終凝視著變暗後看不見的東京鐵塔頂端。我也跟著往上看，但只看得見漆黑的雨點。

妻子

The Wife

亞非言

藤井光 譯

亞非言

Alfian Sa'at

一九七七年出生於新加坡。還在就讀萊佛士初級學院（Raffles Junior College）時即已展開劇作家活動。一九九六年進入新加坡國立大學醫學院，後來為了專心創作而於二〇〇二年退學。一九九八年以詩人身分於文壇出道，一九九九年發表短篇集《Sayang Singapore》。他是少數同時以馬來語及英語創作的作家之一，出道至今貫徹反對打壓少數族群的立場。現任新加坡野米劇場（Wild Rice）專屬劇作家。著有戲曲《亞洲男孩》三部作及《Nadirah》等。有小說作品《馬來素描》於日本翻譯出版。

聽到丈夫提起艾紗的名字時，索達知道自己心跳瞬間加速。「哪裡的艾紗？」她這麼問。

「我們也沒認識那麼多艾紗吧？」丈夫伊德里斯回答。

沒錯。儘管這是個常見的名字，說到夫妻倆認識的艾紗，其實就只有那麼一個。索達很想捏造出別的艾紗，像是為了拖延時間，好讓自己能細細咀嚼丈夫說出口的那個名字，或是找到適當的表情。

「不是還有一個住在勿洛（Bedok）的艾紗嗎？」索達說，「皮膚很白，媽媽是華人的那個。」

「那個艾紗我就不認識了。」

「那個艾紗」。聽在索達耳裡，這個說法像是對丈夫而言更重要的「這個艾紗」已經屬於他。

伊德里斯站在前面，索達站在後面，兩人剛結束日落後的禮拜。做禮拜時，索達忠實模仿伊德里斯的每一個動作——雙手先放在耳邊，然後拿下來，放在下腹部交疊，觸摸膝蓋後，按在禮拜用的墊子上，身體往前趴。當然，索達不是不知道要做這些動作，伊德里斯出門工作不在家的時候，她也會自己一個人做禮拜。夫妻一起禮拜時，與其說是從丈夫身上學習禮拜的方式，不如說是學習追隨。在這樣的行為之中，領導者與追隨者之間的動作有固定的時間落差。有時索達明明比丈夫早一點默唸完一節經文，但她仍會等丈夫做出動作後才跟著動。或許因為已經太熟悉那些阿拉伯語，就算睡著也唸誦得出來，才會這麼快誦完經文吧。索達如此自問。

請引導我們筆直前行
蒙受你恩寵的人們所行之路
那不是為你所降怒之人
也不是迷惘之徒所行之路

現在，兩夫妻正在客廳裡看馬來語電視臺的新聞節目。這是兩人每天晚上的儀式。晚餐、禮拜，然後看新聞節目。節目很無聊，主播讀出國會議員為新的公車轉運站剪綵的新聞時，伊德里斯提到偶遇艾紗的事。他說自己和同事去武吉班讓（Bukit Panjang）做當地調查，為了吃午餐而前往那一區的大型美食街。在穆斯林開的印度料理攤位點餐的時候，艾紗出現一旁。

「妳知道我說的是哪個艾紗吧？」

「這麼說來，不是皮膚很白的那個囉？」

「不是妳說的那個，可是，這個艾紗也不黑。」

又來了，索達又在他的語氣裡聽出「屬於自己的」那個意思。她甚至聽出他對艾紗的保護欲。只是，他要保護她不受誰的傷害？

「你同學的那個艾紗？」

「對，就是那個艾紗。我都不知道她搬家了。住的地方變差了，搬到一個比以前小的公寓。」

「她先生呢？」

「她沒結婚。」

「是喔？她父母呢？」

「兩人都死了。現在她一個人生活。」

索達說「真可憐」，其實她更想問「你去她家拜訪了嗎？」只是，就在剛才六點半的時候，伊德里斯回家並吃了晚餐。他吃了索達煮的羅望子湯和白飯。配菜是鹽漬水煮蛋和炸鹽漬魚。伊德里斯看起來吃得很香，還多要了一碗飯，並稱讚索達很會做菜。看到丈夫因工作所需經常碰水的指尖發皺，知道他很享受這頓飯，索達心滿意足。艾紗應該是去美食街買晚餐吧，不管怎麼想都覺得她沒有煮飯，也不會煮飯。

「她看起來怎麼樣？」索達問。

「跟以前一樣，都沒變。現在有戴頭巾。」

第一句話聽得索達一陣不安，幸好聽了後半段就安心了。心情變得從容起來，告訴自己如果丈夫想沉浸在過去回憶的話，就讓他沉浸也沒關係。

「好久沒提到她了呢。她的父母怎麼過世的？」

「她母親是中風五年後走的，過世兩、三個月後，父親也過世了。不知道原因。」

「可能是太哀傷了吧。」索達這麼說，但也心知肚明，這種事只有電影裡才會有，「他一定是太愛太太，想跟她在一起。」

「可是，這樣女兒就變成孤兒了。負責任的父母不會做這種事。」

「可是，她都已經是成年人了，也不能再依賴父親了吧。」

艾紗是亞辛和哈薩娜的獨生女。亞辛擔任警衛，哈薩娜為附近的職業婦女帶小孩，賺取保母費。因為家裡經濟狀況不好，沒生第二個小孩。親戚常說家裡多口人也沒關係，只要生了神就會想辦法。也有人說他們讓艾紗自己一個人成長，沒有兄弟姊妹太可憐了。

艾紗的父母教育她的方式很嚴格。不只外出有門禁，在家也限制她打電話。有一次甚至對艾紗的同學說「我女兒忙著用功念書，別再打電話給她了」（說忙著用功其實是騙人的，那時艾紗正在看被母親批評為「打發時間」的故事書）。如果想用毛毯暖腳，就必須付出肩膀暴露在冷空氣中的代價。同樣的道理，艾紗一直很清楚，必須犧牲其他的什麼，自己才得以獲得某些東西。當警衛的父親夜裡拚命工作，白天才睡覺，導致生理時鐘錯亂。母親幫別人帶小孩，餵他們吃飯，幫他們洗澡，哄他們睡覺，同時也接收了本該在別人家庭裡的尖銳哭聲與幼童鬧脾氣的時刻。忙碌工作的空檔，父母時不時告誡艾紗「別變成爸媽這樣」、「要認真念書過好日子」。很久以後艾紗才領悟到，父母犧牲的是他們身為父母的尊嚴。

在這樣環境中成長的孩子，從負債與義務中學到的東西叫自責。考試前一天，腦中閃過的畫面是母親蹲著攪拌綠色塑膠大碗裡的東西，同時伸出另一隻手拍打鄰居小孩包著尿布的屁股。參加獎學金的面試前，嘴裡冒出的是父親吃完晚餐後，為了夜裡值班不打瞌睡而喝的濃咖啡甜膩嗆人的味道。父母希望艾紗當老師，原因不言可喻。因為這麼一來，即使不用爬到德高望重的地位，女兒也能獲得人們的尊敬。一旦走進教室，周圍就會安靜下來，只剩下椅子拖過地面的聲音與在她名字後方確實加入敬稱問候的單調聲音。艾紗放棄成為作家或記者的夢想，告訴自己只要持續傳授文學，或許有朝一日也能實現創作的心願。

艾紗上的大學，教育系和工學系在同一個校區上課。這是政府的政策，因為教育系女生佔絕大多數，工學系則是男生佔絕大多數。為了因應優生學的國策，透過此一措施為兩系學生製造認識的機會，進而達到促進國家誕生更多高智商新生兒的目的。伊德里斯和艾紗修了同一門名為「新加坡研究」的通識課，在課堂上又分入同一組，一起做了關於新加坡電影中少數族群象徵的報告。這個班上除了他們兩人，只有另外一個馬來學生，分組時也沒分到同一組。報告結束後，那個學生眼眶泛淚，看著兩人的眼神中夾雜著感謝與自豪。

只要彼此同心協力，說不定能夠改變世界，創造出具有意義的事物。伊德里斯和艾紗開始這麼想。尤其向來認為戀愛只是一廂情願的艾紗，更是深受這個想法吸引。這並不是軟弱，也不是承認人生中缺少什麼，反而是一種倔強，也可以說這個行為是硬在原本沒有缺乏什麼的地方製造缺憾。打從一開始，艾紗就不認為伊德里斯能夠回應自己內心潛藏或被忽視的欲求。毫無疑問的，她是被伊德里斯那值得依靠的高䠷身材與一頭自然捲髮吸引。還有，每次笑的時候，伊德里斯總是視線低垂，那彷彿鳥兒炫耀自傲羽毛的姿態也令艾紗為之著迷。然而，對艾紗來說，他就像是甜味料，是為自己帶來一塊草莓鮮奶油蛋糕的人，在枯燥乏味的通學路上，只要遇到這張臉就會開心，就此擁有快樂的一天。

「早安。」走出大教室時，艾紗拿起電話一看，發現自己收到訊息。艾紗微笑環顧四周，茂盛的仙丹花開得像是當場遞給自己的花束。陽光不是碰巧灑落肌膚，而是專程為艾紗帶來溫暖。

艾紗若即若離的態度，令伊德里斯投入更多情感。好幾次約好見面晚餐，他卻故意放鴿子，為的是確認艾紗是否因此感到失望。然而艾紗根本不以為意，這又造成了他的不安。

他覺得自己變成一疊被貼上「盡量學會就好」而不是「絕對要學會」的活頁筆記。艾紗不在身邊，他就無法專注，只能在夢中重新塑造她的形象——自己剪齊的瀏海、心形臉蛋、向光植物般充滿求知欲的眼睛。她的沉穩與沒有一絲多餘的優雅，完全像隻懂得如何用尾巴環繞身體的貓。

伊德里斯為她深深著迷。

兩人都考完最後一年的期末考後，伊德里斯向艾紗求了婚。在他腦中已經描繪起當上少數族群教師與土木技師的兩人成為模範夫妻，子女成群的模樣。固定在後車廂的嬰兒車、兒童尺寸的足球鞋、粉紅色紗裙的小公主洋裝……這些想像不斷在他腦中膨脹。

「我父母什麼時候去妳家拜訪好呢？」伊德里斯問。

「你認為他們真的想來嗎？」

「當然，他們很喜歡妳。」

艾紗去伊德里斯家見過他家人好幾次了。第一次是為了討論小組作業，後來是專程去他家共進晚餐。伊德里斯的父母從事不動產仲介工作，兩個妹妹都是大學生。一家人住的是馬林百列區（Marine Parade）的自家公寓，每逢週末，伊德里斯和妹妹們會去十分鐘就能抵達的海邊騎自行車。妹妹們皮膚晒得黝黑，也不理會他人的眼光。畢竟還有其他能用來判斷她們身價的東西，像是身上的名牌服飾、隨意染的頭髮和只有小圈圈裡的人才懂價值的自行車。

他們家的人交談時是馬來語與英語交錯著用。艾紗試圖理解這兩種語言切換的規則。「我」、「你」或「我們」等代名詞及大部分對話使用英語。可是，在講到「吃」、「好吃」、「慢慢來」、「做禮拜」或「睡覺」等詞彙時，又會冒出馬來語。看在艾紗眼裡，那些詞彙就像伊德里斯家的裝飾。

換句話說，跟蠟染抱枕套或有傳統植物圖樣外框的壁掛鏡沒什麼兩樣，為的是透過這些東西強調自己是馬來人——只是，「何謂馬來人」的這個問題，已是經過一番蒸餾或選擇的過程才得出的答案。艾紗認為那樣的行為像在表演，與其說是希望獲得他者的認同，不如說是在炫耀自己認同的事物。

艾紗自己也在這家人面前演戲。提及家庭環境時，她只說小時候不太被允許玩玩具，父母只會拿書給她。還說全家一起休假的機會不多，每逢週末，都由母親帶自己去裕廊東（Jurong East）的公共圖書館。要是直接談及家中貧困的狀況，恐怕會使晚餐的氣氛變得尷尬，所以她調整表達方式，把貧窮的雙親形容成努力生活的人。

她曾在馬來語報紙上看過學生如何不畏逆境，取得優秀成績的報導。她很清楚這類故事在馬來人社會中，以及對伊德里斯一家人而言有著什麼樣的魅力。那些故事內容都大同小異。狹小密集的出租公寓、重視教育的勞工階級父母。連照片都一點也不上相——成績頂尖的孩子身穿制服擺出寫作業的姿勢，背後是守護著他的家人。所謂的辛苦都是顯而易見的東西，比方說念書的時間和場所，或是如何獲得雙親與教師的支持及諒解……等等。至於那些令人為之窒息的羞恥感受、苦於無力扭轉現況等其他艱難與痛苦，就連一個字都不提。這類報導配上的照片跟圖庫沒兩樣。艾紗總是這麼想。那些樸實無華的騙人照。

但是，和伊德里斯一家共進晚餐時的艾紗，扮演的正是那種圖庫裡的照片。因為她別無其他辦法。為了讓這家人接受自己，這是唯一的入場門票。只要把這樣的第一印象植入他們腦中，就能為日後可能產生的失望事先拉起一道防線。看到伊德里斯的父母來到自己家時強裝熱情的模樣，艾紗就知道當初的直覺正確無誤。

艾紗母親端出的紅茶太甜了。艾紗察覺伊德里斯的父母以「等涼一點再喝」當藉口，幾乎碰也沒碰杯子一下。看在他們眼中，自己的家是什麼樣的呢？鋪上針織桌巾的電視背窗而放，看電視的時候，外面走廊上往來的行人總會一併映入眼簾。坐在藤編沙發時視線正對的是兩間臥室的房門，綠色的拉門軌道配黃色的門板，看上去就像幼童拿蠟筆畫的門。站在玄關就能看見廚房入口與窗戶，這種不假修飾，毫無顧慮的景象，像是在對外人挑釁著說「想看就看啊」。知道伊德里斯尷尬不安，艾紗心想，他是不是開始後悔拜託父母來見我的雙親了。途中，兩人四目相接，伊德里斯以眼色示意艾紗「安排雙方父母見面是為了得到我們想要的結果」。艾紗赫然一驚，朝父親亞辛望去。

「我們兩家的孩子，也都才剛大學畢業。」亞辛這麼說。「應該不用這麼急吧？」

「當然，並不是催他們趕緊結婚的意思。」伊德里斯的父親回答，「只是，或許可以先考慮一段婚約期間？」

「幾年呢？」

「三年左右吧。」

「小女已經找到工作了，應神明旨意，她或許會分發到當地學校任教。」

「伊德里斯也已經在工作了呀。」

「換句話說，兩人都會相當忙碌。」

「希望他們不要忙到忘了生小孩就好！」

亞辛沒有笑。在艾紗的視線下，父親喝了一點紅茶，臉上不動任何聲色，眨眼的速度慢得像電影裡的慢動作。那動作熟練得彷彿他早在腦中模擬這個場面無數次。已經猜到接下來將發生什麼的艾紗忍不住想大喊「不要」。這時的亞辛沒有討好任何人的必要，反而是等著被討好的一方。散發一股村中長老的威嚴，話不多，教人難以揣測他內心盤算什麼。

「我打從心底感謝兩位來訪。我們只是個平凡的小家庭，無論招待您的餐點還是什麼，一切都非常平凡。」亞辛這麼說。

「我們很高興接受您的邀請。」伊德里斯的父親如此回答，「若您能考慮我們的提案就太榮幸了。」

「我們的想法是時機還未到。即使神明應允，也該有個更好的時期。」

艾紗看得出伊德里斯一臉困惑。不過他馬上換上嚴肅的表情，掩飾起真正的想法。

「他們這個世代跟我們不同。」亞辛繼續說，「我們希望女兒盡可能受教育，所以供她上大學。我年輕時，女人甚至無法接受義務教育。要是讓女兒結婚，至今受的教育又算什麼？」

艾紗心想，自己得說點什麼。「爸爸，我都找到工作了。」

「可是，萬一妳懷孕生子了呢？妳打算怎麼養育孩子？妳母親照顧過多少鄰居孩子，都是因為那些母親外出工作。妳認為孩子應該這樣長大嗎？在母親的愛中成長才是最重要的吧。」

艾紗暗自祈求父親到此為止。如果反對這樁婚事的原因，只是難以忍受住高級公寓的人帶來的屈辱（她後悔不該把對方父母住高級公寓的事說出來），應該到此為止就好。可是，亞辛不是習慣運用上流詞彙說話的人，終究還是把不願放女兒自由的真正原因說出口了。

「我和內人都上了年紀，內人身體又不好，我們唯一能依靠的只有艾紗。要是她婚後光忙夫家的事情都忙不完的話，我們還能靠誰？」

就這樣說出了實話。父母投資在自己身上的一切，艾紗必須全部償還。父母對自己的一切獻身，為的是要求女兒也同樣獻身回報。看在伊德里斯雙親眼中，這或許是心胸狹隘的貪婪態度，艾紗卻無法責備父母。艾紗對他們只有同情，要是客廳裡所有人都能抱持同樣心情就好。朝伊德里斯望去，他依然一臉嚴肅。艾紗現在的感覺就像止血帶鬆脫，溫熱的血液一口氣沿手臂汩汩流淌。那時，她才恍然大悟，原來自己比自己以為的更愛伊德里斯。

電視新聞播完後，伊德里斯的視線仍不離電視。索達回到自己房間。夫妻倆雖然在主臥室同床共枕，另外還各有自己的房間。伊德里斯的房間裡有書櫃和桌上型電腦，所以稱那裡為「書房」。索達的房間裡有另一臺電視，稱那裡為「電視房」。待在這裡看韓劇或印尼連續劇，就不用擔心伊德里斯揶揄那些不切實際的誇大劇情了。家裡還有另一個稱為「運動房」的房間，裡面放了划船機和室內健身車。

買下這間有四個房間的公寓，原是考慮到生小孩的事。接受昂貴的不孕治療，索達終於在婚後五年時懷孕。不幸的是，結果流產了。儘管兩人也討論過是否領養小孩，一想到現在是個容易取得各種資訊的時代，夫妻倆一致認為，孩子二十歲後要是找出親生父母，很有可能拋棄自己。雖然幾乎沒人問過為何不生小孩，有時參加別人的婚禮，還是會有不知情的人提起。這時，兩人便拿出事先準備好的答案——「沒有生孩子的命」。「命」指的是養分、恩典或神明保佑的意思。

索達的父親是伊德里斯第二份工作的職場上司。從民間建設公司轉職到政府機關的伊德里斯這時已經三十歲了。部門裡的穆斯林只有他們兩人，星期五的午休時間做禮拜時總會遇見，自然而然熟稔了起來。索達的父親很欣賞這個年輕人，認為他心思細膩，逆來順受，臉上經常掛著害羞的笑容，懂得給年長者做面子。在這裡工作半年後，索達的父親邀請伊德里斯到自己家中吃晚餐，打算介紹女兒給他認識。

吃過晚餐，索達的父親開車送伊德里斯回家。和伊德里斯共乘一輛車令索達產生奇妙的幻想。一如一般長距離車程中常見的，途中伊德里斯提議換自己坐上駕駛座。在這段車程中，兩個不同世代的男人談論著關於信任、安全與將來的話題。

「我兩個兒子都上了大學，女兒卻不想去上短大，明明成績考得上。」

「或許短大裡沒有她想追求的東西。」

「或許吧。不過她考取了幼兒教育的執照喔，從以前就很喜歡小孩。你呢？」

「您是指什麼？」

「喜歡小孩嗎？」

「是的，我想我喜歡。」

「聽好了，我的人生分成兩個階段。生孩子前與生孩子後。因為有了小孩人生就更有意義嗎？不是這樣的。可是，人在拚命工作時，往往會去思考自己這麼拚命到底為了什麼。為了錢嗎？可是，要那麼多錢做什麼？如果有小孩，事情就容易解釋多了。有了小孩之後，父母本身也會成長，不再那麼任性。」

索達也小伊德里斯兩歲，在當幼稚園老師。伊德里斯曾造訪過一次幼稚園，站在窗外看索達。

那時，索達坐在一張小板凳上，讀繪本給孩子們聽。或許因為椅子很小，索達看上去碩大無比。是為了讓自己看起來像繪本裡的角色嗎？伊德里斯感到不可思議。她紮著馬尾，說話時銀色耳環閃爍，眨著亮晶晶的眼睛。牙齒有點亂，但也白得發光。說她看上去活力十足並非誇大。此外，她似乎很好親近，也很懂得怎麼逗孩子們開心。

艾紗之後，伊德里斯認真交往過兩任女友。只是，每到要跟對方父母見面的階段，他就開始遲疑。相較之下，在索達身上體驗不到這種恐懼。因為早在兩人考慮交往之前，伊德里斯就已獲得她的父母認同。有時，伊德里斯會這麼想。戀情尚未展開就先剷除了障礙，是否令自己不禁因此產生感謝之情，而這份情感又轉變成對索達的愛情呢。不過，這個念頭雖然令他感到煩躁，倒也沒有持續太久。

電視房裡的索達無法專心看電視。她很想問丈夫跟艾紗說了什麼，但又辦不到。以為就算丈夫給了答案，自己也能保持平常心，所以一旦問出口，該問的事一定會接二連三跑出來——你說艾紗跟以前一樣都沒變，是跟以前一樣漂亮的意思嗎？你們聊了多久？在美食街時坐在一起吃飯了嗎？有提到我嗎？交換了電話號碼嗎？只要像這樣把話問出口，受到毀滅式的好奇心驅使，自己的妒意或許會朝壞的方向團團打轉。

隔天早上，索達送伊德里斯出門，親吻他的手背說再見。昨晚她曾悄悄下床一次，拿起放在化妝臺上充電的伊德里斯手機。手機一如預期的上了鎖。現在，送伊德里斯出門後，她打開丈夫放帳單、護照和壞掉手錶的抽屜。丈夫的通訊錄應該也在那裡。他習慣把重要的電話號碼和手機號碼抄上去。找到粉紅封面上有變形蟲圖案的通訊錄，翻開前面幾頁。

於是，她看見了。艾紗．賓迪．亞辛的名字。是丈夫的筆跡，旁邊寫的住址在「武吉班讓」，肯定是新寫上的。索達雙手開始發抖。闔上通訊錄，再次打開。名字、電話號碼、地址都還在上面，斥責著她的愚蠢。

艾紗現在正在工作吧。流產後，伊德里斯勸剛升上園長的索達申請休假。索達原本打算休半年的有薪假，卻在假期結束後辦理離職。之後也沒有再找工作，白天不是做做家事，就是花一整天時間備料做菜。或許是怕她寂寞，伊德里斯的妹妹們有時會打電話來。小姑們懂什麼呢。她們只會說自己小孩在學校學馬來語有多辛苦，或是說了哪些令人印象深刻的聰明好笑的話，殊不知這些話只會加深自己的孤獨。

索達知道艾紗在當老師。這麼說來，她的午休時間應該不太規律。即使如此，索達還是等到中午就試著撥了那個號碼。要是等她下班之後才打，伊德里斯也回來了。響三聲後，一個疲憊的聲音接了電話。

「喂？」

「願您平安。」

「願您平安，請問是艾紗小姐嗎？」

「我是，請問哪位？」

「我叫索達。」

「索達？」

「我們沒有見過面。」

「您為什麼有我的電話號碼？」

「我是伊德里斯的太太，您最近見過外子對吧？」

電話線的那頭一陣沉默。

「抱歉百忙之中打擾，請問您有空嗎？」

「有是有。」

「我想登門拜訪您。」

「為什麼？」

「有幾件事想問。」

「關於什麼？現在不能問嗎？」

「我覺得見面再說比較好。」

又是一陣沉默。然後是嘆氣。

「您住哪裡？我住在武吉班讓。」

「我住東邊。不過，我可以過去，您在家嗎？」

「現在學校放假所以沒問題，地址是……」

索達假裝自己正抄下地址。兩人約好隔天下午三點碰面。

其實也可以搭計程車去武吉班讓，但索達決定搭電車。自己家和艾紗家中間共有二十九站，選擇搭電車是為了讓自己隨時都能在這二十九個車站下車。要搭一個多小時的車，才會抵達離艾紗家最近的那一站。

以前也聽伊德里斯說過艾紗的事。說她父母像蛇一樣纏住她，不肯放手。起初，每次聽到艾紗的名字，索達就會生悶氣。初戀情人永遠被高高奉起，與其說是活生生的人，更像一尊不可侵犯的雕像。然而，漸漸地，索達開始同情她。那件事的結局對艾紗而言一定也很痛苦，索達感覺自己成了既得利益者，懷抱近乎罪惡感的情緒。要不是他們把伊德里斯從艾紗身邊趕跑，自己也不可能得到他。

新加坡的社區全都長得很像，但是，只要仔細觀察就能分出差異。索達注意到，艾紗住的那棟公寓一樓外牆有反彈足球後留下的髒汙痕跡。金屬網覆蓋日光燈，為的是避免被人破壞。狹窄的電梯內，三夾板拼成的牆壁角落缺損。走在走廊上，索達發現這棟都是兩房兩廳的格局。

因為沒有門鈴，只能直接敲門。開門後見到的艾紗嬌小得令索達吃驚。艾紗罩著淺紫色的頭巾，身穿黑底紫花圖案的古籠裝。化了淡妝的臉上顯露不安表情，散發一股痱子粉與汗水混雜的氣味。原本以為她看護父母多年，外表應該早已憔悴不堪，現在這麼一看，雙親過世後的艾紗大概逐漸恢復原本的美貌了吧。事實上，確實是如此。

家具簡樸，擺設一看就知道是馬來人的家。牆上掛著阿拉伯文的裝飾文字，花瓶裡插著人造花。絲綢窗簾帶有花邊。艾紗端出紅茶，索達注意到瓷器茶具的細節和這樸素的居家環境不怎麼相稱。一旁附上裝方糖的糖罐和小得如同鑷子的小夾子。索達夾起一顆方糖，放入杯中攪拌。

「妳在這裡住多久了？」索達問。

「剛搬來。之前住在女皇鎮的大房子裡。可是，母親身體變差時已把房子賣了。」

「為了籌措治療費用嗎？」

「對。後來給父親治病也需要錢。」

「妳是獨生女對吧？」

艾紗點點頭，接著問：「妳跟伊德里斯結婚多久了？」

「十二年。外子今年四十四歲，我四十二歲。」

「那我們一樣大呢。」

「妳應該知道我們沒生小孩吧？沒有那個命。」

「命。」艾紗重複了一次，這個字就這麼飄浮在半空。索達心想，只有神能決定要給創造物什麼樣的命嗎？人不能自己創造命嗎？或者，不能為別人創造命嗎？

「有件事想問，希望妳聽了不要嚇到。」

「什麼事？」

「妳願意做我的瑪杜嗎？」索達這麼問。

說出口了。這句話定義了某種關係，並根據這個定義要求締結某種關係。「瑪杜」在馬來語中指與其他女人共享丈夫的女人。用這個名詞稱呼某個女人，意謂著賦予那個女人某個地位。當她成為瑪杜，就不再是第三者，也不是破壞家庭的人或情敵了。是瑪杜。用瑪杜造句看看，就能明白瑪杜以何種方式交織進自己的人生。妳的瑪杜是誰？妳的瑪杜現在在做什麼？自己對瑪杜有什麼感受？不是憎恨也不是嫉妒。把那些話語放倒擱置在一旁，為尚無以名狀的情感讓出一條路。

「是伊德里斯要妳這麼做的嗎？」艾紗問。

「不，外子不知情。是我自己決定來這裡的。」

「他會怎麼想？」

「之後再跟他說就好。我們總是讓男人決定事情，自己只是聽從。這次就自己做決定也沒關係吧？」

「誰知道呢。我從沒想過成為誰的第二個妻子。」

「神不會想為我們帶來痛苦的，或許有人無法接受這種事，但是神知道，這對我們來說是最好的做法。」

「但是，妳為什麼會想這麼做？」

艾紗這個問題，索達已經思考了一小時──在來此的電車上。因為我家還有空房間，可以讓妳住。因為家裡多個人可以化解寂寞。因為知道妳也生不出小孩，今後關係不會變得更複雜。因為看到我對他人這麼體貼，伊德里斯會很感動，說不定會更愛我。因為，我們就是這樣修正自己的命運。

「妳好好考慮看看。」索達這麼說，喝了一點紅茶。沒融化的砂糖碰到牙齒彈開。

得知索達做的事，伊德里斯先是慌張、混亂，最後表達了感謝。情不自禁地想和平常結束禮拜後妻子對自己做的那樣緊握住她的一隻手親吻。然而，他知道不能。能讓伊德里斯這麼做的對象，只有自己的母親、祖母和阿姨們而已。索達從未有過如此光明璀璨的心情。不用一味接受丈夫許可，自己主動贈送禮物的感覺原來是這樣。儘管不是丈夫要求，也從來沒想過會獲得的禮物，但這光明摧燦的心情，應該能消除兩人人生中的痛苦與悔恨吧。

兩人做出的決定，費了好大一番工夫才爭取到雙方家人的諒解。索達的父母和兄長都沒有好臉色，但在知道伊德里斯和艾紗不會舉行邀請好幾百人參加的結婚典禮後，他們才放心。伊德里斯的家人認為兩人受到偏激的傳教士影響，還說最近這種傳教士甚至不用直接見面，在網路上就能收看傳道影片，特別容易被洗腦。

索達疲於說服家人。對於腦中只會浮現後宮或邪教組織的人，無論怎麼說服都沒意義。家人愈警告、愈反對，狀況看在索達眼中就愈明朗、愈無可挑剔，甚至稱得上優雅。第二個戀人成為第一個妻子，第一個戀人成為第二個妻子，總有一天，兩個女人或許也會在這個對稱的構圖上養成親密的牽絆。

索達要艾紗賣掉公寓，畢竟讓伊德里斯跑到武吉班讓與艾紗共度一夜太說不過去了。索達買了一張能放在電視房的床，再幫運動房也買一張床，打算讓艾紗住那間。第一個妻子之中，也有人希望第二個妻子不要住在一起，但那並非因為兩個妻子相處不好。只是難以承受未輪到自己的夜晚那種被冷落的心情罷了。

實際上，索達也在腦中模擬過無數次那樣的場面。關上自己房門，用電視節目來分心。要是睡不著，隨時都能買到安眠藥。剛流產那陣子醫生開給她吃過，效果多好她很清楚。

艾紗通常在下午稍晚的時候來。幫索達準備晚餐，等伊德里斯回家後，三個人一起吃飯。索達陪艾紗去選新娘禮服，協助艾紗把床和她帶來的衣服放進運動房。還讓艾紗做了一次她擅長的料理。那時，艾紗在廚房裡一邊削馬鈴薯皮，一邊問索達為何辭去工作。

「無法忍受繼續待在小朋友身邊了。」索達回答。

「抱歉，我無意傷害妳……」

「有時我會覺得自己的人生分成了兩個階段。前半段的自己一心以為一定會生小孩，後半段的自己已經知道那是不可能的事。」

「我從來不想生小孩，就算能生也不想。」艾紗說。

「為什麼？」

「一想到自己可能不愛小孩，就覺得很可怕。」

「說這什麼奇怪的話。」

「妳認為愛會有消失的一天嗎？」

「為什麼會消失？」

「對一個人付出太久，愛就會耗盡。只剩下義務感。」

某天，索達給艾紗看了幾個幼稚園的教師及行政人員徵才資訊。她又產生了想要工作的心情。在那之前，索達一直不確定在面對孩子們尖銳的聲音、輕盈的身體及近乎盲目的信任時，自己會有什麼感受，對此感到恐懼。她也知道這是「那裡沒有自己的孩子」這個念頭糾纏不去導致的結果。用雙手抱起，帶回家，幫對方洗澡更衣，懷著無計可施的心情深吸一口對方的味道——自己沒有能這麼做的對象。邀請艾紗進入人生後，索達重新思考「擁有」的意義。

別人的丈夫們。別人的孩子們。伸手擁抱，然後放手。

三個月過了。索達找到幼稚園的工作。艾紗找到公寓的買主，和伊德里斯登記結婚。該做的事只剩下一件。婚禮之夜的最後考驗。

吃完晚餐，三人一起做禮拜。伊德里斯在前，女人們並列在後。八點看新聞，之後伊德里斯進書房，坐在書桌前。艾紗去了廚房，擦乾並收拾好先前洗的碗盤。索達獨自留在客廳。

索達坐了一會兒才進電視房。最愛的韓劇九點開始。在那之前只是漫不經心地切換頻道，眼角餘光瞥見艾紗橫過客廳，走進自己的房間。房外的兩人正在等待。索達心知自己擁有讓這兩人等待的力量。八點五十五分，索達關上自己房間的門。

九點左右，聽見伊德里斯寢室門關上的聲音。索達有一種繩索忽然斷裂，整個人墜落井中的感覺。在那之前，她一直認為三人透過共同的療癒行為合為一體，結下難以言說但深遠的牽絆，一起疼惜這個重啟人生的機會——索達始終抓著這個想像不放。然而，遞到她眼前的是什麼機會呢？是證明自己成為為家庭犧牲忍耐的理想妻子的機會嗎？無論如何，她迎接新人進家門，與對方分享夫妻空間，令家庭更臻完美。

然而，寢室裡的那個女人，生不出小孩。

譯者解說

藤井光

亞非言全新創作的短篇〈妻子〉，描述一對四十出頭的馬來人夫妻索達（妻子）與伊德里斯（丈夫）的生活。某天，伊德里斯與大學時代論及婚嫁的戀人艾紗偶然重逢，隨著兩人過往回憶的重現，為眼前的夫妻生活帶來變化。故事以妻子索達為主軸，營造出一股彷彿舞臺劇般的氛圍，細膩呈現宛如家庭劇場的心理描繪，並透過這個主軸說完整個故事。

伊德里斯和艾紗相遇於大學時代。根據新加坡人口普查對不同族群的教育水準統計，馬來人的大學畢業人口比例在二〇一〇年時只有百分之五點五，與其他族群有著極大的落差（二〇二〇年時增加為百分之十點八）。教育程度的差異同時反映在家庭所得上，馬來人的家庭所得平均低於其他族群。不只如此，馬來人族群內部也因職業差異產生很大的階級落差。這樣的現象，在〈妻子〉這個故事中為伊德里斯與艾紗的關係投下一道陰影。

此外，本作後半的重要關鍵字「瑪杜」在馬來語中代表一夫多妻制度內「另一個妻子」的意思。在新加坡，穆斯林之間的婚姻由穆斯林婚姻登記所管轄，根據伊斯蘭法，男性穆斯林最多可與四位女性結婚。不過，二〇一五年與「瑪杜」登記結婚的男性穆斯林僅佔百分之零點三，可見即使在馬來人社會中，也只有極少數人實踐一夫多妻制。

〈妻子〉的故事以此一狀況為背景，處理了本書主題「絕緣」的多重意涵。當故事中的角色做出某個決定，便暴露了存在於世代之間、馬來社會內部，以及出場角色與讀者之間的某種絕緣或斷裂。如何接受並思考這個問題，或許是本作試圖拋出的疑問。

亞非言是一位新加坡籍馬來裔作家。新加坡約有五十萬左右「馬來人」，這個族群的大多數有著「穆斯林」與「使用馬來語」的共通點。只是，除了多數擁有馬來半島或蘇門答臘島血統的群體之外，這個族群也包含了爪哇人、峇里峇安人、布吉人、米南加保人等多元族裔，甚至存在基督教徒群體。

亞非言的父親是爪哇人，母親是米南加保人。他出生時取的名字是「亞德里安」，由於這個名字的英文拼音 Adrian 常被誤認為擁有歐亞雙方血統，父母在他上小學前決定將名字更改為一看就知道是馬來人的「亞非言」（Alfian）。

亞非言成績優秀，年少時就讀知名男子高中萊佛士初級學院（現名萊佛士書院），朝成為醫師的道路邁進。只是，他也從當時就清楚知道自己的志向是作家，報考醫學院只為向社會證明少數族群的馬來人也能當上醫生。以結果而言，他雖順利考上並進入新加坡國立大學醫學院就讀，但並未完成學業，最後仍選擇踏上作家這條路。

一如作家本人回顧學業與本意之間的乖離時說的那句「身為少數族群，代表著有時必須活出虛假的自我」，新加坡馬來人隨時都被迫意識社會對他們的刻板印象。當濫用藥物、肥胖及離婚等「問題少數族群」成為以媒體為中心的敘事公式，身為作家展開活動的亞非言說，他面臨的不是「寫什麼」，而是「為了對抗什麼而寫」。

這樣的初期設問以各種形式出現在他往後的作家生涯中。二〇一二年發行的《馬來素描》（*Malay Sketches*）集結素描風格的極短篇，描繪出當前新加坡社會不同世代與不同社會地位的馬來人面貌。軍人、女學生、健身教練及單親媽媽……透過這些人的經驗突顯他們各自懷抱的苦惱、糾結與希望，建構出一部對刻板印象提出異議的作品。

身為作家，亞非言這樣的態度不只侷限於「馬來人」這個範疇。他的作品經常有著「何謂新加坡」的背景。亞非言也是一位多產的劇作家，二〇一五年，正值新加坡建國五十週年，為了對抗官方大力鼓吹的新加坡歷史，他發表了長達五小時的大型舞臺劇《Hotel》。從一九一五年到二〇一五年，劇本以每十年為一個區間，描述住在某飯店某間房間的旅客，試圖藉此刻劃出「另一段新加坡百年史」。

對新加坡的探問當然不只侷限在這小小的國家內部。亞非言的戲劇近作之一《Tiger of Malaya》（二〇一八年）取材自一九四三年日本電影《馬來之虎》，以一九三〇年代在馬來半島活動的日本人盜賊，有「Harimau（馬來語老虎的意思）」之稱的人物谷豐為主角。谷豐敵視英國人與華人，誓言為家族復仇，協助打算從馬來半島前進新加坡的日軍，投身危險任務……《Tiger of Malaya》的設定是讓觀眾目睹「嘗試起用現代演員於新加坡的劇場『重現』這部典型戰時宣導電影」的過程。劇中提及電影中沒有提到的，谷豐其實是穆斯林的事實，不只單方面修正「英雄故事」，更指出新加坡這塊土地上向來錯綜複雜地呈現多元文化、複數族群及外界定義的軍事戰略。當然，這個「外界」也包括了二十至二十一世紀的日本。

積極磚塊

郝景芳

郝景芳

一九八四出年生於天津市。小學時開始對科學懷抱強烈興趣，進入清華大學就讀，取得物理碩士學位及經濟學博士學位。以經濟學者身分從事研究工作後，目前創立以兒童及監護者為對象，提供一般啟蒙教育課程的公益事業「童行書院」，目標是改善貧困地區的教育環境。上大學後開始正式創作，二〇一六年以《北京折疊》獲獎並出道文壇。在日本的譯作有《北京折疊》、《看不見的星球》、《孤獨深處》（譯名《阿房宮》）及長篇《生於一九八四》、《人之彼岸》、《流浪蒼穹》。

周錯早上出門之前，總會低頭聞一聞窗臺上的植物。植物還沒開花，但它的綠色是整個房間最亮眼的顏色。周錯小心翼翼，擔心它會變黑。他理智上知道不會，但他還是下意識擔心。

他不想回頭看房間。整個房間的牆和地板、與牆相連的裝飾和桌面都變成了灰黑色，他低下頭，只看著自己的腳尖走出了房間，他的鞋踏在地上，像是踏過一片燒過的灰燼。那種灰黑色刺眼，他不想看，閉上眼睛，彷彿被辣椒刺激出眼淚。

在積極城市，所有建築和家具都能感知人的情緒，只要你接觸它們——任何部位——你身體裡的情緒因子就會被它們感知，它們就會變顏色。積極情緒是暖色，負面情緒是灰黑色。

再睜開眼，樓道裡鮮亮的紅色和金色撞了他的瞳孔。

周錯打開樓門的一瞬間，迎著陽光，展開了燦爛笑容。

「周錯，早上好呀！」樓下賣包子的阿姨特別熱情地招呼他，「看到你我就有好運氣！我真是太高興了！」

「阿姨，您的笑容太暖了！如果您的笑容轉化為熱量，那麼整個早晨您蒸包子都不用火了！」

周錯昂揚地笑著說。

在他們腳下，地面暈染開蓮花般的粉彩。

「周錯，你真是太有禮貌了，實在是一個好小夥兒！」周錯樓下的阿姨經過他們，見到剛剛的一幕，巧笑嫣然地拍著周錯的肩膀，讓自己身後羞澀的孩子向前站一站，「快跟周錯叔叔學習一下，以後也得做給人帶來快樂的人！」

「這是我應該做的！」周錯說，「我是一隻蜜蜂，只願您的心裡開花。」

周錯看見孩子向後退了退，腳下的地面隱約有一圈發黑，他有點慌了，連忙單膝跪地，撐住孩子的肩膀，對他說：「你不需要說話，你現在想像就好。想像一個有月亮和發光小船的世界，你坐在小船上，能飛到雲層裡。」

他微笑著說這些，看到自己和孩子腳邊的灰黑色都褪去了。他鬆了一口氣。

站起身，他伸出手指向前方，說：「阿姨，我要先走了！我要去上班，實現我的理想，為人帶來快樂！做一個快樂的人，做一個能給別人帶來快樂的人，是我最大的驕傲！」

街頭的彩虹色風景，很像明媚天氣。屋頂是淡紅色，牆壁是橙色，樓梯和窗口是黃色，窗簾是鮮嫩的綠色，整體看上去，像鮮花綠草的陽光野外。小鎮的街道變換著絢爛的色彩，隨著踏上去的人心情不同，變幻出赤橙黃綠青藍紫的瑩亮顏色。

周錯坐車行駛過這一切，心裡有點恍惚。他警醒自己不要讓出租車外殼變黑，但時不時的內在思緒，常常將他拉出燦爛的畫面。

周錯二十七歲，還沒有過女朋友。他每天一個人上班下班吃飯，即使生了病也沒人照顧。但是他努力在每天的日常生活中忽略這一點，否則無法做好白天的工作。

積極小鎮有積極政策：每個人都應該表達積極情緒。快樂、幸福、滿意的積極情緒可以感染人，讓其他人更積極；而悲傷、痛苦、恐懼、憤怒的消極情緒也可以感染人，讓人產生消極的情緒，所以小鎮的科學研究系統得出報告結論，只有積極情緒允許展現出來，讓情緒材料變得鮮豔是可以的。如果誰的情緒讓情緒材料變得灰黑，一旦蔓延開來，影響到其他人，就得把他送去隔離。

周錯和他一萬六千七百二十四個同事一樣，都是這個城市的積極心理按摩師，他們每天的工作就是在所有街頭巷口和電視節目演播廳，表演開心快樂的片段，讓小鎮所有人感到開心。周錯特別有肢體語言逗樂的天分，對著鏡頭格外有表現力。雖然他職位低微，但對自己有期許。

辦公室裡還沒有幾個人，但是來的人都有一種暖春的氣氛。

「你今天看起來氣色真好呀！」王潔見到周錯，對他說，「你是我們辦公室的新星。」

「你也很美。」周錯說，「這條裙子把你襯托得像路燈一樣明亮溫柔。」

他經過一張桌子，兩個同事在低頭微笑著說話。

「Wesley，你上禮拜查了賬戶嗎？是不是有點不對勁？」Authur 和 Wesley 說。

「別說這個。」Wesley 的臉上有一閃即逝的倉皇，但迅速轉換為大笑，「我給你講一個小故事，今天早上剛看的，樂死我了。」

他們的手臂撐在桌子上，桌上的灰白色瞬間變為跳動的金黃色。周錯經過他們，對他倆微笑，假裝沒聽見任何事。

周錯走到自己的桌旁，剛一坐下，就看到屏幕上的一則彈屏提示：他沒有通過初選。

他有點發懵，眼睛像是瞬間蒙上了一層霧，他揉了揉太陽穴，閉上眼睛又睜開，這一次總算是能定睛看一看了。確實是沒有通過初選，原因寫得模糊不清，而且充滿了奶油糖果的安慰：他的表演很聰明、很有創意、很好笑，但是缺了一些特色，因此沒能通過初選。

周錯感覺到一種不祥的情緒在身體裡蔓延。這個選拔活動是他們公司內部的節目海選，能夠通過海選的人可以成為公司重點主推的新星，有希望成為整個積極城市的快樂大使。他原本以為自己能夠一路通關，進入總決選，成為大街小巷屏幕上的新星，他甚至設計了決賽表演的趣味橋段。但他怎麼也沒想到，自己連初選都沒有通過。

他有點驚恐地發現，他手臂接觸的桌面正在變黑，他下意識抬起手臂，手臂懸在空中，哪裡都不敢接觸，但是他屁股和腳下的座椅與地面也在變化。一絲絲，灰色像墨水蔓延。

他彈起來，不敢坐，腳也踮起來，想盡量減少與地面的接觸。但是這樣又引起周圍關注。他知道這樣不是辦法，還是無論如何必須穩定住自己的情緒。他又重新坐下，像往常那樣，想他喜歡的古詩：孤帆遠影碧空盡，唯見長江天際流。孤帆遠影碧空盡，唯見長江天際流。他想像遠處的白雲山谷，想像白雲底下的綠草如茵。想來想去，黑色終於褪去了。

剛穩定了一秒鐘，突然屏幕上彈出另一行字：周錯，請到總監辦公室來一趟。

周錯的心咯登咯登跳了幾下，連忙對著鏡子整理了一下儀容，敲了敲總監辦公室的門。總監辦公室裡有著最心曠神怡的米黃和新綠顏色，很有自然氣息，讓人感覺總監的積極情緒滿格，很有積極影響力。周錯有點自慚形穢，但在腳下地板變灰之前及時止住了這種內疚。他重新整理了一下精神，開口笑道：「總監，您找我啊？我今天是怎麼了？怎麼這麼榮幸，估計是我昨晚上吃比目魚帶來的幸運。」

總監微笑著儒雅地說：「周錯啊，今天你可能收到一個通知，說你沒有通過公司初選，你現在還好吧？」

周錯笑著說：「看您說的，這是好事兒啊。沒有通過初選，我接下來就可以做觀眾啦，我從小最擅長做觀眾了，我會一百種啦啦隊的本領，保證在現場給選手營造出特棒的氣氛。而且我媽說了，我這人從小有一優點，就是越挫越勇，您看我的名字，周錯，就是愛出錯，越錯越神清氣爽，越錯越喜笑顏開。」

他說著，做了兩個滑稽的拍屁股的動作，逗得總監也不由得笑出聲。

「周錯，你還是很有才華的。」總監慈祥地說，「其實呢，我們這次也還是給你有安排，雖然不是選手，但是這個職責更加光榮一些。下禮拜市長要在全市巡遊，看看我們積極城市的快樂面貌，所以從這禮拜開始，就需要各個街口更加色彩斑爛一點。所以我們公司準備派幾位親和力強、幽默感強的心理按摩師，站在街口，讓來來往往的人都綻放快樂心情。」

「這個使命太了不起了！」周錯激昂地答道，「您對我真是太好了！」

「那就去吧。」總監笑得很滿意，「加油哦！我很看好你！」

周錯真的覺得內心鼓蕩起一陣壯懷激烈的興奮。這一次，當他走向自己辦公桌的時候，第一次踩出雙腳赤橙的顏色，發出閃閃亮光。

整個下午，周錯都站在街上，用自己的唱歌、跳舞、扮鬼臉、講笑話和溫暖的問候，讓每個過路人都露出和煦的笑容。

在他周圍，一切顏色都是那麼美麗。地面的磚塊時而金色橙色閃爍，時而暈染開柔和的玫瑰紅。

周錯在表演的過程中一直用餘光掃過地面，每當出現心曠神怡的青草綠的時候，他就格外受到鼓舞。他覺得這些磚塊真的不可思議，輕盈的質地和表面的亮澤，像是降臨人間顯示智慧的神器。

他只有偶爾想到自己的落選和灰黑冷寂的家，才會產生出一絲絲墨汁般的憂鬱。但是他決不讓這種情緒蔓延，總是及時用一個笑話止住，用鮮豔的紅色像瀑布一樣沖走一切。

「女士，您知道什麼叫刻舟求劍嗎？就是我周錯見到了像您一樣美的女士，要把我自己刻出烙印，只為了求見你一面。一面，此生足矣。」

女士笑得花枝亂顫，地面也蔓延開粉紫色的水波紋。

忽然，周錯看見兩個同事。他們下班從他所在的街口回家。周錯興沖沖地過去打招呼，但他們沒注意到周錯就走到前面去了。周錯想起來，自己身上還穿著一身一百年前的禮帽和西裝，戴了誇張的黑圈眼鏡，還貼了兩撇小鬍子。從外觀上，看不出自己是正常的。

他又從他們身後趕了兩步，想追上他們，跟他們告別。兩位同事在等紅燈的路口停下。但就在追到他們身後，沒來得及拍他們肩膀的時候，周錯突然聽到了自己的名字。「周錯，」他聽到一個人說，「他是最可惜的。要不是總監小姪女插隊，他還是挺有可能入選的。」

周錯一愣，手懸在空中。「是啊，」他聽到另一個人說，「周錯初選時的章魚舞其實挺有想法的。」

綠燈亮起來，周錯猶豫了須臾，兩個同事就向前走遠了，追不上了。

到了下班的規定時間，周錯摘了禮帽，準備回家。但不知為什麼，他的雙腳在不由自主帶他向辦公室方向走去。

他有點恍惚，內心一片空白，也說不上自己此時是什麼心情。等到他回過神來的時候，已經刷臉進入了辦公室。

面對空無一人的碩大房間，他突然一激靈，明白過來一些。周圍牆上彩虹一般的顏色，在空寂的環境中彷彿清淡了下去。他不知道哪裡來的勁頭，突然想進總監辦公室去看看。

總監辦公室還是像早晨進來時一樣和煦。周錯想找到任何有關總監姪女的信息，不知道該在哪裡下手，有點慌張地翻了翻總監辦公桌上的電子紙閱讀器，沒看出什麼端倪。偶然碰了總監桌上的電腦屏，屏幕的智能程序聲音響起來：面孔未識別，請輸入其他身分驗證信息。聲音劃破寂靜的傍晚，把周錯嚇得幾乎驚跳起來，他下意識向後退，退到書架邊上，後背碰到書架，在書架上印出一個相當昏黑的背影。他一嚇，一屁股坐在地上。

他沒看見任何有關總監姪女的信息。但他看到一個讓他忘不掉的畫面：總監的書桌下，在一般人看不見的角度，有一個深黑色的腳印，深陷到地下，那麼深，那麼黑，像是陳年的墨汁深埋在地下。

他呆滯了片刻，落荒而逃。

當天晚上，周錯在自己的小房間裡，默默抱著被子，縮在乾硬如黑炭的床上，睡不著。他原本以為只有自己一個人會有灰黑色的家具，但總監辦公室裡看見的深黑色腳印深深印在他的腦海裡，揮之不去。他越想越覺得很多事情超出他的思想範圍，越想床就越漆黑堅硬。他感覺身體被咯得生疼，最後只好把被子抱到地上躺下。

他打開網絡電視，想要解悶，但是屏幕中全是歡騰，跟他的情緒格格不入。有一個女孩在跳積極街舞，另一個屏幕裡是兩個人在慶祝分手。每個人都開開心心甜甜美美蹦來蹦去，吵得周錯腦仁疼，也讓他找不到共鳴。他一個人窩在被子裡，抱著雙膝，被子也變成了灰色，縮成小小一團，他冷得發抖，想讓被子恢復原樣，可是被子怎麼都回不去了，他於是更沮喪，情緒更壞，似乎整個房間都縮成水泥了。

他覺得自己到了無計可施的地步，想找人說話，但又完全不敢暴露自己，不敢跟人說。就在他困頓得無法自拔的時候，敲門聲響起來。他本不想開門，但謹慎地想了想，還是勉強爬起來，來到門外，發現是他的鄰居，王叔。

王叔的手和臉都被一層霧氣氤氳遮住了。周錯定睛看了，才發現王叔端著一碗熱騰騰的水餃，一看就是剛煮出來的。

「今天包餃子包多了。」王叔說，「給你拿一碗來。趁熱吃吧。」

「您對我真是太好了，」周錯的眼睛被湧起的感動弄得有點濕潤，趕忙壓下去，「不過，您還是多留一些自己吃吧，別給我這麼多。」

「不用，你別管我。」王叔擺擺手，「反正我過兩天可能要搬家，家裡的吃的都得處理，到時候搬不走。家裡還有好多呢。」

「搬家?為什麼要搬家?」

「這邊的房租太貴了。」王叔有一絲無奈，「不過還沒定，還要等一些消息。」

當晚，他回屋趁熱把餃子吃了，燙口的肉餡在嘴巴裡跳舞，醇厚的滿足感從心底升騰。他感動得無法自拔，心裡獲得巨大安慰，終於沉沉地睡著了。

第二天晚上，他想去給王叔送還碗筷，可是怎麼敲門都沒有人。第三天清早上班前敲門，也沒有人。一連兩三天都如此。

周錯以為王叔已經搬走了，只感覺沒來得及送別，十分遺憾，但直到第四天，見到另一個鄰居，才知道王叔因為在馬路上跟人發脾氣，被帶到了情緒拘留所，造磚塊。周錯大吃一驚，他一直覺得王叔很好脾氣，沒想到也會被帶到情緒拘留所。他連忙打聽詳情，鄰居說，王叔最近可能遇到一些麻煩，情緒一直不太穩定。

周錯連忙預約去拘留所看望王叔。他上班都有點恍惚，一下班，連忙跑去情緒拘留所。這是他人生中第一次去這個傳說中的地方。他原本以為它會在郊外很遠很遠，就像療養院，卻沒想到就在城市邊緣，離市中心不過十公里遠，外表看上去很像是普通的公園。

「您好，周錯先生，」門口的引路機向他打招呼，「歡迎來到積極情緒干預與引導中心。請您嚴格按地上亮起的發光箭頭走，就能見到您想看望的人。請不要走下發光箭頭指示的路，在園區內隨意行走，否則會有危險。積極情緒中心，你最貼心的人生服務站。」

周錯猶豫了一下，問引路機：「什麼人會來這個地方？」

引路機說：「讓自己的消極情緒影響他人的人。」

「那什麼人可以離開呢？」

「能煥發積極情緒示人的人。」

「為什麼不能有消極情緒呢？」

「在偉大的積極城市，一切都舒適美好，每個人都用自己的積極情緒善意地影響他人，這種情況下，如果隨意展示消極情緒，那就是無視他人的偉大努力，給城市搞破壞。」

「你有情緒嗎？」周錯問引路機，它看上去像一個石柱子。

「我永遠積極向上，為人送去溫暖，我認為這就是我的情緒。」引路機答道。

周錯進入探望室，看到了準時等在探望室裡的王叔。王叔由一臺巡視機器引導進房間，周錯感覺心裡有點酸楚，湊近玻璃對王叔說：「王叔您還好吧？」

「還行，還行，沒什麼。」王叔像是寬慰他，笑了一下。

「在裡面都幹麼啊？會有人對您動用什麼強制或暴力手段嗎？」

「暴力手段倒沒有，」王叔搖搖頭，「不過也有點強制。在這裡吃的睡的還不錯，但就是讓人勞動，造磚塊。……嗯，真的，就是動手捶打，就跟咱們在電視裡看到的古代磚窯一樣。我也不知道為什麼這樣。……是，造的就是咱們這建築和家具的材料，說是什麼新型高分子聚合材料，就是你看到這些……」王叔伸手拍拍面前的桌面，「不過我們造的算是原胚吧，之後據說還會拿去加工廠做成各種各樣的造型。」

「這跟改善情緒有什麼關係呢？」周錯問。他從小就聽說情緒拘留所是很可怕的地方，因而也一直規訓自己，生怕被抓進去。

「我也說不清楚，」王叔說，「好像聽說，這種材料能夠感知你血管神經裡的不知道什麼化學元素，特別靈敏，能幫助你改善情緒。不過我覺得可能也就是簡單的體力勞動的作用。原來小時候聽我爸說，體力勞動能讓人心情舒爽，我當時不信，但這兩天過後，我倒確實有一種舒爽的感覺。」

「這麼說還好。」周錯舒了一口氣，「我特別怕你在裡面受苦。」

王叔搖搖頭：「那倒是沒有。就是有點不自由，還是早點出去的好。」

「哦，對了，」周錯想起來，「王叔，您是怎麼回事？您怎麼進來的啊？」

「欠人錢，」王叔說，「沒控制住，在街上跟人吵了起來，把整個街口弄黑了。」

「您怎麼會欠人錢呢？」

「唉，」王叔嘆了口氣，「其實我這兩年就沒有穩定工作，我就找人借錢做了點生意，但……沒什麼結果。」

周錯知道，所謂「沒什麼結果」，肯定是賠了很多。借錢，多半也是不小的數額。

「但你怎麼會沒工作呢？」周錯問，「您不是公司的創始員工嗎？」

王叔說：「創始員工有什麼用？老闆說你沒用了就是沒用了。我聽說是我們老闆前妻的兒子回國了，據說是拿過國際大獎的，頂了我的位置。我這個年紀，再找工作實在是難。」

周錯想到自己的經歷，也是感同身受，隔著玻璃試圖拍一拍王叔的肩膀，但是手接觸到玻璃的窗框，把光澤柔亮的窗框直接按出一個黑手印。他像燙了火一樣縮回手。

「王叔，我最近跟你一樣，」周錯也不知怎麼著，一時衝動，就把話說了出來，「我也在公司遭遇滑鐵盧了。我們公司最近的選拔比賽，我也被頂替下來了。這是我期望了好久好久的機會，如果錯失了，不知道又要等多久。我聽說是因為總監的小姪女。我也不知道是不是真的。反正我也是跟你一樣。王叔，我真特別明白這種感覺。」

周錯說著，他胳膊下面撐著的小桌板就開始一點點變灰。這次不是黑色，而是深灰色的氤氳，如同墨汁滴進水裡，一絲絲蕩漾開去。他說著說著，不知不覺用手抓住了玻璃外框，外框也被手掌按得如斑馬一樣斑駁。

周錯身邊，巡視攝像頭的警報開始響起。由於周錯和王叔說得投入，兩人對身邊的笛聲充耳不聞。他倆平時很少這樣交流，今天隔著一塊玻璃，彷彿反而更為通透，多日心裡憋悶的憤懣都相互交流出來，簡直太投機。隨著顏色越變越深，攝像頭的警報也越來越響。

突然，兩輛小巡視車從周錯背後的小門行駛進來，伸出兩個鉗子，一左一右夾住周錯的胳膊，讓他動彈不得，周錯想掙扎，但鉗子越夾越緊。「幹什麼?!你們幹什麼?放開我！」周錯徒勞地跟兩輛小車叫喊著。它們不為所動，又一左一右將周錯的腿固定在它們的車身上，然後裹挾著周錯向樓道開去。只是這一次，並沒有駛向門口，而是駛向樓道深處的一道綠門。周錯驚恐地大喊。

「為什麼?」周錯大叫道，「你們為什麼要綁我?」

「因為你展示的消極情緒，超出了正常閾值，進入不健康領域，如果回到社會，會危害他人，因此必須將你隔離治療。」巡視車不帶感情地回答。

當天夜裡，周錯躺在拘留所的小房間裡睡不著。

平心而論，拘留所的小房間並不算艱苦，甚至相比周錯自己的房間，這間屋子還算相當舒適了。至少這裡的床是簇新柔軟的，不像周錯自己的床，早就變黑變硬，板結成一塊了。周錯早就想換一張新床，但現在的家具實在是太貴了，他一個月的薪水總共買不了兩件家具，很久都沒捨得換。在拘留所的小房間裡，他算是終於睡到了久違的軟床上。

但他就是睡不著。

他特別擔心自己在半夢半醒之間，或者是睡著之後的噩夢裡，壞情緒太多，把拘留所的床也變黑，這樣或許永遠都出不去了。他也擔心第二天要開始的捶打磚塊的過程，他不知道那會是怎樣的體力勞動，會不會像古時候奴隸那樣，被機器人的鞭子抽打著工作。他又想到自己和王叔的對話過程，雖然他很懊惱自己沒控制情緒，跟王叔一起吐槽，但他內心深處又冥冥感謝這樣一個下午，讓他知道自己遇到的煩惱也有人跟自己一樣。

凌晨，他疲憊而紛繁的大腦終於支撐不住，眼看要進入夢鄉，突然，一個閃念劃過他的腦海，把他徹底驚醒了：當他從公司下班的時候，公司的電腦還開著，而電腦上，有他試圖潛入總監電腦、尋找舞弊證據的記錄。

當周錯想到這一點，他從床上蹦起來，他知道自己必須從拘留所出去，在大家還沒上班之前，把自己電腦上的證據清空，把電腦關閉。

他試圖拉門，拉不動，推門也推不動。他試圖找到開門的按鈕或鑰匙，但遍尋了一大圈，還是沒有找到。他拉開窗戶，發現窗玻璃外面還有加固的欄杆。最終，他在衛生間頂部發現了一個沒有護欄遮擋的小天窗，看高度也剛好夠一個人爬出去。

他來到樓道裡，完全搞不清楚方向。樓道都是一模一樣，有多個岔口，彷彿一座迷宮，更讓他頭暈腦脹。他沿著一條最長的筆直一路向前跑，想跑到盡頭的門。但是當他氣喘吁吁終於到達的時候，他推開門，卻看見自己最不願意看見的景象：磚窯。

他停下腳步，瞪著寂靜中空曠的磚場。磚場空無一人，卻好像有無數人聲鼎沸。

他情不自禁走了幾步，走到邊緣的一處勞動場，揮起錘頭，捶地上材料池裡一堆原料。原料發出一聲悶響，觸手的感覺有彈性而異常奇特。他忍不住又捶了一下。又捶了一下。他看到材料池裡的原料逐漸變得有形。這個過程中，他體驗到一種獨特的爽快的感覺。他好像把自己長時間以來的不快全都一錘一錘揮了出來。他非常使勁，越用力，越有痛快的體驗。錘子底下的材料也非常奇怪，他捶得越猛烈，材料也變得越堅硬成型。很快，材料就跟隨著材料池的形狀和他的捶打，變成了長方體磚塊的形狀。

他還想繼續捶打，但突然聽見警報的聲音。他回頭看見三輛巡視車的身影，突然清醒過來，意識到自己需要立刻行動。

他跳到離自己最近的窗玻璃跟前，揮起手裡砸磚塊的大錘，用盡全力向玻璃砸去。一錘下去，就出現了極為明顯的巨大裂痕。他用餘光判斷巡視車，又使盡全身力氣繼續砸窗戶。三錘之後，玻璃碎裂，他清除了一些碎玻璃，然後在巡視車抓住他之前幾秒，翻身到了玻璃窗外。他的身體被碎玻璃刮出了傷痕，但巡視車的鉗子沒有抓住他的手臂。

園區的警報都響起來。周錯沿著窗臺邊的排水管向下滑了一段，就雙眼一閉跳向地面。雙腿著地之後，又全身就地滾了幾圈，才爬起身向前跑。右腳腳踝在落地時有一點扭傷，但不算嚴重，他拖著腿全力向園區外面奔跑。腳踝的隱痛和身體的玻璃刮傷，讓他忍得辛苦，心底的緊張和恐慌也在放大，所到之處，地面踩出一個又一個黑色的腳印。

園區的大門閉鎖，而身後的巡視車又越來越近。周錯看看身前的大門，又看看巡視車，退無可退，就站在大門前迎接巡視車的到來。就在巡視車離他只有一米左右時，他閃開身，跳到一側，又從後側方跳上巡視車，雙手緊抓住巡視車兩條長長的鐵鉗手臂。不出他所料，當巡視車朝向園區大門駛去的時候，大門識別了巡視車，無聲敞開。

周錯身後，另外兩輛巡視車一直在追。周錯不敢跳車，只好按鍵，把自己依附的巡視車改成手動操作，控制著方向一路向前。約莫兩三公里，就看見了車流熙攘的城市街道。

拐上城市街道之後，身後的兩輛巡視車消失了。周錯鬆了一口氣，想找一個沒有人注意的地方棄車而逃。

周錯拐向一個小的岔路，在一座巨大的工地旁。他怎麼都沒法讓巡視車停下，只得來回拍擊巡視車的控制鍵，最後沒辦法，只好跳下車，想讓巡視車撞到旁邊的牆上，自行停下。

誰知道，這座工地的牆，只是臨時搭建的隔離，並不穩固，全金屬製的巡視車撞上去，竟然使得相當一段牆塌了下去。牆磚碰倒了旁邊剛剛支起來的一根支架桿，還未完成，相當不牢固。

支架桿向旁邊一張放食物的桌子倒過去，周錯三步併作兩步衝過去，抱住倒下的支架桿，他被支架桿的動量衝擊，踉蹌著坐到地上，但支架桿從餐桌旁邊生生擦過，最終搭在旁邊的吊車架上，沒有造成損失。

周錯長出一口氣。但就在他放下心，以為萬事大吉的時候，他帶著驚恐地發現，他死死抱住的支架桿上，出現了巨大的一團黑影，並且以飛快的速度向周邊擴散。

他或許是經歷了整個凌晨的驚慌失措，從而忽略了自己情緒上的巨大起伏。他忘記了，自己的驚恐、擔憂、壓抑和憤怒，都積攢在他胸中，在奔跑逃竄的過程中也不曾釋放，此時此刻，當他緊緊抱住支架桿，所有的一切情緒像是洪水得到了突然的傾瀉通道，一瞬間開始外溢奔逃。只用幾秒鐘，他的情緒就把支架桿染黑了。

這還不是結束。支架桿的黑色搭在吊車架上，吊車架也開始變黑。周錯以前也見過黑色蔓延，但是他第一次見到這樣快速的蔓延。他也不知道是怎麼回事。他來不及思考和反應。工地上的人聽聞聲響，開始向此聚集。他們看到變黑的支架桿和正在發黑的吊車架，發出了「哦，天哪——」的驚慌呼叫。一群人一擁而上試圖扶起支架桿，或者控制吊車架，但這種措手不及的驚慌失措，使得吊車架的黑色愈發加深。吊車司機趕來了，他想把吊車架轉向，但恰好有一群人往另一個方向拖拽。轟隆一聲，吊車架向工地的建築倒下。

這一倒不要緊，剛建起來一半的高樓，直接有半面牆被撞塌。人們驚愕地發現，高樓的牆內，竟然整面牆的內芯都是黑色的。樓體全是用積極材料建成的，而每一塊積極磚塊內，都藏著深黑色的內芯。一地破碎的磚塊，每塊都有黑色核心。

工地上的人們驚呆了。他們一直在建造晶瑩美麗的高樓，所有積極磚塊都有瑩亮的外觀，隨著人們的激昂和驕傲，高樓的外觀總會幻化出七彩光輝。建築師和工人一直在建造高樓，但從未擊穿積極磚塊的核心。

看見這一點，所有人都感覺到震驚、恐慌，黑色在眼前蔓延，也在許多人內心中蔓延。恐慌催生恐慌，當人們看見大片蔓延開的黑色，心裡埋藏的壓抑釋放出來，隱藏的負面情緒快速蔓延。一會兒工夫，就從工地出發，蔓延到街頭。

整個城市都在變黑。從一座樓到一座樓。樓面上光鮮亮麗的色澤消失了，取而代之的是磚塊由內而外釋放出的灰黑色，還有複雜的幽暗紋路。路人看到這鋪天蓋地的黑，引起更大範圍的恐慌和情緒釋放。城市開始癱瘓。

城市大腦接收到信號，開始從智能設備中提前設定的積極程序，播放出積極音樂和畫面，音樂響起的地方，轉回五彩顏色，但是旁邊有衝過來的恐慌逃散人群，又讓城市街道的地面轉回黑灰色。城市就像雨後水坑一樣，深黑色上漂浮著五顏六色的油彩，不斷浮動。然而，這是杯水車薪，無法阻擋恐慌和負面情緒充斥的民眾陷入奔跑。而悲觀情緒還在不斷傳染。最終，人群被恐慌尖叫充斥，整個城市在混亂中變成黑色萎縮的建築集合體。

整個過程中，周錯目瞪口呆。他一方面震驚於每一塊磚內在的黑色芯，另一方面震驚於自己偶然失誤引發的如此重大的城市動亂。他看到整座城市在自己眼前變黑、混亂、傾覆，始終不敢相信自己的眼睛，而深刻的自責將他裹挾，他拚命想衝出重圍，挽救局面。

他衝上街頭，大喊「請冷靜！請冷靜！」，又試圖站在十字路口，表演他平時習慣的演出。

他講笑話，扮演小丑，可完全是徒勞的，沒有人還在這一刻有心觀賞。

他在混亂的人群中看到一個哭泣的女孩。女孩被人群擠掉了自己的娃娃，娃娃在泥裡，被很多人踩了很多腳印。女孩大哭著，想要去撿，撿不到，只能看著娃娃被踩，痛苦鑽心。周錯扒開所有人，鑽到人群腳下，用自己的後背護住娃娃，被踩了好幾腳，最終撿回娃娃，送到小女孩手裡。

「娃娃回來了。」他對小女孩說，「她只是去找寶藏了。她去了火山口找寶藏，所以才會一身泥灰。」

「真的嗎？」小女孩揉揉眼睛，止住了眼淚，又吸了吸鼻涕。

「真的。真的。」周錯說，「你聽，她在說：嘿，我找到了火山口裡晶瑩璀璨的寶石，在最深的熔岩裡，才能醞釀最璀璨的寶石。你看，寶石在發亮呢。」

周錯說著，攤開娃娃的手心。小女孩就像看到真的寶石一樣，開心地笑了，說「真的，我看見了！」

在他們腳下，街心蕩漾開一抹彩虹，如同暴風雨中的一眼五彩清泉。

發表於《天涯》二〇一九年第五期（二〇一九年十月）
收錄於《長生塔》（郝景芳著，貴州人民出版社，二〇二〇年四月）

後記

這篇小說是幾年前一個偶然的機會創作出來的。

起初的構思點來源於我和母親的一些瑣碎衝突。日常生活中，母親常常因為我的想法不像她期望的那麼積極，而有不快的情緒。她總是希望日子紅紅火火、熱熱鬧鬧、陽光燦爛、和和美美——然後屢屢受到現實的打擊而挫敗。為什麼日子永遠不能像她想的那樣積極呢？她想不通，因此時常跟我哭泣抱怨。

很多時候，我沒法安慰我媽媽。在我看來，問題不在於現實怎麼不能像她想像的那樣美好，而是反過來，她為何難以接受現實就是充滿悲傷苦痛——喜怒哀樂都是生活的一部分，接受時常到來的悲傷苦痛，與之共存並感受痛苦的滋味，這不就是人生嗎？

後來我發現，像我媽媽這一代人，年輕的時候收到的教育就是一切都應該激昂向上，要奮鬥，要追求，要積極，要永遠保持革命樂觀主義精神，再加上中國傳統觀念中的大團圓的觀念，因此對生活的感知是只有陽光積極的一面才是正常的，生活裡的快樂樂觀是正常的，憤怒悲傷都是不正常的，需要消除的。因此發自內心認同文藝作品的目的就是傳遞正能量，並不理解很多文藝作品的悲傷、憤怒、諷刺和痛苦的總基調。

但人的心智系統是完整而不可分割的，人格和意識中，不只有快樂陽光的一面，也包含大量自然的負面情緒，就好比光和影，有明就有暗，有光就有影。

面對無聊醜陋事物的「煩」，面對未知風險事物的「憂」，面對不公平事物的「怒」，面對逝去損壞事物的「悲」，面對恐怖凶殘事物的「懼」，面對愚鈍可笑事物的「嘲」，面對麻木不仁事物的「哀」，面對給予傷害的人的「恨」……所有這些都是人的正常的情緒，若不能正視這些情緒，不敢承認或者懼怕這些情緒，壓抑這些情緒，那就會讓正常自我的一大部分壓抑到潛意識中，就像一座山鎮壓住的妖怪，總在山下暗湧。

精神分析心理學中，會認為人格與心理系統中的陰影，並不會憑空消失，尤其是在自我不能正視和修復的情況下，所有被壓抑和排斥的陰影，都會轉移到其他地方。有的是壓抑在自己潛意識裡，最終轉化為抑鬱、躁狂、分裂、自殘或與他人的衝突。有的是排出到體外，為了保持自我意識的完美，就把陰影轉化為對他人的無意識攻擊性，最終害人害己。

因為思考到這些地方，我寫出了〈積極磚塊〉這個小說。它想講的就是對人類意識系統完整性的思考——如果生活中的表達只剩下積極快樂的部分，那麼所有的憂憤怒悲的陰影，都到哪兒去了呢？毫無疑問這些陰影並不會消失，而是隱藏起來，等待一個爆發的時刻。

這個小說沒有什麼太奇詭的設定，它討論的只有一件事——生而為人，我們如何把自我內在的全部光明和陰影統合起來，成為完整的人。

燃燒

ลุกไหม้

威瓦・勒威瓦翁沙

福冨涉 譯

威瓦・勒威瓦翁沙

วิวัฒน์ เลิศวิวัฒน์วงศา

Wiwat Lertwiwatwongsa

一九七八年出生於泰國普吉府，目前也居住於此。平常是任職於醫院的藥劑師，也是一位電影愛好家，在泰國以 FILMSICK 名字從事影評活動，於國內外舉行各種電影放映會等企畫。泰國內部激烈政爭，導致許多國民受到傷害，在這樣的情況下，威瓦・勒威瓦翁沙開始創作，二〇一三年發行短篇集《壞掉的烏托邦》，以小說家身分廣為人知。《二五二七年非常幸福的另一天》描寫生於軍事政變後的人們的苦惱，已於日本翻譯出版。最新作品是二〇二〇年發表的中篇小說《八十四段慰藉》和短篇集《畸形兒之愛》。

1

貓消失了多久，妳已經不記得了。沒有名字，妳養的這隻貓就叫「貓」。已經好幾天，說不定已經超過一星期了。即使如此，妳在半夢半醒的時候，總還是一如往常地感覺得到溫暖毛皮的觸感。彷彿撫摸妳身體般的動作，表示感到一絲幸福的呼嚕聲。妳任憑這些感覺留在身邊，就這麼墜入夢鄉。

妳在這間房間裡和他相愛了。帶他進房並展開誘惑的是妳。你們相遇於海邊。他是妳高中時的朋友，即使已經三十多歲，還是跟以前一樣教人看不下去。他沒有搬過家，一直都在老家跟母親住。除了電腦和一輛摩托車就沒有其他像樣的財產了。你們兩人同班了三年，他被包括妳在內的所有人孤立。那是一種堪稱奇妙的孤立方式。他功課好，個性穩重。朋友們都認同他，但他和任何人都不親近，也逃避團體行動。妳還記得他帶小說去學校的事。和妳變得親近，是因為他暗戀妳。他借妳書。有時，裡面夾著他寫東寫西的筆記紙。有時使用可愛的卡片，有時像暗示什麼似的引用書裡的一小節。那時，妳接受他的一切，以適度的誠意相待。那是介於戀愛與剝削之間，名為心機策略的妳的第一個遊戲。

高中畢業後，妳就沒有見過他了。妳的人生出現轉機，輾轉搬去各種地方，然後再度回家。

那個已經不需要妳的家。完全的流浪。妳和一隻透明的貓。

陽光幾乎照不進的房間裡，妳幾乎隨時都打開那扇小窗戶。有時，房東會把車停在公寓前。每次都停在同一個地方，朝同一個方向。這時，來自海上的光透過汽車玻璃反射進房間。雖僅只是十分鐘左右的短短時間，無論肚子多餓，心情都能平靜下來。妳把這個祕密告訴他。第一次邀他進房間時，妳告訴他，能親眼看到那個光是一件多麼幸運的事。

妳在幾乎沒有脫衣的狀況下和他相交。為了不看到因快感而醜陋的臉，妳閉上眼睛。睜開眼時，他凝視的不是妳，是那只在短暫瞬間燃燒了小房間的陽光。妳突然想起他唱的歌。那些充滿底層青年對戀情失望的悲傷情歌。和現在的狀態相比，一切都正相反。他燒給妳的CD已經無法播放，妳卻還留下好幾張。歌詞閃過腦海。「怨懟天地讓我們相遇／卻不許我們立下堅定的盟約」「天地捉弄我們／妳是否會發怒」。唱到這裡，他伸長脖子親吻妳。

一切正如預想，他只得到過妳一次就對妳百依百順了，像個小孩子。因為妳滿足了他原本只能在夢裡凋零的欲望。妳央求他做這個做那個。為了見妳，他必須騎摩托車從城裡翻山越嶺來海邊。可是他來了。和高中時一樣，妳再次將他當成摯友。少年少女。穿著學校指定的體育服去書店的愚蠢夢想家們。身上的馬球衫和運動褲是明亮得近乎悲傷的海青色。他已經不看書了。妳也是。音樂也是，只聽以前聽的。還有，妳不讓他做了。甚至不帶他回房間。你們去海邊，出神地望著陽光，交換幽暗。你們學到的是眼前沒有上坡，只有下坡。

和他重逢於燃燒的火焰中。妳看著所有東西燃燒起來。在映出這幅光景的高畫質畫面中，尊嚴也一起燃燒、毀壞、殆盡，看上去只是燦爛的火焰。燃燒的東西在比頭頂高的地方。那火焰實在太美又太危險。妳確信是他。妳很確定，他把夢裡見到的直接付諸了行動。燃燒得像一支破壞自身的火柴。

你們有著共同的祕密。最早是高中的時候。他看見妳從住他家對面的學長家裡出來。那是個悶熱的週日午後。一切都溼熱悶黏，像走在昏暗混濁的水裡。從未成為誰的戀人的妳，在那個始終日照強烈的房間裡度過了一個下午。窗戶方位的關係，那個房間整下午都受陽光曝晒，熱得無法住人。除了滲入肌膚的暑熱和沾染全身的汗水，妳已忘記當時性交的味道。連那個學長都不記得了。可是，妳卻記得他。學長裸身待在房間裡，妳一個人打開房門時，接收到奇妙的視線。一半像哀傷凝視搖蕩夢境的狗的視線，一半是直勾勾盯著妳看的男人視線。嫉妒與哀傷各半，怨恨與痛苦各半。

母親死了，妳開始四處遊蕩。討厭妳的母親，在妳大學讀到一半時死了。妳被叫回老家照顧母親。她的新男友先死了，生病後無法壓抑自己的母親沉溺在與那個男人的夢裡。母親和那男人的事妳是知道的。妳聽過男人妻子打電話來罵母親妓女。他後來用一樣的話罵了妳。忽略妳與母親形體的不同，用複數形把妳們歸為一類。只因妳無法回應那種只是做給別人看的道德，就將妳貶低為放浪與輕蔑的象徵。

母親死後，妳放棄讀大學，在海邊遊蕩。什麼工作都做過。服務生、調酒師、旅行社職員、7-11店員、咖啡廳的咖啡師、二級展場模特兒。也和各式各樣的男人交往過。喝醉時會打妳的好人、像個人渣的地方政治家、只有嘴巴說得好聽的藝術家們、參加反政府示威遊行的人們。前男友中的一人是封鎖機場的成員之一。當時妳剛回老家不久，還在餐飲店工作。他約妳一起去封鎖機場，妳只能勉強苦笑，站起來穿上衣服，回家花很長的時間清洗身體，之後便躲著他，再也沒有見面。

妳記得很清楚，是選舉那年的事。妳的老家和他家離的不那麼遠，也沒遷過戶口。一年左右的時間，妳搬出去又搬回來好幾次，最後回到地方上來。妳沒有去城裡邊。母親死後妳和那邊就斷了往來。妳沒讓眾多親戚知道自己在哪。搬進一天只晒得到一次太陽的公寓，白天一直睡，晚上才出門工作。那年最後一個去海邊的晚上，妳和他重逢了。一切都在上空燃燒的那個夜晚。妳已不記得是和哪個朋友去的，但還記得喝醉了酒，特地跑去買紙製的天燈。在下方點火，熱空氣上升，天燈一點一點鼓脹。等膨脹得夠大了就放開手。飄上天空。消失在夜晚靜謐的空氣中。天燈燃燒的樣子，妳記得很清楚。像之前他唱給妳聽的歌那樣，包住火焰的紙。在天空中其他的天燈與煙火中間死去。那時，妳聽見了歌聲。「這意思就是再也不見面的重逢」。於是妳回頭看，發現了他。原來他還聽音樂啊。這是妳第一個冒出的念頭。

妳主動靠近。對他開口。像其他朋友一直那麼做的那樣連名帶姓叫他。雖然有綽號，但沒人用綽號叫他。大家都喊他本名，明知他能講南部泰語，還是用中部泰語跟他說話。他也從來沒用南部泰語回答過，逃進安全的中部泰語裡避難。他看上去有點慌亂。他記得妳，其實早就發現妳了，只是沒有上前搭話。妳很清楚這個。對他而言，遇見出乎意料的對象會打亂他避難的節奏。

談話途中，他一直顯得手足失措。他也說了什麼，但慶祝新年的煙火聲太大，妳聽得不是很清楚。即使如此，你們最後仍交換了LINE，他傳了訊息給妳。從前的遊戲就此重啟。

妳在酒吧認識了倪燦。妳為他倒酒，他為妳點酒。倪燦是個身材纖瘦，乾乾淨淨的香港青年。鬍子剃得很清爽，戴玳瑁框的眼鏡。個子不高大但充滿自信，看上去總透露一股悲傷。英語講得很好，比妳小幾歲。妳在雨傘革命靜靜結束的幾年後與他相識。他一個人在酒吧大喝，默默安靜地哀傷。第三天，妳跟他搭訕，第七天，妳去了他的房間，在那裡待到早上，你們相愛，交談。妳有妳的紅衫示威，他有他的雨傘革命。抗爭的嬰兒彼此擁抱，交換痛苦。他與妳分享旺角事件和光明正大主張香港應脫離中國獨立的朋友們的事。妳與他分享發生在寺院的狙擊事件。那年，妳搭上緩慢移動的公車。從某處前往某處的途中，看著市中心民眾遭屠殺的影片哭泣。他點了客房服務的餐點。從房間裡可看到遠處的海灘。變化的風吹過這個城市上空。你們如發狂般吃東西，花很長的時間性交。倪燦的性器大小剛好，在妳體內溫暖又炙熱。與鬥士最初的吻。與失敗者第一千次的吻。解放之吻。以及革命家釋放的淚水。

妳在投票那天與他相愛。那是悲傷的一天，早起的他喝了咖啡，然後騎摩托車翻山越嶺而來。繞了非必要的遠路，走沿海道路過來。酷暑蒸騰的日子。妳的名字還登錄在跟他同一個選區。他問妳要不要回老家看看，或是有沒有想見誰，妳拒絕了。那時妳還抱著一絲希望。所以，妳要求與他性交。彷彿透過這行為去交換一個更好、更新的未來。幾乎可以說是愚昧的希望。投完票，你們找地方吃午餐。街頭到處都是水藍色、橘色與紅色的選舉海報。你們在地方上一間老店吃了中華麵，打量牆上貼著國旗貼紙與寫有「忠誠」的文字貼紙。貼紙角落翹起蜷曲，上面累積了塵埃。悶熱的天氣令人不適，老店天花板低矮，妳感覺難以呼吸。他送妳回家，藍色摩托車馳騁於空虛之中。妳邀他進房。聽見看不到的貓叫聲。妳和貓一樣。透明、赤裸、徘徊，同時不認輸。妳在各方面感謝他。燒掉那道連結妳自身與過去一切的橋之後，剩下的只有他和用他的照片做的外套、以及老到不能聽的CD而已。抱著一點報恩的心情與欲望，你們上床。然後，妳拜託他在妳不在時過來房間，幫植物澆水，餵透明的貓吃飯。赤裸的屁股和想睡覺的他，悶熱的午後，令人不忍直視的選舉，整理得整整齊齊的包包，只在下午受陽光曝曬的摩托車，仰躺著眺望天花板的妳，胸脯上乾掉的口水。有生以來第一次感覺這麼平靜。就算那只有一瞬間也好。

他以前曾想成為作家。過著到處投稿短篇小說文學獎的日子。什麼事都寫進部落格。好像只能用這種方式逃避似的，瘋狂地書寫。妳讀過他的作品。內容只像在複製某個作家或翻譯家的文章，作品和他的實力不相當，是他自己也不甚理解的平凡又隨處可見的故事。但是，妳喜歡他的誠實。他擁有的唯一財產就是誠實。因為看得實在太清楚，反而不忍心看。如果他是個更不誠實的人，作品或許會有趣一點吧。他說自己還在寫。閱讀就別說了，就連人生都已幾乎放棄，至今卻仍如此悲哀地奮鬥著。

某個上午，像隻豎起耳朵等待主人的小狗，他在妳家門口等待。倪燦借來的白色便宜的環保車在陽光下反射燦亮的光。妳搖下車窗招手。拜他那近乎可恥的誠實所賜，當倪燦打開車門下車招呼他時，妳看見他臉上露出些微遺憾的表情。妳隔著太陽眼鏡看兩個年輕男人尷尬地相互寒暄。他打開後座車門，茫然入座。妳放了他的歌。那些他為妳錄製在一起的古早泰語歌。現在早就被智慧型手機的串流音樂取代。車往前駛，從城裡開向海邊。

「有時我會想燒東西。想看偉大的東西或自戀的東西燒起來的樣子。幾年前走上街頭時，受催淚彈襲擊時，跑在馬路上時，我都會想起燃燒的東西。大概是因為看得到那太陽吧。燃燒，偉大的東西。所有偉大的東西都會起火。即使我們有蜜蠟做的翅膀，總有一天也會被偉大的東西燃燒殆盡，變成灰燼。」

太陽西沉。橘色的光彷彿燃燒著天空。這天海面平靜無波，海灘上到處都是人。你們喝倪燦帶來的葡萄酒。妳用他的大腿當枕頭，再把腳擱在倪燦腿上。他們兩人凝視著太陽出神。倪燦談起他的示威活動，你們交換各自的苦惱。他告訴倪燦，二〇一〇年時自己是如何在Facebook上追蹤抗爭的狀況，寫下自己的想法，分享新聞報導，只能像這樣在遠方聲援示威活動。實際上，他一次也沒參加過那不久後就彷彿從來不曾存在般消失無蹤的示威活動。可是那年，他徹底喪失了過去自己扎根的世界。曾經的摯友，曾經一起唱的歌，曾經讀過的文學，曾經崇拜的藝術家，曾經愛過的人，曾經的家人。那些人們在那之後依然過著很好的生活。可是，他已死在那裡，成為活著的鬼魂。他從Facebook上所有朋友面前銷聲匿跡，不參加同學會，萬一在百貨公司巧遇就閃避。成為社會的一份子就代表自己也是共犯。為了證明這個，他在人生最美好的時期拋棄並離開。

夜色暗下，沙灘上幾乎所有人都散去。然而，你們還躺在墊子上。醉倒在葡萄酒與抵抗的記憶之下，並排躺在沙灘上。受到焦苦的政治悲嘆侵蝕，任何人生的痛苦都變成了其次。倪燦躺在妳和他中間。哀傷的波浪，踩在沙上的腳，冷冽夜風的聲音之間。倪燦轉向妳親吻，妳回應了他。接著，倪燦轉向他親吻，他也回應了他。兩人的眼鏡撞在一起。沙親吻浪花。夜風親吻頭髮。三隻悲哀的兩足動物，在夢想與星芒之中，在催淚瓦斯與火焰之中，在酒精與橡膠子彈之中，接吻。

面向大海的房間裡，三人裸體交纏。妳在天明時分醒來，感到一陣噁心，衝進廁所嘔吐。酒意令妳意識朦朧。妳站起來後，倪燦靠向他，抱緊他。兩個青年像一對兄弟，抱著對方睡在床上。妳從小酒吧裡拿出冷水，坐在沙發上，凝視遠處散發的光。東邊在房間的反側。所以，凌晨時西邊的海模糊得如同人生。模糊得如同你們的關係。妳懷念起一次都不曾存在過的家，一次都不曾擁有過的愛。回到床上，妳鑽進還睡得不清不醒的兩人之間。三人份的裸露的肌膚和因肌膚相親而產生的傷痕，如生命的火一般燃燒著。兩人中間的妳第一次感受到溫暖的擁抱。第一次感受到家。妳拉開兩人的手臂，做出兩人擁抱妳的姿勢。感受萎縮的兩條陰莖分別貼著妳的下腹與臀部。濡濕的東西已徹底乾透，失去形狀的保險套在地上擁抱彼此。晨光從開著沒關的窗外灑落，輕撫蕾絲窗簾。無論未來發生什麼，妳確信會一直記得這段時光直到人生的最後。在這個念頭之中沉沉睡去。

一如預想，也一如沒有預想到的，後來你們很快地分離。你們送倪燦到機場，壓根沒想到再也不會相見，他揮手道別。妳想起倪燦清潔的微笑，想起誕生於殖民地歷史中的解放之夢。會計師相信著難以實現的夢想。他的夢想在你們的夢想之中。要不是有國家的框架存在，你們一定會是共同抗爭的同志。之後不久，抗議逃犯條例的示威活動展開。倪燦傳 LINE 給你們兩次或三次，與你們分享抗爭的狀況。你們鼓勵他。但自從警察包圍香港理工大學後，你們就無從得知倪燦的消息了。火焰、磚塊，堆起堡壘與警察對峙的學生們，燃燒的香港。你們在這些影片裡找尋倪燦的身影，但沒看見。妳找不到他。

2

竟然會從這種事開始說起，真教人難以置信。二月，新未來黨解散了。四月，與新冠病毒第一波感染高峰來臨的同時，她消失了。七月，母親死了。短短一年間，你徹底失去了政治、愛與對人生懷抱的純潔無瑕。

有時，流浪貓會來到你身邊。你偶爾餵食飼料，沒有名字，就只稱為「貓」的貓。好幾天了，或許已經超過一星期沒來了吧。即使如此，你仍在半夢半醒時感覺得到一如往常的溫暖毛皮觸感。彷彿撫摸你身體般的動作，表示感到一絲幸福的呼嚕聲。你任憑這些感覺留在身邊，就這麼墜入夢鄉。

你回來的時候，她已經不在了。沒有道別，也沒有留下任何暗示就走了。消失得這麼乾淨，好像至今的一切都只是一場夢。起初是與倪燦的分離。他回香港之後，世界再度恢復只有你和她。然而不管什麼事都一樣，只要一度到達巔峰，剩下的就只有走下坡了。你希望她如過去你始終期盼的那樣成為你的戀人，但她仍是原來的她。雖然會誘惑，但是又拒絕。她會開門讓你站在那裡，卻不允許你進去。這種拉住你又推開你的方式，就是她向來的做法。所以，你的幸福是無法擁有，只能注視，只能哀傷嚮往的東西。內心深處，你甚至幻想自己的外貌變成倪燦。那個明知沒有勝算仍趕赴戰場的年輕鬥士。對他而言唯一可能的勝利絕對不是勝利，只是奮戰本身。就像至今人生遇見的所有人那樣，你嫉妒倪燦。但你也愛他。所以，你只不過是明白了一件事，那就是，你是個被小心翼翼養大，與世隔絕的孩子。你獲得了一切，但那一切卻無法屬於你。不管什麼都只是暫時借來的東西，太疼愛你的雙親總是能把那些東西拿走。你渴望擁有。可是實際上你習慣被擁有。所以，你想藉由她對你的擁有，讓自己也能擁有她。後來你才知道，她什麼都不想擁有——那麼破壞呢？——這又是另一件事了。

你們三人的LINE群組對話，在香港理工大學內如火如荼地發生大規模抗議活動時終止。倪燦最後的訊息是一個抱怨他很睏的滑稽貼圖。就你們所知，他被圍困在大學內。那之後，你和她仍在群組內對話，但他沒有回應。倪燦沒有退出群組，她也沒有。她不會在跟你的個別聊天室中回覆你。你只能在群組內跟她對話。你跟她說話時打泰文。好笑的是，她最後回覆的訊息也是一個滑稽的貼圖。

你去的時候，她的房間已經變成別人的了。那個晒不到太陽，總是有股霉臭味的房間。你向房東打聽她的事。問起那個膚色黝黑，嘴部稍微往前突出，身材瘦削，有養貓的女人。房東回答，這裡沒住那樣的女人。因為他從來沒允許房客養貓過。你堅持在這裡見過她，房東說要報警，你只好退下。又過了三、四天，你坐在房間對面的便利商店前等待，確定住那裡的人真的換了。

她消失的方式，和她母親死去時一模一樣。當時她忽然就不來學校了。可是，你沒有勇氣去她家。過了一陣子，你察覺她家的門就像忍著不哭的女孩抿緊雙唇那樣緊閉。後來，你聽住在對門的學長說她搬家了。那個好像流浪貓的女人，再度彷彿沒有存在過似的離去。你花了好幾個月的時間，試圖把她消失的原因歸咎於自己。這是悲哀的誘惑，自私的念頭。她和倪燦一起在遠方生活。攜手對抗世上所有獨裁。這個想法在你的世界裡打轉。你獨自一人被遺留在腐臭的城市。說到底，你只不過是兩位革命家戀愛故事裡的舞臺布景罷了。纏繞你的痛苦，在驅動人生的同時侵蝕著你的人生。你重新聽起了老情歌。你的流行歌、母親的懷舊金曲、父親的民歌。一方面沉溺於宛如鍍上一層砂糖的模糊理想，一方面關注政治新聞。你和母親交談，可是對那個時期的事閉口不提。陷入滿足於痛苦的心境，甚至以為所有人的人生都以你為中心運轉。然後，母親死了。

母親死後，你無法處理母親四散家中各個角落的東西。任憑居家空間不斷縮小，只剩下容你一人的小空間。你把自己的床搬到母親床旁，留下半張書桌做自己的活動區。丟掉廚房裡過期的東西，再補上新的。母親荒廢的庭院，你只澆水和拔草。一切就像被包覆在脆弱的玻璃下，只要輕輕觸碰就會留下又大又深的傷痕。這裡成了你一人身兼館長與遊客的美術館，你同時是這裡的行政員工、圖書管理員和策展人。

你成了徹頭徹尾的孤兒。父親早在母親之前好幾年就死了。母親從父親那裡繼承了一切，並在父親死後守護那些。父親的思想、父親的建言、甚至是父親喝咖啡的方式。過去，父親是母親的所有。身為父親的財產之一是母親最大的驕傲。照顧父親、奉侍父親，獲得愛的回報。你也同樣以身為母親的財產之一而自豪。這是你們共同生活，為了取得家中平衡而產生的方法。或者該說是活在彼此的人生中。父親身材高瘦，是華僑的後裔。母親也是。小時候，你總有一種感覺，在一段克服所有磨難的男女完美的關係中，自己似乎是多餘的存在。父親原本在祖父開的公司做行政與會計，但他陷入情網，在不受諒解的情況下私奔。靠自己白手起家，建立了家庭與生活。把工作以外的所有事務都交給母親打理。

後來父親死了。和世界上多數高齡男性一樣，死得很乾脆。在縣立醫院裡躺了三、四個月，身上纏著許多管子。葬儀之中，母親沒有流一滴淚。就像在母親葬儀上沒有流一滴淚的你。為了回到靜謐的家，你開始外出工作。雖然大家都死了，但家還在這裡。逝者留下太多東西，到處都還有父親的身影。和現在的你一樣。你愛的人死了，你的生活仍要繼續。你好像是一邊害怕比你擁有更強大力量的逝者還在那裡，又一邊愛著對方。

母親出生於國王拉瑪九世即位那年。在沙立・他那叻元帥的時代度過少女時期，咬緊牙根，腳踏實地活過那個年代。母親三十七歲生下你。原本以為不會再生孩子了，所以你這個家族中最後誕生，年紀與其他手足相差甚遠的小孩，在縮衣節食中成長。因此，即使輪到你成為照顧母親的那一方，也仍改不掉節儉的習慣。說得更正確一點，母親向來自豪，即使失去了父親，在她一個人的努力勤奮下，你終於拿到大學畢業證書。

孩提時代的苦日子養成母親一生擺脫不掉的性格。她害怕丟東西，不管什麼都留下來，想著總有一天派得上用場。塑膠袋、紙屑、壞掉的家電、商家多給的盤子、牙膏、不再穿的衣服、破掉的盆栽、水瓶、小罐子，還有銀行送的御照月曆。母親將月曆掛在牆上，不是用掛勾，而是釘子，好幾年分的月曆全都掛在一起。櫃子後面還有一個捲起來的大塑膠袋。月曆她覺得丟了可惜，但要拿御照月曆的背面來墊東西又太惶恐，最後只能放在那裡。父親的衣服也用同樣方式保存。你和母親都保留下已經不再使用的工具箱。記憶與敬意連結，最後成為一種壓抑。母親死後不久的一個暴風雨夜，你獨自在家看著受母親影響而開始看的電視劇。遺憾的是母親沒能親眼看到最後一集。漸大的風雨敲打屋頂，風從窗外吹進來。層層疊疊掛在牆上的月曆被吹落，掉得一地都是。明明母親已經不在，你仍自然產生害怕被斥責的恐懼，也不敢丟掉那些月曆。這時，你把掉落的月曆和今年的月曆隨便捲在一起，跟其他東西一起丟進櫃子後方。這就是你活下去的方式。一切都往櫃子後面丟，自己生活在狹小空間裡。

你大學畢業那年，也是要求戴克辛・欽那瓦下臺的社會運動最初的一年。和母親一起用家裡的電視看新聞節目《本週泰國》。因為她想看電視劇，每次都得爭奪遙控器，母親顯得很不高興。你對這段覺醒與抗爭的甘美時光記憶猶新，儘管最後是以屈辱告終。母親總認為政治骯髒，不想跟政治扯上關係，你試圖和這樣的她交談。即使後來你從一個黨派變成另一個黨派，思想也從救國同盟變成紅衫軍支持者。即使如此，母親到最後都堅持相同意見。她的意見介於內在的信心與當場逃離的話語之間——政治很骯髒，政治家都不可靠。在親人忌日上寺廟，按照旅外華人的習慣祭祀祖先，以及遵守戒律吃九天的素，對母親而言，只有這些才是刻劃在人生中每一天的印記。生在鄉下地方學歷又不高的女人，擁有沉默如磐石的堅定性格。她對自身流著家族的血有所自覺。對早已死去的心愛男人和國家講情重義。母親到死都是這樣的人。相較之下，你是個不值得期待的人，在不斷失控變化的政治狀況中，一次又一次迷失自己。

儘管緩慢，一切仍獲得了治癒。你一如往常去工作，晚上回到比安靜更安靜的家裡。你住的老街區和母親一起死去。第一波疫情過後，附近商店紛紛倒閉。家後面的連棟房屋租約到期，房客陸續搬走。所有飛機航班停飛，整座城市急速死去。沒了觀光客的赤裸街景暴露沒有化妝的醜陋面容。咖啡店、按摩店、服飾店、藥局……到最後不管哪裡都拉下鐵門，夜裡只剩下便利商店還會發光。

真正療癒了你的，是遠方的示威新聞。透過網路社群，你得以回到示威現場。和過去不同，不用為了迴避決定一生不碰政治的母親而使用耳機，你以大音量播放示威影片。

在新聞媒體上的直播上看到自己的臉，心情變得很奇妙。雨下個不停的那星期，某天晚上，你白天就回到家，在小而溫暖的房間裡，盯著發光的手機螢幕。一個新成立的新聞媒體正在現場轉播電視上不能播的內容。你在陰暗的房間內，凝視朦朧光線下的藍雨，因憤怒而心跳加速。在六百公里遠的地方，你不認識的孩子們從SkyWalk下來，以雨傘陣勢展開抗爭。不斷落下的藍雨燒灼他們的肌膚，令他們疼痛發癢。這時，攝影機一個平移，你看到了自己。南方華人後裔特有的大方臉，教人不忍心看的肥胖身材，不合身的便宜長褲，還有你以前戴過的玳瑁框厚重鏡片眼鏡，中分髮型與大學制服襯衫。僅僅一到兩秒的畫面，你就確定那是二十歲時的自己了。

隔天早上，你站在鏡前裸身打量自己，觀察開始改變顏色的鬍子和頭髮。仔細檢查的過程中，你領悟到時間是如何從身體內側侵蝕人們。時間站在我們身邊，但最後贏得勝利的也是時間。早晨看著衰老的自己，是和內在濃烈的悲傷同樣美麗又安靜的事。那個男孩在遠離此地的巴吞旺十字路口的群眾之中。你在家裡的浴室，鉅細靡遺地查看這副沒參加過任何一場示威抗議的軀體正如何邁向衰老。對社會的怨恨、憎惡或叛逆，走到最後就會需要一份足以包容它們的堅強。就像用布包起不斷發光的太陽。年輕人們不斷發出怨恨、憎惡及叛逆的光。然而中年的你只能鬱悶陰沉。徒有心意卻沒有足以思考的頭腦，你就是這種類型的完美代言人。孤立於所有人事物之外，嘗盡失敗的滋味。唯一做得好的一件事，就是當個軟弱又固執的人。養育你的彷彿是惡魔，一邊保護你，一邊從內側將你吃乾抹盡。而你對此渾然未覺。

發生了各種變化。你睽違十年地深吸了一口氣。從各種新聞媒體與朋友上傳的影片拍到的群眾裡，找尋那個男孩。示威隊伍持續移動，現場轉播三大訴求與一個夢想，影片不斷傳播出去。那個男孩出現在兩、三部影片中。於是你確信那不是你的幻想，是實際存在的。第二次見到自己年輕的分身，是十月三十日晚上的事。在逮捕令下入獄的初期示威領袖們，根據法院命令獲得保釋。然而，隨即又發布了對他們的逮捕令，將他們再次拘留。你看了一整個晚上的現場直播，看著那些自動自發集中在警局前要求釋放同志的人們。律師表示，嫌犯已到案且接受偵訊，像這次這樣繼續拘留並不合法，是不應該發生的事。示威領袖之一的大學生拒絕進入警局。在收監的一片混亂中受傷的他看上去筋疲力盡。他呼喊著警局內的朋友名字。於是，那個女孩出現在警局前巨大國王御照後方。無處不可見的御照。用相機或手機拍照時，不管在任何地方，背景裡都會拍到御照。女孩一邊呼喊警局外的朋友名字，一邊撥開群眾走向共同奮鬥的同志身邊。接下來，兩人在警局前放了椅子，站上去演講。群眾人數逐漸增加。你在相隔遙遠的房間裡，只能為他們祈禱。這時，你又在群眾中認出那個男孩的身影。

他的名字叫Sun。至少Tinder上的個人檔案是這麼寫的。男孩說他有個雙胞胎姊妹叫Moon。自己是日蝕，她是滿月的月光。你往右滑，立刻和他配對成功。他第一次傳來的訊息不是「你好」，而是「Motercycle emptiness」。你用寫在個人檔案上的這首歌的第一句歌詞回覆他。這時你又再次從別人臉上——換句話說，從那個男孩臉上找到自己。那張臉湊上來，彼此的眼鏡重疊時，你感覺像在和自己接吻。就是那樣的一張臉。

在裸身交纏前，你沒想過他離你那麼近。兩人躺在一起的樣子，簡直就像兄弟、父子、雙胞胎或彼此的分身。你前往曼谷兩三天，只是去處理幾件事。打算順便參加一場示威活動。只是想在這個行程裡尋求來自陌生人懷抱的短暫溫暖。然後你遇見了他。和自己相似得令你顫慄，帶有神祕感的男孩。你沒告訴男孩自己在示威活動的影片中見過他。你們品嘗的不是傷口、歷史或憧憬，只是彼此身體的味道。這是你第一次深深陷入自己之中。緊抱柔軟的身體。像是將病原菌吞進內側，慢慢死去的白血球。少年低聲呢喃、呻吟。不存在性器的性交。只是擁抱彼此，愛撫彼此，品嘗彼此的味道。從你住的飯店房間裡吸取永遠的空虛。閃爍的藍色霓虹燈照亮窗戶，你們的肌膚發光。和朝香港與曼谷兩地的示威群眾噴射的液體裡參雜的顏料相同顏色。帶有支配你們裸露身軀的力量，唯一的一種顏色。如同無論你如何抵抗也難以掙脫的失敗，軟弱同樣纏繞著你不放。少年力氣比你大，他騎在你身上，吻遍你的身體。相互拉扯的手臂簡直就像要將對方壓碎，碎片混合在一起。話說回來，你們兩人連交合時的作風都很相近。

窗戶敞開，夜風將運河腐臭的水與賣身人的氣味帶進屋內。他分你菸抽。你凝視他藍色的肌膚與滑著手機挑選音樂時被螢幕的光照得白亮的臉。

狂街傳教士，你喜歡嗎？男孩問。

你回答，你知道他們？

不知道的話就不會配對成功了吧？他忍著笑說。

你回答，我是和這個樂團的曲子一起長大成人的喔。語氣驕傲得彷彿那是你在這空虛的人生中唯一沒有做錯的選擇。

我還沒出生呀。

你揉亂男孩的髮，滑著他的手機螢幕選歌。「天堂是／什麼都不會誕生的地方嗎」唱著如此歌詞的歌。昏暗的房間裡，你們裸身，摩挲彼此的陰莖。漂浮在詹姆士·迪恩·布雷德菲爾德的吉他與憤怒的歌聲之中。不看彼此的臉，只恍惚地凝望被來自陽臺外霓虹燈映成藍色的天花板和藍色的牆壁。隔著陽臺的另一端是電車站，從四面八方而來的人們在地上鋪了紙板，各自躺在車站外的廣場上。最明亮的是打上燈光的國王御照。

「有時我會想燒東西。想看偉大的東西或自戀的東西燒起來的樣子。所有偉大的東西都會起火。即使我們有蜜蠟做的翅膀，總有一天也會被偉大的東西燃燒殆盡，變成灰燼。」你這麼說。像把歌詞背起來似的這麼說。雖然是說給男孩聽的，但也像說給自己聽。今晚害你想起那個夜晚。面海開窗的飯店房間。戴著眼鏡的瘦削青年，還有膚色黝黑的她。做為一個不像話的朋友，做為一個不成材的孩子，彷彿想起過世的父母般想起那段回憶。

那天晚上，你們未曾談及政治話題。可是，那仍飄盪在空氣中。你們相愛了兩次，然後道別。在藍色的光線下，裸身的彼此各自專心穿上自己的衣服，然後回家。那之後，男孩傳來的LINE訊息令你莞爾。「希望你懷疑一切／這要求會太過分嗎？」

你躺了一整晚，傾聽飯店房間裡幽靈的聲音。被拋棄的，孤獨死在這房間裡的人痛苦怨歎的聲音。旅館外面，車站月臺上，車站入口，天橋下，各種建築裡，為了眼不見為淨而主動選擇盲目的中產階級所佔據的白天的街道。整座城市都籠罩在這樣的聲音下。幽靈的聲音，改變了空氣。因為那實在太大聲了，城市安靜下來。受到不公平對待而死去的人的聲音，和動物的叫聲或冰箱、冷氣的運轉聲很像。夢中的你看著周遭燃燒。熱氣刺痛皮膚，明明閉上了眼，仍看得見明亮的橘光。你不知道那是什麼。只知道自己手中握著打火機。

3

三塊磚頭疊在一起。兩塊豎起當腳，剩下一塊橫躺在上面。馬路上全都是這樣的磚頭，但這並不是藝術作品。實際上的作用是用來拖延警車前進的速度。拋出的汽油彈一落地，午後的天空就著火了。汽油飛濺，潑灑在馬路上，冒出火焰。像是守護人們不受強制驅離的一堵牆。隨時都有什麼燃燒著。目的不是為了破壞，而是為了守護。火焰搖身一變，成為保護示威群眾不受當局突擊的鎧甲。他們最近才剛在大學裡學會汽油彈怎麼製作。防毒面具、布口罩或紙口罩，他們用任何手邊臨時能拿到的東西遮住臉。奔跑時，口罩底下的汗水與熱氣使眼鏡蒙上一層霧，幾乎看不清道路。無邊無際的疲勞與飢餓。身穿襯衫與短褲制服的年輕人，背包裡裝著折傘、運動鞋、帽子、口罩和可以用來喝也可以用來清洗身上催淚瓦斯的清水。所有的東西現在都是黑色的。火焰燃燒黑夜。當裝備齊全的警隊使用高明度的探照燈把建築內部都照亮時，他們用便宜的綠色雷射筆照回去。聽起來像經過放大的嘶吼聲呼籲他們出來投降。面對這個，他們用擴音器回應。奔跑時腳踏地面的聲音，呼吸時夾雜吁吁的喘氣聲，不只外側，連內心也熊熊燃燒的火焰之聲，輪胎輾過他們放置的磚頭時發出聲音。一切都在迎向終點。可是重要的是與祭拜神明同樣的東西，那不分日夜持續點燃的蠟燭。沒有一瞬不在守護著，接力添上燭油。任何破壞都無法令肉眼看不見的火焰消失。

切除蓋子的馬口鐵罐有兩種用途。一種是把蓋子斜斜割斷，在剩下的部位安裝把手，當成畚箕使用。另一種是直接把鐵罐保留下來，祭拜祖先時用來燒金銀紙錢。華裔族群住的連棟房屋中，挑高的天井部位通常設有洗滌場，兼具空地、中庭、廚房和公共空間的作用。下雨潮濕的夜裡，在洗滌場正中央放置馬口鐵罐。把從櫃子後方和抽屜裡拿出來的東西——例如一九九二年的收據、印有已經不存在的公司名稱的薪水袋、老舊破損的衣服、髒汙且缺損的舊工具箱、被白蟻啃蝕一半的硬殼書、錄音帶和空的CD盒封面、用來貼在傷口上，已經少了一半的脫脂棉剩下的蒙塵的另一半、抄了樂透號碼最後兩或三位數的便條紙、停產舊型家電的說明書、只剩下第三、四、五集的漫畫、政府機關或有奇怪名稱團體的宣傳手冊、十年前出家儀式及婚禮的請帖、看了名字也想不起是誰的名片、鋪在化妝臺下的報紙、不知為何收著的陌生人的照片……全都放進舊馬口鐵罐內燃燒。最後，是藏在櫃子後方幾十年那厚厚的紙捲。起初只是小小的火苗，慢慢小心翼翼擴大範圍。那裡有的只是裊裊上升，在空中與夜色交融的黑煙。橘色的火焰擴展到空洞的眼睛裡。被丟進回憶、愛、敬意、教誨、擔心與同情之中。丟進被侵蝕，被封閉的人的眼睛裡。若是觸摸火焰，會感覺到刺痛與炙熱。那痛楚的感覺警告自己還活著。電腦喇叭裡傳出遠處示威活動的聲音。即使從根部割離，樹木一定也不會死。或許能在新型態的土地上孕育成長。就跟從灰燼中誕生的鳥一樣。

印在巨大海報上的照片、木框與包圍住它們，上面有細緻圖案的保麗龍。這一切全都著了火，發出刺鼻的臭味。首先是防水布。蔓延的火舌滴落地面。黑煙緩慢而看似猶豫地飄上夜空。原本就有的照明光線，把保麗龍也視為可燃物鎖定。火焰快速延展，於黑暗中莊嚴騰升。真的是一切都著了火。夜風緩緩吹過。像注視演出的觀眾，一切安靜無聲。四角木框隨風搖晃，也慢慢燃燒起來。隔天太陽出來時，大概只會剩下一個漆黑的四方殘骸。過去極盡榮耀，而今已凋零的殘骸。

4

在群眾中看到一個敏捷的背影。一邊聽著分成小組舉行的各種演講，妳一邊追蹤那個熟悉的背影。人群中，有人在進行藝術創作，有人在提倡女權，也有要求提高生活水準的人。甚至聽得到東北泰的民謠。人們只是想提出自己的要求。示威會場到處都搭建了舞臺，有的舞臺上正在表演 K-POP 舞蹈，也有唱跳快節奏懷舊金曲的舞臺。人們紛紛走上街頭。在滿滿的絕望中，希望的風吹拂過這條街。國高中生運用 Twitter 傳播各種象徵抗議意義的犀利迷因，要求官員下臺。漫畫或人妖角色醒目的靈異喜劇電影等原本被視為無用的東西，現在都扭曲了原本的意義，作為抗爭的工具而賦予其嶄新的意義。如果政府要把不法及瀆職硬扭轉為合法的東西，那我們也來做一樣的事吧。如果過去那些厭惡獨裁政權的革命音樂人現在開始成為獨裁者的手下，我們就把自己的流行歌改成革命歌曲。顛覆原本的世界。妳走在道路上，坐在地上的人們傾聽舞臺上的演講，同時思考自己想主張的事。

妳決定移居曼谷。第一波疫情剛開始不久，妳就搭上了一個認識的年長男人便車。男人說要回老家展開新生活。島上發表封城訊息前的最後一個早晨，妳整理好房間裡所有物品。妳明白了一點，那就是構成妳房間的所有東西只要三個塑膠籃就能裝完。一個裝內衣和外衣。另一個裝化妝品和生活必需品。最後一個籃子裝兩、三雙鞋子、電熱水壺和毛毯，以及他買給妳的幾本書。因為沒有多餘心力養了，只能把貓留下。前一天晚上，像是已經知道自己會被拋棄似的，貓不見了蹤影。隔天早上，妳想看看能不能把貓託付給誰，出發前還在找牠，但終究沒找到。就這樣在沒有道別的情況下離去。結果妳和貓或許迎向了相同的結局。塞車塞了好幾公里，坐在後座的妳一直忍著尿意，好不容易抵達管制站。害怕疫情、恐懼封城的人們破口大罵，妳在罵聲中下車，提交檢查所需的文件。等待，繼續等待，等到下午終於拿到過橋許可。從不認識的城市裡樣貌已改變的家裡離開。從一些酒、一些海、一隻貓及兩個男人組成的極度幸福的時光中離開。

妳直奔曼谷友人身邊，和友人一起租了一間老舊骯髒的公寓。遠方的大海陰暗倦怠。街上所有店家都關閉，所有道路都像世界末日一般空曠。不見馬路中間跳舞的年輕 GoGoBar 女郎。不見喝醉的觀光客。不見賣花的小孩。不見年輕的戀人們。只為性交而性交的行為不復存在。長長的海灘不見了。烤雞肉、青木瓜沙拉、印度烤餅、東北口味烤香腸的攤販都不見了。瘟疫緩慢地吞噬了一切，吃掉人們的生活與勞動，磨碎都市肥美的贅肉，使其瘦弱得可悲。

妳沒有告訴他也沒有告訴倪燦。因為生活實在太混亂，太痛苦了。妳在便利商店找到工作，連續排班，一天工作十六小時。空閒時間都拿來追示威新聞了。疫情的擴大加深了一切的色彩。死與挫折的氣味飄散空氣中。妳一休假就搭上公車，不是去民主紀念碑就是皇宮前廣場，尚泰中央世界購物中心和山燕也去了。妳去這些地方，成為嗤笑權力的複數人們之一。人們對權力憤怒，也同樣把權力當成笑話。在示威活動中，光是和那些陌生人們站在一起，妳就感覺第一次交到了朋友。有時，妳想起他和倪燦。想起關於燃燒一切的對話。想起妳沒去過的香港道路，想起那些有如無名英雄草圖的年輕人們。有時，妳會在群眾裡找尋他。明知他仍在遙遠的地方，把人生交給母親管理。

那個男孩和他非常相似。第一次看到時，妳甚至嚇了一跳。男孩和妳最初認識時的他一模一樣。給人奇妙的感覺，和其他人保持距離，令人不忍心看的他。妳在示威活動中追尋男孩的蹤跡，又錯失了他。那天晚上，無論是人們演講的內容還是情感，一切都那麼黏膩。政府一再鎮壓示威活動，再加上疫情的影響，活動多次無法順利舉行。不只如此，運動領袖也一次又一次被逮捕。那之後，由於政府遲遲無法對擴大的疫情與衰退的經濟做出對策，人們再次走上街頭。那是個悶熱的夜晚。因為道路遭到封鎖，妳只好從變更路線的公車上下來，改搭計程摩托車找尋示威活動的場地入口。可是，幾乎到處都被封鎖。司機建議妳姑且下車沿路走，看到警察站崗的地方進去就是了。妳把包包抱在胸前擋住T恤的圖案，懷著恐懼與憤怒的心情低頭行走。這時，妳看到許多攤販推車，聽見演講的聲音，終於找到示威活動場地的入口。妳不認識在場的任何一個人，也沒有和誰約好要來。妳一個人四處奔走，只是一心想為示威活動多增加一個人手。今天也到處都能聽到人們在說政府鎮壓示威活動的事。就在這時，妳發現男孩的身影。

失去男孩蹤影後，妳仍在活動現場遊蕩了兩小時，看藝術家街頭表演，聽新一代的女權主義者演講，欣賞人們模仿K-POP歌舞。這些都演變為抗爭行動。妳的心曾經四處漂流。這是第一次，妳遇見了感覺自己是其中一部分，同時又能保持非其中一部分狀態的東西。身為自己的同時又失去了自己，成為那被稱為示威群眾的一部分。

正想叫計程車回去時，妳再次遇見了男孩。看來，他好像也打算回家了。妳走在他後面，他踏入大馬路旁的小巷子。這時，妳第一次親眼看到燃燒的景象。先是聽見打火機的聲音，小小火光變大，妳看著那顏色，臉感到灼熱，聞到化學物質燃燒的氣味。烈火扭動著，正轉移到什麼東西上，什麼東西正在燃燒，妳毫不在意。若我燃燒起來，你也會一起燃燒。

聽見誰不成語句的喊叫聲，男孩拔腿狂奔，妳也跟著跑。雖然不知道那個誰是誰，但也知道非跑不可。人工物燒毀時的臭氣撲鼻。妳和男孩跑了反方向，因而與他走散。兩人再次相遇於便利商店前，那黯淡城市裡唯一發光的所在。男孩坐在店門口，氣喘吁吁。遠遠看很像倪燦，近看就知道是男孩。如果他那時是這樣的他，妳或許會墜入情網。

男孩名叫Sun。妳後來得知，他的父親是妳好幾年前就在報紙及網路專欄上讀過其文章的學者。妳請他喝了啤酒。然而這瓶啤酒請的其實更像是他那在時代變成這樣之前就一直站在正義這邊，卻被批評為企圖顛覆體制，長年處於批判風暴之中的父親。他說不喜歡自己的父親，但仍尊敬父親的政治主張。他是妳第一次主動接近的對象。彷彿受火焰吸引一般。妳說，妳看到他做了什麼。男孩瞬間顯得驚訝慌張，但立刻試圖恢復自若神態。不過，妳告訴他不會把那件事告訴任何人。共犯關係能拉近彼此距離。他笑了，說妳真是個有趣的人。這也是妳第一次遇到稱讚妳有趣的人。妳曾被說是漂亮的人、在床上具有吸引力的人、令人不爽的女人、賤女人、見人就咬的毒蛇、妓女、窮人、落單的小孩。然而，妳從未當個有趣的人過。接著，在笑聲、火焰的猛烈熱氣與氣味，以及燃燒產生的可怕臭氣催化下，妳終於吻了他。

男孩跟妳回房間。妳住的房間在商店二樓，空間狹小。晚上又很悶熱。反而浴室說不定還稱得上豪華。為了通風，妳打開屋內的門。空氣裡淡淡飄來遠方排水溝的臭味。對妳而言，那就是這條街的味道。一如燒塑膠的氣味就是抗爭的氣味。

男孩就讀知名大學的最後一學年。是妳和他曾經想成為的那種人。一方面是個熱愛學習的學生，同時也是個鬥士。男孩誕生於新的千禧世代第一年，西曆上的數字從一九變成二〇開頭時，人們在對世界末日的恐懼中把這數字持續往下數。曼谷發生屠殺時，男孩還是個孩子。歷史在意識中細細分割。父親與母親因為政治意見不和，在那年決定分道揚鑣。雙胞胎姊姊跟父親走，自己不得不跟著母親。又是一個依賴母親的孩子。根據看法的不同，這個選擇也可以解釋為家庭崩壞時，為了取得家人之間平衡而做出的犧牲。但若站在另一個角度看，除了溫柔的母親，父親在身為反叛者的同時，也只不過是個好笑的大叔。

因為這樣的狀況，男孩參加示威，吹響口哨，參與了洗去被屠殺者鮮血的可恥歷史。因為這樣的狀況，他在成長過程中愈來愈以自己的行為為恥，終於轉變為忤逆母親的生物。

妳的床亂七八糟。鋪著大賣場買來的，印有俗豔圖案的床單，毛毯只是揉成一團放在床尾。男孩並不興奮，反而顯得害羞，與其用身體對話，他更希望說些自己的事。妳坐著聽他訴說到滿足為止。妳親吻他，他也以吻回應。妳主動摸索他褲子裡的東西，他的東西反覆變硬又變軟。他說自己很緊張，還說他是雙性戀。這聽在妳耳中是強烈的誘惑。濡濕的妳拉著他的手觸摸那裡。這使他身體熱了起來。可是，他的手卻徹底冰冷。妳發現兩人比你認為的更相似。都是對性的滋味一無所知的赤子。

你們就這樣相互擁抱。什麼都不說地躺在年長勞工女性骯髒的床上擁抱、接吻，不脫衣服撫摸對方。吸著汗臭、髒汙河川的氣味和燒塑膠的氣味，射精在彼此手上。接著，你們像一對姊弟，像一對母子，像鬥士與鬥爭的對象，就此入眠。

遠離此處的國外，你們兩人進入夢鄉之際，倪燦坐在自己房間裡，看著已經預約的單程機票，聽著隔壁房間父母不間斷的鼾聲時，妳獨自在空洞的家，因為太安靜的緣故，靜得耳朵都發疼，靜得睡不著。這種時候，比你們身體更大的，所有巨大的東西同時燃燒。火焰無聲燃燒，刺鼻的臭氣和汙染的都市中腐敗的臭氣混合。小的東西，大的東西，紙張，塑膠，所有樹木，一切都著了火。黑暗中橘光搖曳。不問場合，在任何地方燃燒。

5

早晨的太陽燃燒。御照散落各處，不管到哪都會看見。早上你醒來，吸進的一口氣裡混雜著都市腐臭的氣味。「姐姐」依然睡得像個嬰兒。你起來換衣服，洗一把臉，離開房間。

上午的陽光晒得皮膚疼痛，把妳晒得醒來。這才察覺屋裡的門敞開了一整晚。男孩已經離開房間了。大概就像偶爾會來的流浪貓那樣吧。起床後，陽光照進妳的眼睛。城裡的臭味在早晨收斂了些。手與陽光接觸的感覺還濃烈地殘留。

你躺在緊閉的房裡望著鐵窗。看得見另一端的建築物。豎耳傾聽門外的聲音，你害怕警察來敲門。太陽照亮鐵窗，屋內的床在地上投射出影子。無論如何，你感到非離開這個城市不可。只要查看歷史的剖面就知道抗爭即將告終，你失敗了。可是，你也很清楚人們的靈魂燃燒了什麼。

你抵達職場，內心升起一股沉重的情緒。職場其他人理所當然聊著昨晚發生的事。你默默聽著從不改變自己政治信念的同事們說的話。他們大聲談示威活動，嘲笑被警察逮捕的年輕人，說他們活該。新一波疫情到來，沉默籠罩城市。沙灘成為地方上的人們休憩的場所。口罩下有什麼逐漸死去。城市逐漸死去。你用活著這件事，慢慢燃燒自己。

獻給因泰拉・賈龍珀拉（Intira Charoenpura）及她的鬥士同志

靈感來自李滄東導演作品《燃燒烈愛》

譯者解說

福冨涉

威瓦．勒威瓦翁沙（生於一九七八年），是一位出身泰國南部普吉府的作家。同時以FILMSICK名字從事影評活動，以知名影評身分投入影展作品的策展及選片工作。平時是任職醫院的藥劑師，持續積極筆耕不輟。

本作〈燃燒〉分為五章，讀者起初或許會被大量出現的人稱代名詞「你／妳」擾亂，分不清敘事者的視角。不過，這個問題只要梳理文章脈絡就能輕易解開。

一如獻詞所述，這是一篇從李滄東導演作品《燃燒烈愛》中獲得靈感的小說，同樣以一位女性周旋於兩位男性之間的關係和「燃燒」的行為為基本意象。話雖如此，由此展開的故事以普吉島和首都曼谷為舞臺，描寫的是二〇二〇年後泰國民主化運動的擴大。獻詞中提到的泰拉．賈龍珀拉便是一位投身民主運動，為年輕人提供資金與物資援助的女演員。

第一章的「妳」住在普吉島，是一個從事各種工作餬口的女性。描寫她與高中時代同班同學，想成為作家但「教人看不下去」的男性，以及對雨傘革命失望撤退的香港青年倪燦之間放縱的情欲關係。襯托在這段關係背後的，則是二〇〇〇年代政治局勢的混亂。

無論中央或地方政治，包括普吉島在內的南部地方由擁護皇室的民主黨掌握主導權。在支持前總理戴克辛・欽那瓦的「紅衫軍」與支持皇室的「黃衫軍」對立中，曾發生過後者佔領並封鎖南部各地機場的事態，那是二〇〇八年時的事。

隨後的二〇一〇年，包括曼谷在內，各地紅衫軍遭強制驅離，造成大量死傷。支持皇室的民眾組成義工隊，歡天喜地清掃屠殺抗議群眾的現場。對立在這之後依然持續，二〇一四年發生軍事政變，由皇室與軍方組成的強權統治結構至今不變。

在這樣的土地上，要違背主流政治走向而活不是一件容易的事。曾經的戀人參與封鎖機場的行動，連去餐館吃飯都能看見牆上貼著象徵對皇室忠誠的貼紙。痛苦又失望的「妳」，因此和懷抱相同思緒的「他」及倪燦發生肉體關係。

第二章的「你」是第一章中那個想成為作家的男孩。時間來到新冠病毒肆虐世界的二〇二〇年。第一章的女性從他面前消失。後來，他從民主運動影像中發現一個和自己極為相似的男孩，與對方在曼谷共度一夜。

二〇一九年三月，泰國舉行了睽違八年的（有效）大選。軍事政權社會下，政壇之星於前一年成立了新未來黨，人民對此寄予重望。新未來黨由企業家塔那通擔任黨主席，明確主張社會民主主義政策與排除軍方勢力，深受年輕世代熱烈支持。成立一年即在大選中躍升為第三大黨。

然而，隔年二月憲法法院下令新未來黨解散。原因是黨主席塔那通向政黨提供違法融資。此舉被懷疑是政府為了剷除政敵而與司法勾結的黑箱操作。新未來黨的解散成為青年民主運動擴大的導火線。

起初青年提出的要求是軍事政權撤退與修改憲法，漸漸地，民主運動的矛頭指向實質上的最高掌權者，也是造成泰國各種違法與暴力結構的根本原因——皇室。與一九五九年成立的軍事獨裁沙立政權結盟，以「父親」身分統治「子民」，集國民敬愛於一身的國王拉瑪九世與其子拉瑪十世。即使經歷過種種政治宣傳與皇室崇拜教育，在絕對不容挑釁的刑法第一一二條（冒犯君主罪）面前，青年們仍對上述「絕對」存在的國王展現明確反抗，這樣的行為也震驚了社會。

即使如此，年輕人仍不惜暴露於危險之中。許多仍在讀大學或高中的民運領袖，被以違反前面提到的刑法一一二條及刑法一一六條（煽動罪）為由逮捕下獄。就算一次示威遊行可以換來一次保釋，保釋後又會再用其他罪名逮捕。這樣的事不斷持續，年輕人的各種權利至今仍受到限制。

這一章的「你」在失去了第一章的女性後又失去了母親，最後甚至因為瘟疫蔓延而失去了故鄉，只能藉由觀望那些年輕人的狀況來填補自身內心的空洞。之後，他前往曼谷，一邊回憶奪去眾多生命的二〇一〇年，一邊試圖用眼前奮戰的新世代青年身影取代當年無能為力的自己。

發揮過場作用的第三章，以「燃燒的火焰」連結香港的抗爭行動、第二章中的「你」整理母親遺物的過程，以及曼谷的示威活動。

作品中屢屢提及住在普吉島的「你」生長於華裔家庭。和潮州系較多的曼谷不同，普吉島住的多半是將自身定義為「峇峇」（Baba）和「娘惹」（Peranakan）的福建系華裔。兩者概念的差異在此先略過不提，姑且可先想為移民到舊海峽殖民地或周邊地區，在當地落地生根的華僑及其後代，其語言文化都和泰國多數華人不同。本文作者勒威瓦翁沙對自己的認同也較偏向「峇峇」。

到了第四章，第一章中的女性再度現身。為了逃避蔓延的疫情，逃到曼谷工作的她開始參加各地舉行的民主示威運動，從中尋覓自己的容身之地。一次參加示威活動的回程，她目睹Sun的縱火行為，帶他回自己住處。

自第一章開始三番兩次描寫的「燃燒」場景，令人聯想到民眾焚燒國王拉瑪十世「御照」的舉動。身處明文制定「冒犯君主罪」的泰國，這自然是不可饒恕的大罪。然而Sun——以及二〇二〇年起實際參與了民主運動的諸多年輕人們——強行採取了這樣的行動。就像滿懷失望與空虛的倪燦和「你／妳」曾經用燃燒「偉大事物」的火焰取暖一般。

火焰燦爛燃燒的一夜過後，故事進入第五章。分別以Sun、女性、倪燦和男性四人的「你／妳」描述嶄新的一天。四人懷抱希望，體驗絕望，厭倦現實後依然活著，故事在此落幕。

沒有明顯的救贖，但也不只是單純的閉塞。威瓦・勒威瓦翁沙以犀利中帶有俐落節奏的獨特筆觸寫下黏膩的氛圍。這是一部在反覆的「絕緣」與「連接」之間往返，描繪泰國當代狀況的現代文學作品。

祕密警察

韓麗珠

韓麗珠

一九七八年生於香港。小說常出現新穎設定，如基於失業對策法令，男女須縫合身體共同生活的《縫身》，或刺青師將顧客分享的故事刺為圖案的《人皮刺繡》等。作品多扎根於對香港日常生活的反思。二〇一八年五月獲香港藝術發展局頒發「藝術家年獎」。在頒獎致詞中，她訴求「希望香港今後依然能擁有言論自由與司法獨立」。以散文集《黑日》、《半蝕》描繪二〇一九年《逃犯條例修訂草案》反對運動後政治動盪的日子。在日本的譯作有短篇〈渡海〉（藤井省三譯，《昴》二〇一五年九月號）。

要把自己藏起來。藏在掌心的路線裡，藏在無辜者的懷裡，藏在租住屋之中，藏在一個房間、一個衣櫥、一個抽屜，或，一個被窩之中。藏在他的回憶裡。藏在土裡，藏在一副棺木裡。他想起我，記憶的溫度冷冽如刀鋒。

——《羚羊日記》

現在已經沒有人能清楚地指出，城市是在何時、在哪裡、為了何種原因，出現了一道無可補救的裂痕，從那裂痕開始，城市靜默地、幽微地、緩慢地一點一點地分裂。藏在城市肚腹內的獸，暴露了牠原始的臉。

那樣的碎裂開始之前，城市曾經喧鬧而充滿生氣。許多人像預言師那樣繪形繪聲地述說，城市的末日將會如何降臨，更多人沉醉在各種聳人聽聞的危言裡。那時候，那個安穩的年代，充塞著城市的是一片虛空。在那樣的虛空之中，人們需要激烈的東西，讓自己體驗真切地活著的感覺。親密生背叛，安逸生恐懼，重複生絕望。人們描摹恐懼，接著相信恐懼，直至，從北方來的祕密警察，已經悄悄地進駐這城市，滲透了城市的每個角落。他們知道我們（根據非正式但可信度甚高的情報指出，他們有一個巨大的資料庫，內裡有城市裡所有居民的檔案，記錄了我們從出生開始的所有事情），但我們無從得知誰是他們。於是，大廈的管理員、清潔工、圖書管理員、便利店店員、巴士司機、餐廳服務員，全都有可能是喬裝的祕密警察。在一種假想的監視之下，人們漸漸沉默，言不由衷、口是心非。不久後，我們甚至習慣了四周充斥著的各種謊言。那些由政權編撰、發布，以至重複述說的謊話，是急劇生長、變壯、自我複製的獸。頭腦稍為清醒的人都不會耗費氣力和巨獸搏鬥。（不過，被關進牢房裡的人愈來愈多。城市內建起了一幢又一幢簇新的監獄，那些入獄的人，都以他們各自的方式，以肉身或言語，去衝擊那些謊言巨獸）我們曾經以為自己透徹地懂得被謊言淹沒的各種真相，那就像我們的血和肉、肌肉和神經那樣，將會緊隨著我們直至生命寂滅，肉身化成灰燼。可是記憶比生命更脆弱，它像流沙般隨著時間和環境不住改變形狀。不知從什麼時候開始，分裂前的城市已離我們愈來愈遠，漸漸就像被活埋在一片因失魂而來的迷霧之中。

我的喉頭長出了一種看不見的攀纏植物，從咽喉開始往上蔓延，纏繞著我的眼睛，緊緊地包圍著我們的腦袋。當我走在街上，看到路人各自的臉和有口難言的痛苦神情，就知道我們長出了相同的植物。只有在一切都碎得不成樣子的時候才會發現，城市和居住其中的人如此密不可分，深深地長進了彼此的內在，居民的身體反映著城市的真實狀況。譬如說，從喉嚨一直延伸至腦袋的植物，那路徑就像城市的裂紋，而裂紋，驟眼看來，又有點像地鐵鐵路分布圖，只是，紋路並不意味著連接和往來，而是如命定那樣的流放。

*

現在我只是隱約地記得，貓在充滿碎片的秋天，走進我的生命裡。我能記得，因為在那個秋天，月經毫無先兆地停止了。既不是懷孕，也不是過早地衰老。那就像，一直在身體裡反覆循環的星體突然停止運行。

我在網上預約了已經移居T地的Y醫師。早在隔離政策開始之前，遷徙的人就愈來愈多，城市像一個腫瘤，被附在其上的人紛紛切割。Y醫師移居後，留下聯絡方法，讓一直依賴他的病人仍然可以找到他。因為他不必把脈或碰觸病人的身體，只是透過視像通話的螢幕中病人臉上的氣息，就可以斷症。

視訊接通後，我看到Y醫師身後有一堵雪白的牆壁，而他的皮膚透現著一種經常接觸陽光的健康光澤。他在螢幕的另一端，把我的臉像一本艱澀的書那樣認真地閱讀。不久，他像一個法官那樣宣判裁決：「你的身子進入了一個漫長的冬季。冷，非常冷。空蕩蕩地，寸草不生。」他低頭，在病人紀錄本上撰寫藥方，接著附件在通訊盒子裡傳給我。那裡有大棗和黃蓮。黃蓮適合啞子服用。

「這樣的冬季，將會為時多久？」在診症結束前，我問他。

「只有當你停止擬想時間，時間才能以正常的速度經過你。」這是Y醫師掛線前，最後對我說的話。必定是空氣和土壤的改變，影響了他的判斷。我感到他拿著一把尺子，卻無論如何都無法在我身上校準，找到裂痕的所在。

我戴上口罩、帽子和護目鏡，把Y醫師的藥方放在口袋裡，乘搭一輛巴士，在終點站下車。那裡有一個菜市場。隔離政策開始之後，我只有在食物和日用品耗盡時，才會出門一次，後來甚至認為，房子才是我唯一的真實的世界。那個菜市場是少數我仍然記掛著的地方，那裡全是陳舊而狹小的店鋪，擠迫的人群像混濁的流水那樣湧過。但那裡有一種令人生出勇氣活下去的溫度和氣氛。

那隻鳥以沉默的方式叫喚我。牠全身彩藍羽毛，自頭頂至尾部橫著一道彩虹般的七色斑紋，神氣地站在籠子裡的木枝上。籠子掛在藥店的橫梁，橫梁下站著一個男人在看鳥，而鳥在盯著我。藥店散發著煎藥時令人放鬆得想要入睡的苦香，我伸手進口袋裡摸到藥方，但那一刻，突然不想掏出來。不知道是我的念頭，還是鳥始終沒有轉移的視線，使男人轉過頭來，發現了我的存在。「你要看診嗎？」他問我。

我把右手伸出，放在軟枕上，向他敞開了脈門。在隔離時期，醫師成了一種矛盾的存在，既是高危的潛在帶菌者，同時是難得的指引者。沒有穿著袍子的男人以食指和中指按壓著我手腕的脈，得到一種詮釋的權利。不管他將要說出的話是江湖郎中的胡謅，還是巫師般的預言，都將會影響我至少一個季節——不知何時才會過去的冬天。

「這是『假懷孕』。」男人給我把脈後，又察看我的舌頭，沉吟了片刻，終於作出了這樣的結論。

「假懷孕。」這是個陌生的詞語。

「由此刻直至你的月經恢復之前，你將會感到一次又一次的脹滿——要知道，假孕的症狀因人而異，有些人持續亢奮，有些人莫名憂鬱——你會感到自己正在創造著什麼，有時甚至會產生一種將要完成的錯覺。但你務必要記住，這些都是假的。」男人說：「反過來說，所有的失敗或失去都是幻像，所以，障礙也並不真正存在。」

我以為他會給我開出另一帖藥方，但他只是作出了建議：「散步。持續走向未知的，你從未踏足的地方。每週三天，每天一小時。」

「是散步，而不是苦行。」他強調。

我把Y醫師給我的藥方，扔進廢紙箱。

＊

我記得那是個秋天。因為家附近的公園，地上滿滿的都是血塊似的楓葉，全是碎片那樣的鋸齒狀。我第一次遵照那男人的囑咐，踏出家門，為了藉著步行，驅趕身體內的寒意，讓氣血流通，移動某個變得僵硬的機括，我走進公園，那裡就像一個血汙斑斑的案發現場，可是公園內的人怡然自得地在聊天、跳舞、慢跑和高聲唱歌，清潔工拿著巨大的掃帚在清理血跡。我盯著樹良久，才明白在隔離的日子，世界已經微妙而徹底地變換了樣子。

我走到樹下，掬起一堆嫩紅的葉。回到家裡，放在一個玻璃瓶內。房子裡除了我，並沒有任何活物。但葉子仍有剩餘的生命能量，我讓它們取代凝固在我身體內無法排出的血塊，難以說出的話、沒有寄出的信，還有藏在堵塞在淚腺內的淚水。樹葉的顏色每一個小時都在產生變化，從鮮紅成了嫩黃，再由嫩黃褪成暗棕，然後，逐漸粉碎，最終成了一堆粉末。那段日子，我到外面去散步的目的，是為了撿拾葉片，目睹一場物質的轉化。

那個早上，貓被埋在那堆火紅的樹葉之下，每個看到牠的人都有足夠的理由忽略牠的存在。那就像偶爾出現在人行道旁的暈倒的鴿子、馬路邊的狗，或溝渠蓋上的麻雀，或墜樓自殺的人。大部分的人都會安慰似地告訴自己，這些曾經的活物，必定已經死去或至少死了大半，只是一個垃圾似的存在，讓自己可以心安理得地視而不見。不過，貓碧綠的眼睛向我投來一抹視線。牠已經看到我。如果牠的目光是一個網，我就是被困的魚。那刻，我無法動彈，好像很久以來，我並沒有看過那麼光亮的東西。然後，貓把放在我臉上的視線收回去，無力地看著自己的身子，雪白的披毛上有著已結成棕色的血塊，斑駁的，使貓看起來像一塊尷尬的破布。我摸了摸牠的前額和後頸，都是溫熱柔軟而活生生的。要是我把更多的樹葉堆到牠的鼻子和眼睛上，不久後，牠就會窒息而成了冷硬的一團，可是我轉過身去，跑回家裡，翻出一個紙箱，在那裡鋪上乾淨的毛巾，再折返公園。貓看到我回來，眼神掠過一抹綠光，我可以感到牠對我說：「我跟你都是，奄奄一息的活物。」我抱起牠，放進紙箱裡去的時候，牠並沒有掙扎，只是微微地舒展了全身的筋骨，滿意地打了一個呵欠。

我把盛載貓的箱子，放在玻璃瓶之旁，又用在熱水裡燙過的毛巾，把貓全身拭抹，一遍又一遍。牠身上並沒有明顯可見的傷口，只是非常瘦弱而疲憊。到達我家後不久，便陷入了昏睡之中，久久不曾醒來，以致我必須探牠的鼻息，以確定牠仍是活的。

＊

獸醫助護的聲線仍然充滿生氣，彷彿在她的人生裡，從來沒有失去過什麼那樣。

「醫生可以出診嗎？」我向她解釋：「貓的狀況並不適合出門。」

「現在，四周都是病毒。醫生不會再到動物家裡去了。」助護的聲音光潔而冷硬，像一件沒有裂紋的瓷器。「即使你帶著寵物前來，也必須在手機內安裝監測器，記錄你曾經到過的地方。還有，你最，不，可，告，人，的祕密。否則，你也不可以進來。」她用語氣特別強調祕密。誰都知道，除非向已註冊的機構申報祕密，並且獲得通過，否則，沒有人能得到通行證。

「那麼，」我忍不住問她：「在這段時間之內，有多少動物因而失救，甚至死亡？」

「要是帶著寵物的主人，進入診所而沒有使用監測程式，將會觸犯法例。」助護的聲調仍然是愉悅的：「而每天，每一刻，全世界都有成千上萬的動物死去。飼養動物的人，不也在育養著牠們的死嗎？」

＊

玻璃瓶內的葉子早已成了褐色碎片，貓在旁熟睡，除了偶爾起來，喝一點水，吃一兩口乾糧，稍微伸展四肢，貓一直把自己蜷成一團充塞著整個紙箱。我已不再懷疑牠會突然了無聲息地死去，畢竟，牠有時以一隻前肢掩蓋眼睛以避開刺目的光線，有時在夢裡四肢抽搐就像在追趕獵物，那必定是一個忙碌的夢。牠正在一點一點地變胖和變壯。我在牠身上看到時間。我忘記究竟有多久，時間沒有流向我。我只是在每個時間的刻度裡，無感地逐漸衰老朽壞，貓的身體隨著金色的陽光在微微膨脹和發亮，令我產生了一股橫蠻的勇氣，沿著生命的繩索攀爬，那些發生過的事。時而像外太空遙不可及的行星，也像道路上偽裝成地面的一部分的陷阱，讓人就那樣眼巴巴地掉進去，忽然不知道自己身在哪裡。

那根已被磨蝕和耗損的生命之索，上面摻滿了鋒利的碎片。勉強能辨認的是，失蹤了的兒子紅豆、組成了新的家庭也生下了新的兒子的丈夫（經過了許多年之後，他又重新成了一個陌生人）、死了之後比在生時更強烈而明晰地存在著的母親。裂開的城市。漫天的病毒。變種再變種。冷了的子宮。停頓的月經星球。流血的樹葉。復活的貓。繩索太虛弱，難以負荷我的重量，我也無法沿著它到達一個依循正常軌道運行的世界。房子就像位處地心那樣安靜，在貓隨著呼吸均勻地起伏的胸腹之間。我忽然感到，所謂的正常世界或許早已在時間中靜靜地瓦解。

*

一個野豬家族被狩獵隊以食物誘騙下山，在人行道被施以麻醉槍，再送到卡車載到不知名的地方去。我便決定乘車到市中心的商場買一支簇新的可以下載監測程式的手機。那麼，我就可以把貓帶到獸醫診所，檢查身上的傷勢，然後，安裝一塊足以辨識身分的晶片。

據說，狩獵隊的獵殺對象，先鎖定野生大型動物，幾個月之後，是流浪的小型動物，接著就是豢養在家裡的寵物。政府發言人對於病毒的定義曖昧而游移不定。在隔離時期的初期，病毒指的是，一種可以致命，或至少剝奪視力的感冒，不久後，病毒的範圍擴大至在公共場所高呼反政府口號或對國旗不敬的行為。過不了多久，病毒也指那些在網上轉發反政府新聞報導，或公開發表的文字被官方定義為帶著仇恨意識的人。學校的課室紛紛裝設閉路電視，以察視教師上課的時候，授課內容和用語是否完全符合教育局的「無毒」指引。半年後，兩家本地傳媒機構，被警方以「散播有毒思想」、「分裂領土」等罪名查封，被迫倒閉，負責人和總編輯相繼被捕。曾經是城市內自然保育動物的野豬被列為「危險」類別，狩獵隊可在市區範圍隨意射殺，也可以合法屠宰，其毛皮肉類和骨骼都可送往市場販售時，人們已不再相信任何專家的言論。

最初，人們彼此隔離是為了控制病毒的感染和傳播，後來，仍然維持隔離是為了不致掉進成為病毒或蒙上病毒罪名的圈套裡。城市一天比一天新，像一個急速地新陳代謝的身體，活在其中的人還沒有完全掌握，如何在一個無可依靠，無可信任的世界裡安穩地生存，而世界在不久後又變了。於是，隔離成了一種自我保護的退隱手段。

對我來說，隔離而衍生的環環相扣的停頓之中，埋在樹葉間的貓為我帶來了生之氣息。我遇溺而快要沒頂，卻在貓肚腹上柔軟的白毛看到可以停靠的岸。

＊

「為了貓。」我對銷售手機的女孩說，她的胸口掛著一個名牌，上面寫著「O」。這可能是一個英文字母，也有可能是代表重新開始的數字。那時候，我並沒有想到句號。女孩的圓臉沒有任何稜角，她笑起來的時候，圓形的眼睛成了兩彎新月。「我也有貓。」她說：「一個人一旦養了一隻貓，他就再也不只是他自己，而必須為另一個生命負責。現在的狀況，沒有七・八或以上型號的手機，根本無法安裝自願監控程式以進入公共場所，這樣，帶貓去看獸醫也成了傷腦筋的問題。」

女孩把這句話說完之後，我才看到，她的角色，是一個讓我可以隨時走進去的洞穴。我迅速環視了四周一遍，穿著制服的店員，包羅了不同年齡、階層、性別，甚至個性的典型，當顧客走進這所由玻璃和木材裝潢的店子，桌子上橫放著各款型號的手機和筆記本電腦，而垂直地站在店內各處的店員就像路徑，讓顧客走向某一款手機，而且相信那手機可以填充他一直以來身上的某個欠缺。店員必定經過某種特別的培訓，他們似乎能感知走進店內的人，心裡的空洞在哪裡。然後，店員就引領著顧客，走向某個型號，讓那客人和那手機，成為密不可分的夥伴。

「這個，可以使用最新的自願監測程式嗎？」我接過O遞給我的手機，那手機被一根鋼線固定在桌上，線的拉扯，彷彿在形成我和桌子之間的角力。

「我也在用這一款。」O微笑，臉頰泛起了圓形的酒渦。「它不但支援最新的監測程式，還有飼主日程功能，只要輸入寵物的品種、年齡和體重，手機就會自動收集你居所附近所有寵物用品店、寵物醫院和寵物美容店的位置和營業時間，顯示在『備忘錄』一欄。日程功能還會提示注射防疫針和身體檢查的時間。」她看著我，頓了一頓後再說：「對我來說，這不只是一個手機，也是貓的共同飼主，它為我分擔了飼養的壓力和困擾。你有多少隻貓？」

「一隻。」我說：「牠跟別的貓並不一樣。」

O點了點頭，表示認同，而她說出的話，有另一種含意：「每一隻貓都是獨一無二的。」

她為我結帳時，再告訴我她的名字。同時把印有她的聯絡方法和照片的名片交給我。「這支手機有兩年原廠保養服務，在這期間，當你遇上任何關於使用手機的問題——也包括貓的問題，因為這是你買下手機的原因——你都可以在辦公時間內找我。如有需要，我們也可約在餐廳或咖啡店內商談，這也屬保養範圍，因為，『你並不孤獨』。You are not alone.」O把盛載手機的紙袋交給我時，唸出了店子的廣告文案，然後，她咧開了塗著鮮紅口紅的嘴唇，給我一個露出牙齒的微笑。那句文案，印在手機盒子上、紙袋上、員工的制服上、店子的招牌上，以及，店員的眼神裡。

*

我帶著手機回到家裡的時候，冬日的陽光像金色的河，透過窗子流溢到屋內，淹過窗臺上的仙人掌、矮几、地上的磨爪板，到達沙發以及安然沉睡的貓身上。把貓帶回家裡，只有兩週，但貓的身型似乎每天都在膨脹，我不知道牠的年紀，也無法確定牠的品種，只能肯定，牠需要很少的食物，也不大喝水，而且嗜睡，就像要通過睡眠，擴展成原本的模樣。

陽光把暖意傳送給貓，貓把生之氣息滲進屋子的每個角落。要是我用手機打一通電話，對方就能透過電話號碼追蹤到我身處的位置，要是我帶著手機出門，啟動自願監測功能，就可以得到進入公共場所的權利。自從我把貓帶回屋子裡，就重新進入了生存所需要的各種交換與循環，空氣裡飄浮著微塵，腳下的世界彷彿又在慢慢地轉動，可是這一切對我來說，還是太快。

貓還沒有在樹葉堆中出現之前，我曾經以為自己的伴侶，是睡房的那扇桃花實木門（當我倚在門上，常常嗅到淡淡的木香），或客廳的奶油色牆壁（適合夏季的冰涼），甚至是多年前在跳蚤市場買回來的一個骨董壁櫥，我喜歡把它所有抽屜拉開，放進自己的祕密和焦慮，再關上。它的材質吸收了許多時間，足以消弭一切。

在這段珍貴的，真空般的隔離時期，我獨自待在屋子裡，病毒（或其假象）隔絕了他人的目光。我無從躲避如此叩問自己：伴侶是什麼？一個理想的夥伴，必須偶爾或經常，保持沉默、節制、不強求，甚至，不會有自私的需求，不發出噪音，也沒有妨礙別人的舉動，卻又能一直守在身旁——於是，一段關係裡的兩個人總是得輪流扮演物件，把自己壓縮，如此，關係本身才可以成為一個安全的空間，讓身在其中的人盡情探勘自己，在隔離的日子，我有足夠勇氣對自己承認，最適合的伴侶，就是物件，無生命之物。

那些染疫而僥倖康復的人，還有，違反了因病毒而生的種種法例而被拘禁的人，他們重新回到自己的家後不久，大部分的人都會選擇離開原來的生活，遷居到另一個單位獨居，而且選擇了非人的東西，與自己為伴——根據H城大學社會學系教授羅柏特在二〇二三年春季進行的調查，這樣的人佔了入院和入獄的總人數的百分之七十。研究人員推斷，那些決定和死物到公證處辦理結婚手續的人，很可能在某種意義上經歷了一次死亡，或至少是致命的打擊，他們的頻率已產生了翻天覆地的變化（即使在表面上完全看不出來），再也沒法和另一個人互相廝守。這些人即使並未完全死透，但他們所經過的崩壞，使他們再也沒法真切地活在世上。

大部分時間都處於深眠中的貓，像活火山一般隨著呼吸而起伏的肚腹，把房子裡空氣的粒子靜靜地改變。我可以清晰地感到，有些什麼正在醞釀、擴大，將要爆發。我想要阻止這種即將出現的變化，然而，我已經無法把貓送回公園。在這一段日子，貓已在房子裡種下了自己的根。而且，我不由自主地想起，多年前的一個新年節目裡，命理師說過：「把在街上撿到的流浪動物，從家裡再扔出去，會為家宅運蒙上陰霾，也會種下影響深遠的惡果。」我看著沙發上忘憂地熟睡的貓，覺得是正在成熟的果，而栽種這個果的因是什麼，我卻毫無頭緒。

＊

瘦長的長方形手機屏幕上出現了一組陌生號碼，它猜測「可能是O」。震動中的手機讓我懷疑，所謂的「祕密警察」並不是一個人，而是一束靈或智能，寄生在任何物件、動物或人的腦袋中。我觸碰接聽的符號，電話的另一端便出現了O的聲音：「你好嗎？」牆上的時鐘，指針落在十一時。這是營業時間內的業務電話。

「手機運作良好。」我回答。

「這樣實在太好了。」她笑了起來：「那麼，貓呢？」

我想起，購買這支手機前，有很長的一段日子，已經沒有任何人想要和我聯絡。那些打進來的電話，不是把我視作一個銷售對象、連鎖店的會員，就是問卷調查答案提供者。可是就在那時候，我前所未有地瘋狂地迷上了電話。在確定了再也沒有人要尋找我的時候，我終於可以放心地期待電話響起，就像有人在叩我的內心的門，因為這渴望不可能實現，我也不必擔憂願望一旦成真而來的驚惶。那時候，舊手機像一個長期昏迷的病人那樣，毫無攻擊的能力。

我沒有想到的是，新的手機把我推向一個未知的階段。

O的問題，讓我轉過頭去，剛好看到貓在伸展四肢。牠的身體仍在生長，長度已相等於一張兩座位的沙發。我知道，牠的生長速度在短期內並不會停止，牠的生命力正通過骨骼和肌肉增生而迸發。最初，我以為自己是牠的照顧者，當牠比一般的貓，甚至狗都更壯碩時，我知道，沒有獸醫會願意為牠檢查。於是，我只能以自己的方法治療牠。直至那天，我把貓仔細地察看，發現了許多以往不曾注意的細節，我終於不得不承認，牠是我的一部分。

「牠很好。」我感到驚訝的是，我竟然如此認真地對待O提出的問題，而且告訴她：「只是身型有一點超乎標準的肥壯。」這顯然並不合乎銷售人員和銷售對象之間的禮儀。

「你必定把貓照顧得很好，牠才會順乎自然地長成了自己的模樣。」O的聲音仍然保持著沒有雜質的開朗：「不過，這讓你苦惱嗎？」

O的問題並沒有惹惱我，但我認為必須流露懊惱才能劃下一道必要的界線。

「貓的問題，跟手機並沒有任何關係。」我以一種帶著禮貌的強硬語氣說出這句話。

「是這樣嗎？」O沉默了一陣子，再說：「我們的生活，已經沒有哪一件事，可以跟手機完全切割了。」她笑了起來：「現在，手機已成了人類的外置呼吸系統。」

我突然感到虛怯。誰都知道，手機只要處於開啟的狀態，就有被竊聽的可能。不管是電話中的談話內容，或訊息中提及過的所有事物，不久後，社交媒體便會出現相關關鍵詞的廣告內容。藏在手機裡的祕密警察早已掌握了手機使用者的情感、生活習慣、年齡、氣質性情或家庭狀況，然後把他引導到特定的店鋪或路線之上。如果手機是祕密警察，O很可能是祕密警察的管理者。很可能，我對貓訴說的所有關於生命和世界的疑慮，都會被手機記錄和讀取，傳送到O手裡。

「所以，你要向我販賣什麼？」我直截了當地問她。

「你不是已經問了手機了嗎？」她驚訝地說：「要緊的並不是別人向你出售了什麼，而是，你到底真正需要什麼？難道你一直沒有想過這問題嗎？」

「這是手機售後服務。」她耐心地解釋。彷彿那個不可理喻的人，其實是我。「當你買下一支新手機，就在期望生命中出現轉機和改變。」她問：「不是嗎？」

「你是誰？」

「我是O。」

「這不是真正的名字。」

「這不是身分證上的名字。當我明白真正的自己是誰的時候，我就給自己起了這個名字。」她說。

我直接告訴她：「這真是一場奇怪的交易。」

「如果你覺得奇怪，那是因為你不習慣面對真實。」她對於我的評價的反應，理直氣壯得近乎處之泰然：「你誤以為銷售員的工作是把商品推銷，其實不。」她頓了頓再說：「銷售員要做的是，把自己的存在盡量壓縮、隱沒，甚至消弭，像一個空的瓶子盛載顧客。」

「為什麼？」

「為了讓顧客重新想起，自己到底在尋找什麼。」她回答。

「我要問的是，你們做的這一切到底是為了什麼？」

「因為，你並不……」

趁她還沒有完成那句子，我碰了一下螢幕上掛線的鍵。

＊

貓在我的屋子裡，像蜷縮在溫暖子宮內的胚胎那樣，體型隨著時日遠去而不斷增長。終於，在春季的某一天，牠的長度到達了我的肩膀。自那天開始，牠清醒的時間漸漸延長，儘管牠仍然非常安靜，有陽光的時候，牠靠在窗前凝視外面的風景，陰雨的時候，牠悠閒地在室內，在房間和房間之間，來回踱步，動作敏捷而又小心翼翼地避開花瓶、水瓶、杯子和雕塑，從來不曾弄翻任何東西。我感到擔憂的，並不是貓已壯得像一匹馬或羊，而是我竟然並不害怕，甚至微微欣喜——埋在樹叢中的貓，用盡全力，活現了自己的模樣。或許，如果我在貓生長的中途試圖抑止牠，或在牠完全成熟後，把牠帶到郊野或森林丟棄，才是理智地保障彼此的方法。可是，我無法禁制自己對牠的沉迷——不管是貪戀牠柔軟的披毛，依賴牠熟睡時的體溫，或牠給我前所未有的活著的勇氣。我清楚地知道，保有一頭龐大的動物，是一件違法的事，說不定，某天清晨六時（狩獵隊常常在深夜或凌晨出動，因為動物的活躍時間在深夜），執法者會不斷拍打我的大門。如果我堅持不願開門，他們便會破壞門鎖，闖入我的居所，用麻醉槍擊打貓，然後把牠拖走、殺掉，再分吃牠的屍體。誰都知道，在狩獵隊和執法部門中，不乏嗜吃不同肉類，也喜好嘗鮮的人。因此，在執法大樓裡，常常傳出令人煩惱的肉香。

那天，當我下了決定，便給貓起了名字：羚羊。我希望，牠是那一頭，在群虎飢餓時，可以適時而機靈地逃脫的山羚。

要是我可以硬起心腸，把貓放回原野，我就可以回到從前的生活，在房子內自我隔絕——這樣的人，才能符合政府訂立隔離政策的原意——在人和人或人和物之間，都沒有太深的牽絆和連結，每個人的臉上都有一種對一切都不在乎或跟自己無關的淡漠神情。如此，即使在城市解封後，街上滿滿的全是人，城市仍然非常安全，因為那全是流沙般打從心底把自己隔離於世界的人，而不是會隨時堆疊成山匯聚成海的人群。

可是，羚羊和我之間的牽絆太深。似乎，早在我遇上牠之前，牠已深植在我的命運之中，等待萌芽。我只能盡力以一種成人的方式，面對我們之間的緣份——把牠妥善地藏在家裡，假裝牠並不存在，而我是個孑然一身的人。

＊

寵物用品店老闆，在電腦輸入我所訂購的十二包貓砂後，向我投來疑狐的眼神：「你家有多少貓？」

「只有一個。」我忽然想起，說話的時候要微笑。這是基本的社交禮儀。即使被口罩覆蓋了半張臉，眼睛仍會流露笑意。

羚羊讓我甦醒過來——我之所以有著這樣強烈的感受，因為牠更像一個伴侶或孩子，我不得不為了牠調整自己的生活。我把一個塑膠浴盆放在書房，充當牠的洗手間，而客廳的矮几則成了牠新的餐桌。要是把貓碗放在地上，讓牠蹲在地上俯身吃飯，那光景實在太卑屈也太悲傷。我彷彿在侮辱我自己。夜裡，我們睡在一張雙人床上，羚羊已經無法像很久之前那樣，伏在我的胸口或肚腹沉沉睡去。以牠現在的體重，隨時都可以把我壓得窒息。但牠會用一隻毛茸茸的前肢放在我的肚子上，就像在重溫某段美好的日子。那時候，我總是會想起曾經有過的丈夫和兒子。那些床鋪擁擠而所有家具都必須和別人共享的時光，而我心上湧起的，並不是懷念也不是唏噓，只是一種所有事物終將過去的虛無感。就像盤古初開或世界末日那樣，世界本來就是空無一物的，無論曾經擁有什麼，終於也會到達沒有。

羚羊大概仍然會做狩獵的夢，即使所有獵物都已面目全非。因為牠是貓，有著超乎人類的生存意志。

當我離開寵物用品店，拉開店子的門，卻看到一張熟悉的臉，感到一陣暖和。那個可以讓我信任的人，剛巧出現在店子門外，跟我一樣，正要打開門，只是我們的方向是相反的。在我看清楚她是誰之前，只是基於某種本能，向她展示了一個露出牙齒的微笑，而在那時我才發現，原來跟前的人是O。我趕快合上嘴巴（雖然根本沒有人會看到），但已經太遲，她顯然已看穿了我最軟弱的部分——那些跟我唇齒相依密不可分的人，都已移居到別的國家。在我手機內的來電記錄中，我唯一儲存著來電記錄的人，是O。

「我早就想過，很可能會在這裡碰到你。」O說。

「為什麼？」我唯一想到的是，手機是一部可以偵測和泄露所有祕密的機器。

「因為我們都有貓。」O說出的答案，我無法反駁，而在很久以後，我才明白，這原是語帶雙關的句子。

「如果你有時間。」O提出了一個建議：「你可以在這裡，待我買了貓用品後，再一起去喝咖啡。」

我看著她的圓眼睛。當她提及貓，我心裡不由一震，如果我的手機內藏著祕密警察，那麼，O當然可以透過手機，掌握我的家藏著羚羊這件事。要是我拒絕她的邀請，就顯得更可疑。如果城市內的祕密警察可以是任何一個人或物件，我們根本沒有躲避祕密警察的餘裕，只能迎向他，直面他，和他共存。

我點了點頭，O用眼睛對我微笑。

*

咖啡室內氤氳著的濃郁的烘焙香氣，是屬於過去的。早在隔離時期開始之前，我看到的現實，就有著寬闊得無法修補的裂縫。城市裡所有的事物，都是斷裂的。於是我害怕進入公共場所，尤其是我和丈夫以前常常光顧的餐廳、超級市場，我們以前的家附近的公園、便利店和戲院。那些我們在假日流連忘返的地方，全都有著深不見底的隙縫，一端是過去，另一端是目前，而我總是被這兩端同時排拒，只能在那道巨大的縫裡不斷徘徊。我記得的是那一年，我和丈夫常常在晚餐後到河堤散步，然後到河堤盡頭的咖啡店。他總是愛打趣說：「拿鐵有助睡眠。」然後我們會分享親密的沉默。後來我才明白，當時的不安其實是幸福的症狀。我總是在跟他一起時設法逃離他，然後在享受獨處時想起他，想起自己在世上仍有羈絆，而不是絕對孤單的人。直至他離開了我們的家，更準確地說，是在某天清晨六時被闖入我們家的執法者帶走。在閉門審訊而被定罪之後，或，服刑完畢，出獄後又進入了另一段婚姻之後，再也沒有人可以讓我逃避，而我想起他的時候，只有一片空洞，像一片什麼也沒有的風景。是這樣的一種奇怪的空洞感，使我無法抵受外面的世界引發的焦躁，只有我的房子是安全的。那裡既不是過去，也不是目前，在時間上，是無。

坐在對面的O，從餐牌上抬起頭問我：「你已經作出決定了嗎？」

有一段很長的日子，我再也不願意和任何人作伴。在他們的臉上，我總是看到重影。丈夫留下的影子，有時像一個草木繁茂的叢林，有時像一塊破碎的大鏡子，包圍著我。我再也無法真正看到任何人或任何事物。他們全都像一層很薄而容易消逝的膜。

O向侍應要了一杯美式咖啡後，在我們兩人之間，再次只剩下我們，連丈夫那洪水似的殘影，也沒有湧向我。我把握著那空的透明的瞬間，讓眼前的景象能保持得更完整而長久一點。

「這也是售後服務的一部分嗎？」我問她。實在，我在網上搜尋這家手機公司的資料時，看過不同的討論區，並沒有發現任何對於銷售員入侵顧客生活的投訴。

「你可以看成是，反正我們是因為手機而認識。」O呷了一口熱咖啡，她的杯子發出令我羨慕的香氣，讓我感到自己杯子裡的茶是一個錯誤。「但你也可以看作不是，因為這是偶遇而不是我的設計。」她說：「反正，自願監測程式已啟動，這城市裡的每一個人，都必須向一個合資格的機構公開自己的祕密，取得認證。那麼，為何不光顧我們？」

「你為什麼要在那裡，以那樣的方式販賣手機？」我反問她。她大概不會知道，這聽起來像是質問的句子，其實是委婉的傾訴，或求助。對於O，這個在手機通訊錄裡唯一的連絡人，我必須能辨識，她究竟是一根可以引領我走出隔離洞穴的繩索，還是一條會纏住我喉嚨的蛇。當然也有可能，她是不具任何意義的破折號。

「你真的想要知道嗎？」O直視我的眼睛。她的句子，並不是問句，而是直述句。我只能等待她。

「我是個中央向下陷的低窪，是空的容器。」她並非打從開始就知道這事實。在發現、懷疑、確定，直至接納自己的形狀的多年之間，她和自己持續地爭戰。有一個人走近她，反映出她的模樣，她認為那是一面可怕的鏡子。她逃離那個人之後，另一個人又走近她，讓她看到自己。她像擊碎一面鏡子那樣驅趕了那個人。又有一個人走到她面前，身上又有熟悉的姿態時，她按捺著躲避那人的衝動，而暗暗下了決心，這一次無論如何都要直面這個鬼魅般的人，一直不退縮。她以一種作戰的意志，扮演一個戀愛中的女人，維持著美麗、快樂、迷糊和卑微。「其實，我只是獵物，而他狩獵，他獵殺我，一次又一次，因為我死了一次又一次，卻總是有某部分，仍頑強地活著。」

他要吃她。她對自己說，牙齒印在皮膚上，是刻骨的愛。但他吃她的方式，帶著腐蝕性。他吃掉了，她父親在醫院彌留時，她要趕往見他最後一臉的機會。獵人說：「我的肚子突然很痛，你要照顧我，他無論如何都會死，而我還活著。」他用以震懾她的，不是道理，而是恐懼感。不久後，他又餓了，吞吃她對於身體的自主權。他喜歡看到她在性裡狼狽而萎頓。他總是在她月經來時、高燒不退時，或腸胃發炎時，強迫著她跟他做愛。「女人的美，總是在飽受屈辱時達到頂峰。」他像一柄刀那樣插進她的身體。但那時候，她所感到的是比疼痛更深邃而廣袤的東西，像踏進了異境。她從不知道，自己的內在有這樣的一塊區域。他並不是陪伴她探索那異境的人，他只是類似導體的東西。當她走到那空蕩蕩的內在時，她是孤獨一人的。「這個身體，以至連接著這副軀殼的靈魂，到底哪裡才是盡頭？」她當時所想到的是，只要撞上那盡頭，她就會被迫回頭。她像墮進深淵那樣，抓不住什麼。他總是很餓，而那種深沉的飢餓，愈來愈難以滿足，簡直就像人類這種生物自遠古時代遺留下來的一種難以填滿的不足之感。

他無故地生氣，指責她因為先天的呆頭呆腦，才可以忍受，每天站在銀行服務臺後，點算抽屜內的鈔票，對著橫蠻無理的客人，軟弱地微笑。她對於他的話漸漸不為所動。他只能使勁地啃咬她：「把服務臺抽屜內的鈔票，帶來給我。」他像孩子撒嬌似地要求她。

「這怎麼可能。」她驚呼。

「你知道，我有困難時，只能向你求救，你是我唯一能信任的人。」他把臉埋在她胸口說：「你是我唯一依賴的人。」

她感到眩暈，必須到外面去，拾掇自己混亂的思絮。她在街上奔跑。她走上了一輛巴士，讓巴士帶著她繞了一個圈子又一個圈子。她透過車窗，看過大廈、看過樹、看過施工中的空地、看到抱著膝蓋蹲坐路邊哭泣的人、看過已經結業的店鋪、看到抽菸的人。下車後，她坐在巴士站的長椅上，想起一個前天瀏覽的網站，介紹一個名為「窗子」的地方。網站這樣寫：「在疫情中，居所要打開所有窗子，保持室內空氣清新，驅散病毒。至於心的毒素，你可以走進『窗子』裡去。」

「那天晚上，我第一次參加『窗子』聚會，為我自己燃點了一根蠟燭，在那裡，我狠狠地撞擊了自己的盡頭。」她把咖啡一口喝光。

我看著她圓亮的眼睛。

「『窗子』裡的聆聽者告訴我，我是個深深地凹進去的碗。」她記住了聆聽者的反問。他們這樣說：「你為什麼要把這難得的容量，全都用來盛載羞恥感和痛苦？你知道嗎，容器是天賦。」「那天晚上，她再也沒有踏足她和獵人的家，又更改了電話號碼。」「從那時開始，我覺得沒有任何人比我身上的空洞更重要了。」銷售員的工作，就是用自己的空洞，收納每一個走進店子的顧客。

「『窗子』是什麼地方？」我問。

「那裡有許多讓人埋下祕密的洞。」她盯著空的杯子，搜尋合適的說法：「有時候，自己也成了別人埋藏祕密的穴。」

「在哪裡呢？」我想知道。

但O始終沒有透露更多關於「窗子」的資料。直至我們分道揚鑣時，她只是說：「當人感到走投無路時，常常都可以通過祕密，再開啟一扇門。」

*

羚羊以兩條後腿奮力站起來時，和我的高度相若，就像一扇只容許我進入的白色大門。不只一次，當我想躲進貓之內，逃避這個布滿祕密警察的，令人恐懼的世界，我緊緊地擁著羚羊，把整張臉埋進貓毛之中，卻也在那刻，清晰無比地發現，我和牠是不同的物種，也是各自獨立的個體。因此我必須獨自攀爬和掙扎。就像多年前我發現自己必須離開丈夫那樣，這是個肉眼無法看見但分明的事實。

不過，羚羊確實是一扇門，而且擁有自己的意志。譬如說，牠沉迷於晒太陽，當牠的身形大得像我一樣，牠再也不喜歡蜷伏在窗臺等待陽光。牠把自己的上半身懸掛在窗外，以爭取最大的面積接觸到溫暖的紫外線。我已為牠拆除了安全的窗網，因為牠已能為自己的自由和安全負責。

我並不是沒有想過鄰居很可能透過窗子發現牠的存在（這裡畢竟是嚴禁飼養動物的大廈），可是當我看到羚羊掛在窗外的半截身子，我感到牠彷彿在飛翔。彷彿在代替我脫光衣服，裸行於鬧市，無論對我或貓而言，都是一種解放。每次我想抓住牠的後頸，把牠拖回屋內的隱蔽角落，最後總是忍不住伏在牠身上，和牠一起承受炙人的日光。

門鈴響起的時候，我就感到門外的人並不友善。

我把門打開一道縫之前，羚羊早已小跑進了睡房。因此，當外面的管理員，目光銳利地向屋內掃視時，只看到安靜的家具。

「有住客告訴我，你家有巨大的貓。」管理員以搜尋的目光盯著我的臉。

「沒有。」我說。

「他們說，那貓在你家窗前肆無忌憚地享受日光浴。」管理員緊咬著我們不放。

「他們看錯了。」我幾乎是以安撫他的聲音說出：「晒太陽的那個，是我。」

管理員的身影消失在走廊之後，我關上門，而我知道，他會再來，似乎有許多人，同時盯著我們家的窗子。我感到心跳加速，但不是因為恐懼，而是一種莫以名狀的興奮，就像是，羚羊進入了我的軀殼內，而我們都變成了炸彈，在街上全是祕密警察的隔離時期，等待一次體無完膚的爆發。

＊

O接到我的電話時，語氣中沒有流露任何訝異，就像早已作出了安排那樣，告訴我，「窗子」的下一次聚會在週三傍晚至凌晨。我們約在二號車站等候，一起走到聚會的地點。

連接在車站和大廈之間，是一條蜿蜒如公路般的人行隧道。我無法得知確切的長度，那裡因為某種原因，入夜後就變得漆黑一片。

「難道天花板和牆壁都沒有燈嗎？」我忍不住問。

「我剛開始參加『窗子』的時候，隧道仍有充足的電燈用作照明。不知過了多久，那些燈泡逐一壞掉，卻也沒有任何人來修理。漸漸，夜間的隧道就沒入了黑暗中。」O說。「不過，對於熟悉『窗子』的人來說，早已把隧道的路線緊記在心裡。反正也沒有陌生人能不經任何引介進入『窗子』，那麼，我們正好可以當引路者。」

我抓緊了右方的O的手臂，拐了一個彎又一個彎。最初，我勉力想要以自己的視力辨別前方的路向，可是，那黑是那麼濃重，足以遮蓋任何感官，不久後，我放棄了。全然依賴著O。有一陣子，我感到我們在蛇的體內繞著圈子，不久後，我卻認為，腳下的路是我們的腸子的形狀。繼續走下去的時候，我唯一能想到的是，或許，蛇就在我的身體之內，是牠的舌頭把我驅趕到「窗子」。

當我的左手，被另一隻寬厚而溫暖的手掌握著，有一個陌生的身體緊貼著我時，那是一種原因不明的安全感。我對這種安全感生起了戒備，不由得驚呼：「你是誰？」

「我是我。」那個男人氣定神閒地說。

「別怕。」右方的O安慰我：「他是『窗子』的負責人，也是我們的老師。他會把藏在我們身體內、神經內、意識內的，很可能連我們自己也從不知道的面向，從深處牽引出來。我們都叫他『祕密老師』。」

男人保持靜默，只是透過掌心的力度和溫度，源源不絕地傳來各種訊息，那些比摩斯密碼或腹語更複雜的，令我無法以自己的語言加以整理、區分和過濾的訊息，像透明的膜那樣包圍著我。我感到疑惑的是，所謂的祕密老師，是專門研究祕密的人，還是，把自己像祕密那樣藏起來的知識傳授者？

男人在這時候開了口。

「每一位來到這裡的人，我都會在甬道中央等待他、迎接他、陪伴他走一段路。你並不會在這段路上重複你的第一次，正如，沒有人能把手伸進同一條河的流水裡去兩次那樣。當你在首次踏上這接通『窗子』的甬道，你其實在路過自己，很可能是，一步一步地踏在那條不見光的，從來都藏在意識的暗角的路。」男人的話突然停了下來，即使在漆黑一片的環境裡，我仍然可以清晰地感到，他把頭轉向我的方向。「所以，你知道自己把祕密遺失在哪裡嗎？」他問。

我很想對他說，我並沒有任何祕密，反抗他的問題裡所包含的過於自信的識破。不過，他並沒有給我任何反駁的機會，就擅自對我敞開了他自己，就像把自己躺成一張地氈或一條新路，邀請我踏上去，一直走到很遠的地方那樣。我還來不及猶豫，就踏上了他。

「沒有祕密的人，根本不會走進這條甬道，也不會走向『窗子』。只有祕密會吸引祕密，正如只有恐懼能吸引恐懼，愛會吸引更多的愛，而一場戰爭將會引發更多戰爭。你要知道的是，你把我們牽引到你的附近，而不是相反。保有這想法，將可以保護你走以後的路。」他一邊說，一邊緊緊地捏著我的手臂，以一種脅持的力度，但也可能把那視作一種攙扶。

他繼續說：「在你到達『窗子』之前，我會向你先說出我的祕密。雖然我的祕密在多次曝光後，早已不再是祕密，但作為交換，它仍然有著一定的價值。每一個來到這裡的人，都是先接收，再決定是否付出。『窗子』對任何人來說都是安全的。」

眩暈就是從那時開始，像有一片海湧向我，包圍著我，進入了我的範圍，最後填滿我。從左右兩邊抓緊著我的O和祕密老師，本來像一對脅持著我的人，但那時候，卻以拯救者的姿態，充當了我在茫茫大海中的救生圈。

就在那時候，一種近乎目盲的無光中，我清晰地感到，祕密老師投注在我身上的目光。那是一種比「看見」更清楚的「感知」。彷彿，我臉上的眼睛無法看見之後，長在身上別處的眼睛張開了。

「那時候，我就像一堆泡沫。現在，我會把生命中的那階段稱作『泡沫時期』。」祕密老師說「多年前的我，就像大部分的人那樣，拚命把自己操練成一具堅固的容器，盛載泡沫般的核心。」

當時四十歲的祕密老師，在投資銀行工作多年，住在山上的獨立洋房。每天早上，和妻子吃過早餐後，就開一輛紅得發亮的車子下山，駛進城市裡的商業區。有許多年，他都認為，那職位和工作內容像呼吸那樣維繫著他生命的必然部分。當他坐在面海的辦公室，開啟電腦之後，在許多電郵的往還，一個緊接著另一個的會議之間，他會忘掉了自己是誰，在那段時間，他覺得自己是一個會呼吸的物件。這就是滿足的感覺。那時候，他這樣想。偶爾，在密集的文件堆裡回過神來的瞬間，或，在假日時，跟妻子蹓逛大型商店，然後回到父母的家吃飯的時候，他都會從無處不在的鏡子反映中看到自己穿著熨得筆挺的質料和剪裁都上乘的衣服，牽著一個清麗又苗條的女人，在高級的飯店，附設會所的住宅大堂，或美術館的走廊經過。這些鏡子裡的映像，全都符合他對於理想人生的想像。因此，他並不明白，為什麼在週一至週五，下班之後，直至另一天的凌晨，他都需要掰開身上的某一道縫，像推開緊急逃生門那樣，從自己妥善規劃的人生中短暫地出走。或許，正因為不解，他的欲望才會那麼強烈，在每週那幾天的那幾個小時，沒有任何人或任何事情，可以勒住他。

離開辦公室之後，他就換上灰色的衣服，潛進城市裡不同的角落，用盡各種方法，讓自己虛空的肚腹得到飽足。他走進各個私人會所、朋友介紹的酒吧、只招待會員的咖啡室、定期舉辦的各種私人派對，尋找可以讓他剝開，向他裸裎核心的對象。如果剝開是一齣戲碼，情感和欲望就是道具，而且是逼真的道具，讓人能對於虛假的情節信以為真，甚至認定了那是生命的某種真相。

在那好幾年之間，他對於那些渴望被剝開，富於被剝開的潛力，或，已被剝開過，但仍深藏著不毛之地的人具有靈敏的直覺。只要有一個人站在他附近，他幾乎可以立刻嗅出對方是可挖掘的，或不適宜剝開的無縫之人。可是，並沒有任何人能跟他分享這些剝開他人的經驗和欲望，那些圍繞在他身旁的同好者，多半只是沉溺性愛，或愛好色情，然而於他而言，性愛只是其中一種探索的工具。他真正要達致的並不只是脫掉別人的衣服，或用自己的性器鑽進別人的性器，甚至不是通過高潮而抵達極樂，而是挺進別人的內在，觸碰那個深沉的正在沉睡的核。他甚至無法用任何語言指稱它。

他早已懂得運用發出訊號和接收訊號的密碼，甚至擅長這伎倆。他穿著灰色衣服的時候，主動發放的訊息，總是會收到正面的回應。他並不認為這跟魅力或任何個人特質有關，相反，當他把自己埋藏在灰衣裡，他就沒有身分、性格和過去。他想像自己是透明的，接近一片「無」。那些渴求被剝開的人，都有一個共通點，就是他們欲望著徜徉在一片「無」的海洋，讓他們減輕存在的重量。

在一天之中，可以變成灰色的時間，把他從日常生活的危機中拯救出來，雖然那看起來跟墮落非常近似，因為危機畢竟是看不見的。

無論是在酒吧裡、在咖啡室，或在派對中，和另一個人看對了眼，彼此默許了剝開和被剝開的關係，他們便會結伴離開人群，在街上走一段路，沉默，感受彼此的存在。那時候，祕密老師心裡知道，他們是河流，經過自己，不會有第二次。他把等待被剝開的人帶到熟悉的白羊旅館，一個被他長期租用的房間裡。前臺服務員看見他，就會給他一個心領神會的微笑。他知道那是建基於誤解的包容，即使如此，他也心存感激。

剝開是一件需要專注的事，必須在安靜的空間裡進行。他喜歡旅館的房間，當他們完成剝開，離開房間，清潔人員便會把房間內一切痕跡清洗淨盡。

「所謂的剝開，到底會發現什麼？」我問他。

令他著迷的是人們刻意隱藏的部分——緊貼皮膚，穿在外衣下的小衣；長在隱密部位的毛髮；長在大腿間的胎記。或，那些稍縱即逝的，無法抓住的瞬間——當一個人被脫去所有衣服後，臉上流露的異樣神情，像剛被釋放的獸不知何去何從——突然暴猛的、難堪的、激奮的——跟穿上衣服的時候判若兩人。接著，他會用舌頭去探，用手指去摳，用指尖在各處探索，把面前的人擠壓出連他們自己也不知道收藏著的什麼——那會從他們難以自控的尖叫，急速的呼吸或扭曲的表情中泄露出來。

夜分成了兩半。他在夜的前半剝開一個人，再把那人閉合之後，便會駕著車子，返回山上的家，在夜的後半，換上睡衣，鑽進妻子的床上。妻子的夜也有兩半，上一半是熟睡，而下一半是失眠，他設法在妻子進入失眠狀態之前，回到她身旁，那是他們共同的岸。

他從來沒有剝開過妻子。多年以來，即使他們無數次裸裎相對，卻仍然維持著人和人之間最基本的禮儀。他並非對妻子的核心不感興趣，只是關係決定了他們共處的模式。共同生活的根本，就是他們容許對方擁有自己的祕密，而那些彼此剝開的人，並不會再次相見。

除了幢幢。

他跟她見過三次。旅館的工作人員看到他帶來相同的女人，臉上都出現了難言的神情。他把她帶到那房間，他們三度共處半個夜，仍然停留在對方的皮膚之外。他找不到她的門，沒法鑽進她更深的部分。

他在朋友的聚餐中碰到幢幢。當她談及兼職人體模特兒的種種情況，他就產生了把她活生生地剝開的欲望。她的眼睛和微微上揚的嘴角都閃耀著祕密的暗光，那只有他才看到。他知道。因此才顯得格外難能可貴。

幢幢灼人的目光，越過餐桌上狼藉的杯盤，在眾目睽睽之下，抵達了祕密老師的瞳孔。不久，就進駐了他靈魂的外緣，即使同桌的朋友和妻子都在身旁，但沒有人發現他們兩人之間的異樣。他後來無數次回想那一頓晚餐，認為幢幢一直都習慣把自己裸露。當裸露成了一種習以為常的表演，原來隱祕的部分也成了公開的部分。私隱則成了一種表相。她真正的私隱藏在這表相的私隱之下。當她看到他靈魂的外緣，他感到的像是牙齦那敏感而柔軟的位置被牙醫冷硬的金屬鉗子碰撞了一下，是這樣的親密使他生起了探索她的衝動。

「你想知道什麼呢？」幢幢穿著旅館的浴袍，坐在床中央，亮著黑白分明的眼睛問他。那雙眼睛如此清澈，容不下任何具有生命力的魚。她的態度一直那麼磊落，從收到他的邀約短訊，迅速讀懂他的暗示，答應他的邀請，以至，甫走進房間，環視一下周遭的狀況（他認為她在檢查有沒有針孔攝錄器），就逕自走進浴室，脫光衣服後，披著白色的浴袍經過他身前。他嗅不到她身上的隱祕的氣味。她的姿態並不帶有約會的曖昧，而更接近於工作——只是他們之間的交易不涉及金錢，而是追尋和答案。

「我不知道。」他坐在接近床沿的一張椅子上，身上穿著整齊的衣服。但那時候，他感到，失去保護外殼的人，是他自己。

幢幢不語，以一件絲質衣服那樣柔軟的目光包覆他，是那樣的目光使他卸下了防衛。他的嘴巴開啟了，彷彿，喉頭的一道閘門也無條件地開放，是說話湧出了他，是衣服自然地消失於無形，是早已成了他的臉的一部分的面具瓦解和剝落。他告訴幢幢，那很長的一段日子以來的，關於剝開的漫遊和冒險，以性為手段，卻不以性為目的，那漫長的旅程。

「或許，我有點辨不清方向。」他對眼前沒有穿衣服，卻並不羞恥，也不難堪，甚至是理直氣壯的女人說。

以往被他剝開過的人，以至那形形式式的剝開的過程，都深印在他腦裡。每個被他剝開的經驗，接駁出一段很長的繩索，把他挪到了一個方向，不知在什麼時候，繩索毫無先兆地斷裂，他想要繼續前進，也確實在假裝前進，但他只是呆在原來的位置。

「或許是，以往的方法已經不管用。」幢幢的聲音，聽起來就像羽毛，拂落在破了皮的傷口上。

他沉默，再也找不到想說的話。

最初，他對妻子的說法是，他的頭很痛。那不全然是謊話。妻子明瞭一切似地，抱著枕頭和被褥，暫住在客房，把睡房留給他，作為他安全的洞穴。

最後一次跟幢幢見面之後，他窩在家裡，向辦公室請了一週的病假。每個人在經歷重大的改變之前，都必須蟄伏，儲存足夠的勇氣。

「你剝開過自己嗎？」當幢幢這樣問，他無法回答她，因為他從來沒有想過這一點，他從來都那麼忙碌，忙於剝開包裹著他的這個世界。即使和幢幢赤裸相對的時候，他腦裡所想的都是：「為什麼無法剝開面對這個女人？」

幢幢幾乎是以同情的語氣對他說：「剝開所需要的不只是天分，也是緣分。」她彷彿已看透了他：「你當然具有剝開別人的天分。要是你想要做的是，可以剝開任何一個人，你首先要剝開自己。」

「我實在不明白，為什麼你要這樣做。」妻子吐出這句話之後，就陷入了長久的不語之中。很久以後，他才知道，那時刻的妻子，慌惶地，失去了生存的座標和語言。他看著妻子，她的臉從多年的陰霾和偽裝中，冒現出原本的憂傷，他沒法說話。他無法說出，蟄伏在房間的日子，他明白無法迴避此生的剝開的使命。為了投入這個天命裡，他必須把自己狠狠地剝開來細看，捨棄房子、工作、車子、妻子和原來的身分，過一種一無所有的生活，妻子作為他的一部分，在沒有被詢問過意願的情況下，就被剝離，像失去了殼的蟹深深地受了傷。他離開了那房子之後，再也沒有見過妻子。

「我們快要到達。」祕密老師似乎能準確地計算時間，當我們即將進入連接著「窗子」所在大廈的升降機大堂時，他的敘述也完結。「那之後，我就成為發現人們的祕密，提煉人們的祕密，幫助人們從自己的祕密中取得力量的人。」他把一副太陽眼鏡塞進我手裡，對我說：「戴上它，保護你的眼睛。在黑暗中躲藏太久的人，容易被光灼傷。」

＊

「窗子」像火焰那麼明亮。置身其中的時候，太陽眼鏡給我的幽暗，像一抹陰影或一條甬道那樣保護著我。人們已在房間裡聚集，圍成一個圓圈，彼此之間保留著足夠的距離，或許是為了防止病毒傳播，也有可能是讓自己保有著病毒般的祕密。他們全都緊閉著眼睛，像在進行著虔誠的禱告。「他們在觀看自己的內在。」O一邊在我耳畔低聲說，一邊領著我，走到圓圈中的一個空缺，在我的手中塞進一根蠟燭，告訴我：「當你作出了足夠的準備，放棄你的祕密，就燃點這根蠟燭，然後你就可以把祕密說出來。」

我坐在地上，透過太陽眼鏡看著天花板。「窗子」裡並沒有任何窗子，也沒有任何人交談的聲音，就像一個沒有盡頭的夜。

房間內的燈光開始變暗。光以一種緩慢得只有皮膚才能察覺的速度變得微弱，直至空氣裡的黑色漸漸濃稠，足以溶解和淹沒房間裡的每一個人。

祕密老師的聲音從房間的中央傳來。

「已經預備好要驅散祕密的人，可以點燃手裡的蠟燭，你們都知道，只有光亮可以吞沒黑暗。

只有解放祕密，釋放囚禁在祕密裡的你，你才不會因為你的祕密而被任何人以任何形式拘捕。即使你不慎被捕，沒有祕密的人也終於可以找到逃脫的方法。」

或許是被祕密老師的說法所驅使，也有可能，坐在圓圈內的人早已迫不及待，想要傾倒藏在肚腹多時的東西。房間的左方升起了一團光澤，攫住了已經睜開的眼睛。

「我背叛了妻子。」那是一個年輕男人從緊繃的喉嚨發出的嗓音：「因為我是那麼愛她。只有和深愛分量相若的背叛，才可以把那樣的密不可分的關係，保持在一種新鮮的適合進食的狀況而不致腐壞。」

「關係就像食物，必須熬煮和保存，才能被人咀嚼和吸收，滋養身體。」

妻子的出現，使他的脾胃回復正常。遇上她之前，他陷進了飲食失調的狀況已經大半年。當他要向家人解釋自己缺乏食欲，他就說，工作過於忙碌。當同事問他，為何一直吃得那麼少，他就以半開玩笑的方式說：「做飯的人不愛吃飯。」他不能坦白承認，是餐廳廚房的空氣，處理食物的程序，廚師對待食物的態度，使他的食欲一點一點地流逝。

妻子第一次出現在他工作的餐廳裡，是客人稀落的下午茶時段。他站在開放式廚房內，醃製晚餐用的肉類。那個還沒有成為任何人妻子的女人，臉上有一種長久失落的神情，像一株缺乏陽光的日漸枯萎的植物。他轉身洗淨雙手，烹調女人所點的廚師沙拉。他知道對於女人來說，沙拉過於寒涼，她需要的是一碗熱湯。但廚師只能解讀和滿足而不能控制和改變他人的胃。於是他撒了許多黑胡椒，那個枯瘦如發黃植物的女人自此每天都在下午茶時段到來，一成不變地點一客廚師沙拉。他對於她的到來異常期待，就像陽光需要失溫的身體。因此，對他來說，把沙拉和一碗熱騰騰的南瓜湯，放在托盤上，走出廚房的區域，以服務員的身分，為她送上食物，是理所當然的事。即使他抬起頭看到他，臉上有詫異的神情，也沒有使他退縮，因為他是那麼需要飢餓。他開始愛上他的工作，夜裡不再失眠。為了保持健康，某天，在她步出餐廳的時候，他從燠熱的廚房跑到烈日下的街道，攔截她，邀請她跟他在假日一起晚餐。

他們一起度過了許多美好的日子，成為對方的世界，供給彼此養分，他們的皮膚都閃爍著滿足的光澤。直至他們建立了一個家，輪流做飯。不久後，第一個兒子出生。她早已不再到他的餐廳。他沒有注意自己的舌頭發苦，味覺變得遲鈍，只是以為，那是他常在深夜照顧初生的嬰孩，引致長期睡眠不足的後遺症。

他站在開放式的廚房內，把紅蘿蔔和馬鈴薯削皮切成顆粒的時候，看到像一株空氣草那樣的女生坐在餐廳中央。她的眼睛深邃明亮，臉上滿溢著笑容，是一種憂鬱的燦爛。沒有任何理由，他就像遭遇雷擊那樣，直覺地知道，她的身體需要菠菜、香蕉、巧克力和根莖類的蔬菜，才能真正地快樂起來。那天，他毫不猶豫地送她一客香蕉船。因為，他再次感到那種讓人精神抖擻的空腹感，像有一根繩索拉扯著他的胃。他確實具有作為廚師的天分，因為他知道人們的胃裡開關的位置。一個人和另一個人的肚腹之間，本來就有著看不見的索子，他可以清晰地感到每個顧客的胃部的震頻，就在他們推門進入餐廳的那一刻。

那個一直保持著美麗假笑的女人常常光顧他的餐廳。有時候，他下班後帶著宵夜到她家裡。她像以前的妻子那樣刺激了他的食欲，而他清楚地知道，她不是妻子。他的妻子漸漸不再像他當初認識的那個人，他仍然愛她，只是有時候不知道愛的意義是什麼。對他來說，只有看得見的東西才是最重要的。人活著，不能單靠食物，最重要的是，不能沒有飢餓。

不久後，一個渾圓的女人走進餐廳，剛巧坐在他不必抬頭就可以看見的位置。他把義大利麵從鍋子裡撈起，看到她的手臂、後頸、腰肢和大腿，她的脂肪全是空虛的氫氣球。戳破這些汽球的方法，不是節食，而是放棄澱粉質，改以肉類和蔬菜作為主食。當他把她選擇的食物送到她面前，坐在她對面，對她撒了一個不帶惡意的謊言：「我是營養師，如果你願意，我希望能為你設計健康餐單。」他已經預見，他們之間將會有一段短暫而激烈的關係。

他對於自己的工作便產生了源源不絕的熱情。在開放式廚房之外，總是有不同的客人，帶給他不同形式而煥然一新的飢餓。那可以紓緩他對於妻子的鄉愁，也使他把生命的熱情放進做菜之中。妻子早已不再像他認識的妻子，但很可能那才是妻子原本的模樣。在每一個讓他重新飢餓的客人身上，他又找到妻子最初給他的溫暖，讓他可以一次又一次回到妻子身旁。他因而找到完整而自足的生活。

當他手中的蠟燭快要燒完，只剩一點光亮的時候，他奮力地喊出：「背叛是不能自拔的深愛。」

一切便歸於寂滅，漆黑像一種休眠。

「你說得很好。」祕密老師的聲音不知從哪個方向傳來：「你誠實而勇敢地坦露了自己的真實情感。你深愛著妻子，不惜任何代價——差一點就會失去她的代價，堅持跟她的關係，讓家庭維持完整。『窗子』裡所有人，都被你的深情大大地打動。」

黑暗中出現了此起彼落的飲泣聲音，像一個夜海。

O湊近我的耳畔說：「把握這個絕無僅有的機會，釋放你的祕密。你要知道，夜非常短暫，機會總是稍縱即逝。」

我不禁吃了一驚。我原以為，無論祕密老師或O都在離我很遠的所在，原來O一直在我身旁。

我點燃手中的蠟燭時，只是下意識地想看清楚身邊坐著什麼人，或，O的神情。可是，當火光在我眼前出現，我才想到，在這裡，祕密是燃燒的材料。我忽然感到，沒入了一片新的黑暗之中。

回憶的隧道非常濕滑。我把自己栓在那裡，一段很長的時間，似乎唯有如此，才得以活下去。丈夫入獄之後，我就被關在無人的隧道裡。丈夫被判監六年，四年後獲得假釋。我的囚禁則是無期徒刑。

有時候，求存就得破壞。人和人之間，那互相吸引的力量可能在於，他們知道自己可以徹底破壞對方，以愛之名。似乎唯有如此才得以活下去。入侵對方，進駐對方，殖民對方。當丈夫第一次遇見我，我們以陌生人的姿態站在彼此的對面，他對我說：「我看到我們之間有一個孩子。」接下來的許多年，我們似乎就是為了那從來沒有真正出生過的孩子而竭力建立和經營關係，掙扎著生活。丈夫早已為那孩子起名紅豆，他常常在百無聊賴時問我：「紅豆何時出生？」然後我們都會笑。他從來不知道，當我獨自在房子裡的時候，我如何在想像中靜靜捏殺那孩子，沒有給他任何食物，捂住他的口和鼻，沒有給他一點呼吸空間。嬰孩一旦存在，我就必須為他提供養分，他增長一吋，我就萎謝一吋。他要是來到這世界，就必須先撕破我的身體。我背著丈夫，和還沒有肉身的孩子角力。

我背著丈夫，把他的手機資料備份，擷取他和朋友之間的訊息，向祕密警察告發他。這是我殺掉自己的方式，我先殺掉留在他之內的我，再殺掉留在我之內的他。當我看著丈夫入獄，在獄中受盡了折磨、出獄，和另一個女人戀愛、結婚，生下孩子（而且起名紅豆），我死了一遍又一遍。

奇怪的是，竟然仍未死透。而且，在我之內死了的丈夫，又以另一種方式再活了過來。

我活在死寂的回憶隧道之內，但仍欠缺一場令我五內俱焚的審判。然後，我遇上羚羊。最初，我以為牠是將死而未死的我，但牠仍活了下來，迅速長大，慢慢長成了丈夫的高度。我感到，牠有著從未生的紅豆的靈魂。

牠常常站在窗前，爭取呼吸的空間，展示我的罪疚。我暗裡希望，有人看到牠，然後告發我，讓我受審，讓我入獄，讓我的尖叫變得合理。

蠟燭燙人的蠟滑落到我的手指上。我叫不出來。

「你可以開始說出祕密了。」祕密老師這樣的話，不知重複了多少次。接著，他對圍坐在我身旁的人說：「我們用深呼吸支持她說出來。」

彷彿有萬馬千軍駐紮在我的喉頭，我說不出一句話。似乎一旦說出什麼，就有一萬匹馬向著不同方向奔馳，一舉上前，把我活活地肢解。我保持沉默，同時等待，無處不在的祕密警察，看到我的祕密，叩我的門，把我拘捕。

譯者解說

及川茜

以香港這座城市為主角的文學作品系譜包括了西西《我城》（一九七五年）、董啟章《地圖集》（一九九七年）及韓麗珠與謝曉虹共著的《雙城辭典》（二〇一二年）等。

在香港作家西西用多幅馬格利特（René François Ghislain Magritte）畫作意象組成的〈浮城誌異〉（一九八六年）中，以描繪多名男人身穿相同服裝，直立不動於窗外凝視室內的《豐收的季節》（*Le mois des vendanges*）意象，如此描寫回歸前的香港：

懸在半空中的城、只照著背面的鏡子、風季中的人浮於夢、泥土裡的鳥草，這麼奇異的城市，吸引了無數的旅者，來探索、來體會、來照鏡子、來做夢。至於沒有來的人，並不表示他們不好奇，許多人甚至關心，於是，他們站在城外，透過打開的窗子向內觀望。他們垂下手臂，顯然不能提供任何實質的援助，但觀望正是參與的表現，觀望，還擔負監察的作用。

經過二〇一四年的「雨傘運動」與二〇一九年的「反對《逃犯條例修訂草案》運動」，二〇二〇年六月正式實施了限制政治活動與言論自由的香港國安法。一九九七年回歸時承諾「五十年不變」的香港，早已經歷了一番劇烈變動。韓麗珠出版了日記形式的兩本散文集《黑日》（二〇二〇年）與《半蝕》（二〇二一年），紀錄現在居住在香港的心情。將監視社會的結局描繪為反烏托邦的〈祕密警察〉內容亦吻合了同時發生的現實新聞。儘管只是站在窗外，海外讀者至少仍能透過這些文字持續凝視現在的香港。

與保護野生動物相關的〈祕密警察〉中提到野豬這種動物。實際上，二〇二一年對出沒住宅區的野豬所實行的政策也曾引發關注。隨著都市地帶的擴張，野生動物出沒住宅區的事件不只香港，全世界大都市都時有所聞。在香港，二〇一七年以後的政策是將捕獲的野豬先行絕育再帶到其他地方放生。然而，以「成效不彰」為由，自二〇二一年起，處置方針轉變為安樂死。面對這個政策，尋求野生動物與人類共生之道的人們提出修正「野生動物保護法」的呼籲。

長期探討動物相關問題的臺灣文學研究者黃宗潔指出，包括韓麗珠在內的眾多香港年輕作家都以動物隱喻都市的命運。這成了對「何謂香港」這個探問提出答案的方法之一（註）。韓麗珠自己也看著位於權力階級底層的動物，寫下「一個城市的流浪動物受到怎樣的對待，往往可以反映那裡的人受到壓迫時如何處理心裡幽暗的情緒。」的字句（《黑日》）。二〇一九年八月二十九日的記述中，出現了香港警察將示威抗議民眾稱為「蟑螂」的隱語：

「我想起了五年前，不慎闖進了地鐵路軌的一頭流浪狗。地鐵員工發現狗之後，曾經想把牠驅離路軌，卻花了七分鐘也未能成功，而下一班列車已在等候，於是車長說，不過是一頭狗而已，再拖延下去就會阻塞交通。然後，他們讓車開進去，輾過活生生的狗，並把事件列作『發現異物』。在效率至上的非人性系統之中，狗成了異物，也在相同的系統之中，人終被視為蟑螂。」

在時間受到嚴格管理的社會中，〈祕密警察〉主角的時間停止，過著以病毒蔓延為藉口的隔離生活。主角在這樣的生活中找到了「貓」，與其共同生活。後來，「養貓」的人們帶著燭光聚集在撕裂的都市一隅。

「我原本並沒有預期，自己的內在之書，跟眾多他者的內在之書，突然在某天生出了可以互相接通的部分。站在彼岸的人依然眾多，但站在此端的人漸漸擁擠以至稠密。這無疑是悲傷的事，但也有陰影帶來的舒適感。究竟是我和城市裡的人的內在之書裡的便利貼，都貼在相若的頁數，還是便利貼上的註記都有共同的內容？六月抗爭和受傷、七月地鐵車廂暴打、八月獵取眼睛和車廂廝殺、九月開始大量被自殺、十月性暴力、十一月圍城……城市立於此處，世界在對岸。我們一直重複翻開封印。」（〈創傷之書〉《半蝕》）

諷刺的是，透過香港社會經歷的創傷，受到同樣傷害的人們更強烈地連結起來。在韓麗珠筆下，活在撕裂四散都市中的人們透過彼此的傷痕相連，獲得重生的可能。

註：黃宗潔，《倫理的臉：當代藝術與華文小說中的動物符號》，臺北：新學林，二〇一八年。

洞中盛開著一朵雪蓮花

拉先加

拉先加

ལྷ་བྱམས་རྒྱལ།

lha byams rgyal

一九七八年出生於中國青海省海南藏族自治州貴德縣。於北京中央民族大學及研究所求學。現任職北京中國藏學研究中心宗教研究所，同時以藏語進行創作活動。五度獲得文學雜誌《章恰爾》主辦之文學獎（歷屆最多），二〇二〇年獲得中國四大文學獎之一也是全中國少數民族文學創作獎的「駿馬獎」。代表作為長篇小說《等待下雪的人》，描寫一九八〇年代農村孩童成長及進入都會後的苦惱。二〇二二年出版短篇集《路上的陽光》。

1

與仁增先生道完別，我來到了寫字樓外面。

一場猝不及防的雷雨過後，秋末北京的空氣中浸滲著濕潤和涼意。剛剛帶來雨水的那一簇表面淺黃而內核烏黑的雲，猶如尿了褲子的孩子，露出些許羞澀，急匆匆地正在向北逃竄。午後的太陽顯得有些急不可耐，把光線從雲層中直射下來照耀在我臉上，使我只能瞇縫著眼睛看周遭。寫字樓的前面是北四環東路，我看到輔路上有些行人停下腳步，仰著頭驚奇地向北邊的天空張望，時不時用手機對著那個方向在拍照。那一刻，我也看到了彩虹。彩虹的兩端直插在城市東西邊緣，簾幕般的烏雲依然懸掛在彩虹後方的北方的天空。一陣微風拂動著路邊樹木，被樹葉挽留下來的雨滴禁不住搖晃掉落下來，因為我沒帶雨傘，涼颼颼的那些雨滴從我上衣領口滴落進來，我禁不住打了個冷顫。站在輔路邊，我像大家一樣仰望彩虹，然而我不想學這些行人，我沒有興趣把眼前那條七彩繽紛的彩虹照下來，對我而言，總覺得美麗的事物是最容易失去的，對它的佔有是自找煩惱和痛苦而已，所以很多時候我不怎麼執著不想以任何形式把美麗的事物據為己有或挽留。

在此之前，仁增先生對我說：「雷聲停了。」

仁增先生的辦公室瀰漫著淡淡的甘丹堪巴的香氣，其中還夾雜著濃郁的咖啡味。他是個中年男人，自然流露出中年男人所具備的一切神態：猶如一棵樹，經過多年的成長後樹幹變得粗壯，並被繁枝茂葉逐漸遮住，變得高大而複雜。更甚的是，他像生長在一片森林中的一棵普通的樹，在他身上沒有什麼區別於其他人的任何特徵，我只看到了他這個年齡段的人所具有的那種像一棵大樹般的氣質和姿態，遺憾的是我總能感覺到這些氣質背後虛假的一面。

「好像雨也停了！」仁增先生望了望窗外，順勢抬起手腕看了看腕錶。到此，我意識到了他不太願意我繼續留在那裡「瞎聊」，只能起身再次向他告了別，走向門外。

從他辦公室退出來經過狹長的樓道乘坐電梯下樓時，我再一次聯想到關於一棵大樹的那個比喻。不僅僅是中年男人，當下所有的人以一棵樹的姿態在成長和存活，大城市裡更是如此，人與人之間的關係猶如一片森林中樹與樹的關係，彼此之間似乎有那麼一層千絲萬縷的關聯，又似乎沒有任何關係。更甚的是，每個人像一棵樹一樣充滿著活力，顯得韌勁十足，但又像一棵樹一樣缺失了靈魂，彼此間也無關愛可言。我認為仁增先生就是這樣像一棵樹的人。我在他手下打工三載，如今我向他辭呈時，對他而言在其柔軟而厚重的辦公椅上起一次身都顯得很多餘了，他一動不動，目送著我向門外走去。也許這也是我一廂情願的想像罷了，當我背對著他走向門外時，先生也許根本沒抬眼目送我，而是低頭繼續專注手頭的事情呢！

「我以後肯定會懷念您下巴上這撮鬍鬚！」其實我不該這樣和仁增先生沒大沒小地開玩笑。

當他聽我說今夜離開北京前往拉薩後，露出一副非常有耐心的樣子，停下手頭的工作，認真地最後一次「教育」了我。怪就怪我不領情，反而說了上面這種有失嚴肅的話。事實上，我真不是因為對他的說教不感恩或不認同，只是因為實在不知道怎麼回應了，但覺得什麼也不表態顯得十分無禮，於是我為了改變那一刻的尷尬局面，就隨口說了一句玩笑話。遺憾的是仁增先生對此似乎誤會了，他勉強擠出一點笑意，然後說「好像雨也停了！」這是分明在伸出語言的手推我出去！

北京發往拉薩的火車，始發時間為晚上八點鐘。時間尚早，我走出寫字樓後不知道要該幹麼或該去往哪裡。我經常會遇到這樣的問題——一時半會兒不知道自己何去何從，失神或彷徨容易成為我生活的常態。秋末的一場陣雨過後，有些癡戀樹枝的紅葉遭到打擊被迫掉落下來，浸泡在地上的積水中。我站在北四環輔路邊上望著彩虹，一直看到五彩繽紛的彩虹在空氣中逐漸稀釋逐漸褪色，最後化為無影，遁入虛空，我自認為那是世間萬物最終的結局和本來的樣子。

我今年二十一歲了。北京的天空出現彩虹的這一天我辭去從事三年的工作，計畫前往拉薩。仁增先生是我的老闆，他在北京成立了一家出版策劃與設計的公司。他是我們經常能看到的足智多謀的人，像我這樣無智無謀的一些人在他的手下打工。但是，我看到在職場的競技場上，比他更有智慧或本領的人也很多，其實他的公司也掛靠在另一個大型出版集團的麾下，就像我看到同事們對任增先生畢恭畢敬一樣，也時常看到他也在對那家大型出版集團的人作出畢恭畢敬的樣子。

三年來，我和十多位同事在他的手下從事書的封面、版心設計，以及藏文的長條經卷錄入電子文檔、與原文對照校對等工作，因為長時間盯著電腦屏幕，我的視力也從原來的五．〇驟降為近視。平時我不喜歡戴眼鏡，所以固執地模糊地看著世界，逐漸變成了瞇縫眼。即便我們依然夜以繼日地完成那些沒完沒了的任務，但所獲得的酬勞只能養活自己的日常開銷，其餘所剩無幾。同事們暗裡不斷埋怨和嘮叨，他們哭自己繁重的工作，笑自己微薄的收入，但誰也不敢在明裡向仁增老闆提出一句抗議。我們這些像一棵樹苗一樣年輕的打工者而言，仁增先生就像衣食父母，更像人生導師，我們稱呼他時也不稱老闆尊稱為老師。事實也是如此，他常常教導我們說你們所從事不是一件平凡的工作，而是弘揚民族傳統優秀文化的偉大事業。當我聽到此類教導時勉強能給予認可，但當他進一步渲染說這樣協助整理和出版前輩高僧大德的文集，必將會成為福澤和資糧，必將下輩子往生極樂世界，我聽到這裡時就實在忍不住想笑出來，但我不敢打破他說這些話時營造的那種嚴肅和殊勝的氛圍，只能掩面而笑。

我沿著四環輔路往東走了一會兒，想著去星巴克坐一會兒。三年來，我趁工作之餘常去這家咖啡館，一待就一天。今日當我離開這座城市時，似乎心中唯一有些難捨的也就剩下這個地方了。相反，我們的住處、工作室、餐廳等往常常去的地方，此刻也沒有丁點的留戀與不捨，尤其是我住了三年的那所住處，此刻再也不想去看一眼。原本是兩室一廳一衛的房子，卻擠滿十個人住著，甚至把廚房都改造成了臥室，我第一次被領到這間房子時心中一剎那變得涼颼颼了。自七歲開始，我讀完小學讀初中，讀完初中讀高中，上的都是寄宿制學校，和眾多小孩一起睡覺一起起床，後來高考失敗時，以那種與很多人睡在一間房子的壯觀情景從此可以結束來安慰自己。然而，現實又一次提醒我改變那樣的命運卻沒有那麼容易。

我像往常一樣點了一杯卡布奇諾。濃沉醇厚的咖啡柔軟地滑入喉嚨，我頓感身心舒暢了很多。同事們偶爾喝咖啡是為了提神，而我更多是為了身心舒暢。兩年前，當我聽到索朗旺姆遭遇車禍死亡的噩耗時，我像丟了魂一樣在大街上漫無目的走了一段，最後不知不覺來到了這家咖啡館。溫潤的咖啡從我喉嚨滑入胃裡，我強忍著噙滿眼眶的淚水，沒讓它溢流出來。咖啡對我而言真是個好東西，隨著咖啡的撫慰，我的心情也逐漸恢復了一點平靜。當天夜裡，我再一次做了很久沒有做過的那場夢，夢中我依舊被人吊進一口黑乎乎的深不見底的洞中，整個過程中我陷入一種毛骨悚然的恐懼，從夢中驚醒時發現自己全身冒汗，床被也濕了。

2

索朗旺姆是在前往挖蟲草的路上遭遇車禍而失去了生命，那時候我來北京已經一年多了。我在星巴克咖啡館裡喝著卡布奇諾強忍著淚水，仰仰頭搓搓臉待了一會兒。生活多麼無情啊！人生也多麼無常啊！一年多前，我因高考失敗而心情失落地滯留在家裡時，這位青梅竹馬長大的女孩還前來安慰過我。那天，她挺著臨盆的大肚子，步履沉重地進入我家宅院大門。當我看到了她那被妊娠斑侵蝕的臉頰露出了笑容，心想平時一臉愁容的她嫁人生了孩子後，為什麼反而露出眉開眼笑的表情呢？她那糟糕的人生境遇有什麼值得可露出微笑的呢？於是我挑釁地問她「你像個母豬，又懷上豬崽了嗎？」

「我早知你考不上大學，就可以不嫁人等你多好啊！現在這不一切晚了嗎？哎——」索朗旺姆一點都不在意我的話，反而笑盈盈地在我旁邊的小板凳上吃力地坐下來，撫摸著鼓起來的肚子，調侃起來。

「預產期不是到了嗎？你還是悠著點，別到處跑啊！」我母親從廚房出來，對索朗旺姆說「你倆是從小一起長大的玩伴，你安慰安慰我這不爭氣的兒子吧！」說罷又急忙返回廚房，叮叮咚咚地在裡面忙著一些鍋碗瓢盆的事了。在我的印象裡，母親從未有過閒暇的時刻，她總是像一隻蝴蝶在宅院裡外飄來飄去，片刻都不停歇。

「不到十八歲，生兩個豬崽，你不害臊嗎？」我不依不饒地繼續挖苦和挑釁她。你們也許從我前面的敘述中察覺到了，我從小就有這樣的一個問題，性格裡的某種因素使我總和人無法和諧相處。那一年我沒考上大學的所有的挫折感和失敗感以及莫名的忿怒，像一盆冷水那一刻全都傾倒在索朗旺姆身上。

「你的性格還是沒變啊！」索朗旺姆依舊對我的挖苦和諷刺不理不睬，她說「生不生，由不得我啊！」

「嫁給那個小時候愛流鼻涕的拉松，給他生孩子，看著你很幸福啊！」我繼續諷刺她。

索朗旺姆是我家鄰居家的女兒，我倆自從穿開襠褲時就在一起玩耍長大的。後來去鎮上的小學時也成了同班同學，再後來小學畢業時她被父母強行留在家中，失去了繼續讀中學的機會。可每當寒暑假，我倆依然像往常一樣需要在山上放羊。再後來，我到高一時她被父母許配給同村的拉松，第二年生了第一胎。

那天，索朗旺姆如有所思地問我「你是否還記得把我吊入洞中的事？」當她說這句話的時候才收了臉上的笑容，變得有些嚴肅，然後我看到了她那熟悉的一臉愁容。以前在山上放牧時，索朗旺姆表情中時常鐫刻著這樣的愁容，當她看到南方天邊的那幾朵伸著脖子往這邊張望的雲朵，就會一臉憂愁地說：「是不是要下一場暴雨啊！如下了會不會引發山洪呢？」有時候看到我倆的羊群流向山崗陰面時，她會不安地說「在那邊會不會遭到狼的埋伏呢？」有時候她在羊群中看到一隻母羊咩咩地叫著跑來跑去，便會憂心忡忡地揣測說「那隻母羊的羊羔是否被禿鷲叼走了呢？」等等。每當她這樣，我就拿從書本上學來的「杞人憂天」這個成語和其典故來嘲笑她，但這個成語和典故對她無濟於事，她的性格裡依然對未知的事物或無法掌控的情況充滿著憂慮，並會表露在她的表情中，變得凝重，於是我給她起了個外號叫「愁容女」。如今看來，確實是這樣，當年她的那些大部分憂慮都是「杞人憂天」。然而，那年小學畢業，準備去讀中學的時候，有一天我倆在山上放羊，她擔心地說「父親好像不準備讓我上初中了」，我記得當時嘲笑她「你這個愁容女，又要杞人憂天了嗎？」但是那一次我錯了，她的憂慮是對的，後來她父親確實沒再讓她上學。

「吊入洞中的時候，你記得怎麼騙我的嗎？」索朗旺姆繼續說。她坐在我們家小板凳上，目光望著遠處的山巒，似乎沉浸在當年我把她在山上吊入洞中的情景。

「愁容女！」我這樣叫了一下她，一出口發覺自己很久沒有這樣叫過她。隨著長大，我們每個人悄無聲息地發生著一些變化，這也許像極了一棵樹的成長過程，長滿了枝枝葉葉，原本的樹幹都被遮住看不見了。「你又要杞人憂天了嗎？」我嘲笑她。

「在洞中，我真的看見了一朵盛開的雪蓮花！」索朗旺姆說，感覺她說這句話不是說給我聽，而是說給自己聽的……

雷雨過後出現彩虹的這一天，我坐在星巴克咖啡館，等待夜幕降臨，計畫乘坐從北京開往拉薩的火車。我一邊喝著一杯卡布奇諾，一邊追憶索朗旺姆。在北京的這幾年，我時不時地想起這個兒時的玩伴和少年時期的牧羊夥伴，尤其是兩年前她因車禍去世後之後，我對她的懷念有些日益遞增。我不知道自己為什麼會這樣去不斷追憶她，也不知道這種追憶對我意味著什麼？很多時候，我看到的眼前的這座城市，就像在欣賞一幅色彩斑斕的彩色照片一樣，讓我有些各種豐富帶來的疲憊感和審美的消耗，而每當追憶索朗旺姆，就像在欣賞一張黑白照片，因為那種簡單的界限和對立的黑白給我一種莫名的安詳和欣慰。為什麼會這樣，我也沒有去仔細想過。仁增先生有時候會批評我：「你又打錯字了！」「你又校漏了一個錯字！」「請你在工作時專心一點！」但是，我很難控制我的思緒，我的心經常會跟著自己的某個聯想而飄遠，就像前面關於一棵樹或一張彩色、黑白照片的聯想一樣。隨著長大成人，我逐漸形成了一種自己的認知習慣，當面對我正在經歷的生活或正在交往的人，我就會習慣用一種聯想去對他們形成固定的看法，之後用這種看法去處理他們之間的關係，但是我也逐漸發現我的這種認知習慣，總給自己帶來很多不順的遭遇。

三年前，我在網絡上看到了北京一家出版公司的招聘啟事。後來我通過電話取得了聯繫，之後前往北京見到了仁增先生。入職伊始，他簡單給我介紹了本職工作，然後很認真地囑咐說「我們都是藏人後代，整理和保護前輩高僧大德的著作，是一件殊勝的工作！」順便也交代了一下薪酬的事。當時，我對眼前的一切沒有產生任何異議，我覺得都很對，尤其是仁增先生的囑託更有道理。

後來，我被千篇一律沒完沒了的工作完全打敗了。我們整天需要去把那些厚厚的長條經書中的文字錄入電腦，然後又要對這些文字進行排版和校對，一卷完了又要開始另一卷，這樣反反覆覆，我逐漸衍生了厭煩的情緒，仁增先生所渲染的這件工作自帶的殊勝光芒，逐漸在我心中暗淡下來，未能激發工作動力，我逐漸成為一個消極怠工的人。除了我，也許我的同事們也可能有同樣的體驗，我經常聽到他們停下手頭永遠做不完的工作，抬起頭，彼此之間嘲諷或自嘲一下「這些前輩高僧大德們多麼地討厭啊！如他們不去撰寫這麼多著作，我們也不必這麼辛苦！」有的還會埋怨「我們少得可憐的這點工資，只能吃飽點飯而已！多可憐啊！」三年來，我在這樣的一個環境裡，慢慢覺悟到了一個道理，覺得長大是一種對生活的認識逐漸變得清晰的過程，成熟也是逐漸變得在一種面對生存對其艱辛不抱任何僥倖的過程。後來，我也像他們一樣充滿著牢騷，還組織大家向仁增先生提出增加酬勞的要求。

此刻，咖啡館裡人較少，更看不見我一個同事的身影，他們此刻肯定在工作室裡，坐在辦公桌前面努力工作。我喝著卡布奇諾，打發時間。

3

那一年，在山崗上索朗旺姆聽到羊群中不斷傳來一隻母羊的叫喚聲，她便憂心忡忡說道：「那隻母羊的羊羔是不是被老鷹叼走了呢？」我倆在高原耀眼的陽光中瞇縫著眼睛看著羊群中那隻母羊顯得焦躁不安地跑來跑去尋找其羊羔的情景，良久之後，看到依然沒有其羊羔的嬌嫩的聲音出現，我終於覺察到索朗旺姆的擔心不是多餘的。

「肯定是被老鷹叼走了！」索朗旺姆再次猜測說。

「有可能掉入洞中了！」我提出了我的猜測。

後來，那隻愛子心切的母羊，證明了我的猜測是對的。這世間，所有的母親都是多麼地偉大啊！雖然是一隻畜生，但當丟失自己羊羔的時候，那隻母羊顯得焦急萬分，顯得神情緊張，不斷叫喚著，在山崗上跑來跑去，尋覓著自己的孩子。有一陣子，牠跑到前面羊群魚貫而來的一處狹窄的山路，在那裡停下來不斷地叫喚。我和索朗旺姆起身跑到那邊，仔細搜尋時發現掉在山路邊上黑乎乎的洞穴中的小羊羔，聽到一聲清脆的羊叫聲從黑不見底的洞的深處傳來。

起初，索朗旺姆死活不同意自己被吊入洞中去救小羊羔上來，她有些驚恐地說「我很害怕，這麼黑的洞！」

「我比你力氣大，不吊下去你，往上拉的時候你肯定拉不上來我啊！」我勸她。

然而，索朗旺姆依然不同意，她搖著頭，表達著自己的恐懼。這口洞穴，洞雖小，但洞穴裡面可能比較大，望下去的時候深不見底，漆黑一片。我扔了一塊土球下去，不過會兒就聽到掉落而碎的響聲，於是我猜測這口洞，沒有想像的那麼深，另外，這洞穴下方也許有一些地下隧道，我聽到小羊羔的叫聲忽現忽隱，忽近忽遠。我沒有把這些猜測告訴索朗旺姆，如她知曉這個情況，更害怕下去了。

「愁容女，洞中有什麼可怕的呢？」我鼓勵她說「再說，洞中也許盛開著一朵雪蓮花呢？」

「真的嗎？」那年，索朗旺姆這樣反問我的時候，我看到她的眼睛裡投過一道驚奇的光芒。

「我何必要騙你呢？」我發現自己的這句話見效了，繼續編排說「去年我們家的一隻羊羔掉入洞中後，爸爸吊我下去，我在洞中真的看到了一隻雪蓮花！你不知道，那朵花在黑暗中散發著光呢！」

「記得《屍語故事》中也有這樣的說法呢！」索朗旺姆坐在洞口準備給我講那個故事。我知道《屍語故事》中有個類似的故事情節，也是在講黑漆漆的洞中盛開著一朵奇異的花朵。關鍵時候，這樣的古老的故事，成了我說服愁容女索朗旺姆的關鍵因素。

「即便我說謊，但古人可不會說謊的！」我趁機鼓勵她吊到洞中去把小羊羔救上來。

那年，我倆把藏裝的腰帶解開後連起來，又把我上衣也打結連起來，然後把索朗旺姆吊入洞裡。我心裡想著戲弄一下這個女孩，如那時候我旁邊有個人，他會看到我臉上露出來的調皮而得意的笑意。

在洞底，索朗旺姆立刻被黑暗吞噬了，我沒看到她之前聽到了恐懼的哭聲了。我趴在洞口，耷拉著腦袋往洞裡仔細望下去也沒看清洞底的她，「愁容女！愁容女！」我這樣呼喚她。我在她的哭聲中能夠明顯感覺到她的恐懼，但在洞口只能乾著急，無計可施。

「愁容女，不要哭，你使勁閉眼，再睜眼，你將會看到那朵盛開的雪蓮花！」我大聲給洞底說。

「哥哥，沒看到花朵，我看到了羊羔了！」片刻的寂靜後，洞中傳來索朗旺姆的聲音，我聽到她的聲音中夾雜著一些興奮。

羊羔和索朗旺姆被我前後拉上了洞口，她的臉上的淚水還沒有乾，還在忍不住哭泣。她說「你是個心狠的人！」然後用力掐了一下我裸露的手臂，還說「你還是撒謊的人！」那時，被救起的小羊羔興奮地跑向了焦急的母羊，母子團聚的情景讓人看著心情愉悅。

「真的沒看見雪蓮花嗎？」我繼續捉弄她，她更加用力地掐了一下我的手臂，我疼痛難忍喊出聲來。

後來，索朗旺姆臨近臨盤時，拖著大肚子坐在我家宅院的一個小板凳上，給我再一次提起了當年我把她吊入洞中的這件事。

「在洞底，我眼前一片漆黑，什麼也看不見，感覺這口洞裡有個低下隧道，不知道通往哪裡，有股冷風吹來，我感覺那是誰在向我吹氣！你不知道那種感覺，我真的嚇得汗毛都豎起來了，我沒法不哭起來。」索朗旺姆不緊不慢地追述這些，一邊用手輕輕撫摸著隆起來的肚子，眼神依然眺望著遠方的山巒。

「哥哥你可能沒有經過這樣的恐懼，那是個讓人很崩潰的恐懼，因為黑暗中不知道存在著什麼，真的很恐懼！」

「再後來我聽到了你洞口的叫聲，還看到了小羊羔接近我用鼻子觸摸我的手，我變得好多了！」

「人是多麼脆弱的動物啊！連一隻小羊羔都不如！」

索朗旺姆說完了上面的這些自言自語式的話，便對我說「我在洞中真的看見了一朵盛開的雪蓮花！」

「愁容女！現在你反過來要騙我啊！」我這樣說。

「哥哥，沒考上大學，也不用害怕啊！」索朗旺姆對我這個因高考落榜而處於鬱悶中的人，展開了安慰的架勢，她繼續說「你現在就像當年我在洞底，但你只要相信，黑暗中盛開著一朵雪蓮花，一切都不用擔心！」

4

去年，我被索朗旺姆在去往挖蟲草的路上車禍而亡的噩耗擊潰時，在星巴克咖啡館裡靜默了很久。三年前，我來到北京後，至今未能回去一次，所以在我們家前院的那一次聊天，成了我倆之間的最後一次聊天。那天，她只顧著安慰高考落榜的我，自始至終對自己的近況一字未提。

關於她出車禍的細枝末節，我在電話裡從家人口中略知一二了。近幾年，村裡的人們初春時前往海拔更高的牧區，採挖冬蟲夏草；仲夏和秋末時節，前往城鎮在建築工地打工掙錢。這些都是新興生計，大家也由此收穫了不同於僅靠農耕放牧的一點收入。自從索朗旺姆嫁給了拉松，三年裡接連生了兩胎。以我母親的口吻，拉松上輩子積了什麼福德，才在這輩子娶了索朗旺姆這樣的好姑娘。母親話裡話外充斥著惋惜，說你倆是青梅竹馬長大，理應是天造地設的一對。索朗旺姆小我一歲，自幼跟在我後面，哥哥哥哥地叫著，就像我的影子，但我從未產生過母親的這些念想。也許，我和索朗旺姆如是一棵樹，那麼當時只是個幼苗，身心都很細小，生活和歲月沒來得及給我倆足夠的時間成長，便各自分開了。高中時，當我聽到索朗旺姆被嫁給拉松，便想到了語文課本裡的「拔苗助長」這一成語。

索朗旺姆嫁人的那一年，大年初一的早晨，按照習俗慣例索朗旺姆帶著新年禮物，來我家向我父母拜年。她身穿裡子為羊羔皮的綢緞長袍，繫了粉紅色的腰帶，腰帶上別了精美的銀質奶勾，脖子上戴了日月噶吾，那些細碎的鈴鐺發出相互碰撞的鈴鈴聲。她頭戴狐皮帽，以盛裝的姿態從黎明時分的黑暗中來到燈光下，我頓時感覺這個青梅竹馬的小女孩，此刻突然長大了、成熟了，就像核桃在桃樹的高處完全熟透了。

「索朗旺姆，我的好女兒，你太美了！」我母親像往常一樣對鄰居家的這個女孩，禁不住流露出十分疼愛的樣子，拉著她藏裝的袖子領到裡屋。

「索朗旺姆，快要成新娘了，高興嗎？」母親親切地在鑲有龍圖案的碗中倒入熱騰騰的奶茶，熱情地招待她，然後又略顯遺憾地說道「我這兒子福報不足，沒能娶到你，多可惜啊！」

大年初一的清晨，索朗旺姆在我家裡磨蹭了很長一會兒。她按照習俗，喝完了我母親遞過來的一碗奶茶，起身幫助母親做了那些洗洗刷刷的瑣碎的事，在廚房裡走來走去，我聽到了她那些銀質首飾彼此碰撞的鈴鈴聲和叮噹聲。當她背對著我時，我還看到了後背的瑪爾丹，上面鑲滿了銀質裝飾，同時也注意到了她的髮梢結了白色哈達，做了訂婚的標記，我才意識到我的這位髮小不久便要結婚了，不知為何，一種若有所失的惆悵感爬到了心頭，於是我走出了廚房，在外面的寒冷的空氣中吐了長長一口氣。

那天清晨，索朗旺姆也很快從廚房走出來了，難道這一切是習慣使然嗎？自很小開始，這位鄰居家小女孩如影相隨地喜歡跟著我後面，「哥哥哥哥」地叫著。

那天清晨也一樣，她從廚房走出來後，便跟我說「哥哥，我有話要給你說，我倆可以到外面嗎？」

「愁容女，有什麼話就在這裡說吧！」我這樣有些發狠地說，心中不知為何有點怒氣。

「可以到外面嗎？」索朗旺姆拉著我的袖子，往大門口方向走。新年伊始的這個凌晨，東邊的天色出現了魚肚白，天地逐漸在分開，遠處那些山崗與平原的線條開始變得清晰可見。我家大門外，那條藏獒從狗窩裡出來，抖動著身體，拴牠的鐵鏈發出清脆的聲響。村莊裡每家每戶在煨一年裡第一個桑，一邊放鞭炮，一邊念誦頌辭的聲音，顯得有些此起彼伏。

「哥哥，我不想嫁拉松。」在大門外，索朗旺姆依舊抓著我的袖子。

「愁容女，你不願嫁，那為何答應家人呢？」

「哥哥，我怎麼抵抗都沒用啊！一想到要嫁給拉松，我感覺要吊入黑洞，好害怕啊！」凌晨的暗光中，我無法看清索朗旺姆臉上的表情，但我不看也能猜測得到，她此刻肯定是滿臉愁容。

「那怎麼辦？」

「哥哥，你可以帶我逃嗎？」索朗旺姆說了一句讓我出乎意料的話。

「你的意思是私奔？逃哪裡呢？」

「嗯！我倆逃到拉薩吧！」她說著便抓住了我的手，我感覺到她的手心全是汗，濕濕的。「以前我在洞底時，你也不是把我拉上來了嗎？這次你也這樣救我好嗎？」

我沒知道怎麼辦，便沉默了一會兒。

「求你了，哥哥！」索朗旺姆的手緊握了一下我的手。

「愁容女，我不是給你說過洞中有朵盛開的雪蓮花嗎？你不用怕啊！」我到現在為止，不知道自己當時為何用這樣一句話來打破自己的沉默，但我現在知道了自己為說了這句話遺憾終生。

「哥哥，你真是個無情的人！」索朗旺姆聽到我的話之後，鬆了我的手，說「還是個騙子！」

「愁容女，你還是要改掉你杞人憂天的毛病。」我重複了一句以前對她說過的話。

索朗旺姆走了。我看到她的背影消失在凌晨的陰暗中，她身上那些銀質的首飾彼此碰撞而發出的急促的鈴鈴聲逐漸消融在小巷子的深處。

拉松是個懶惰的人，比索朗旺姆大五歲。據母親說，憑借索朗旺姆的勤勞，拉松的家境逐漸變好了。但我母親聊這些時，我在電話裡聽到母親時不時地歎氣，她說索朗旺姆是個苦命的女孩，家裡家外，男人女人的活她全都要幹，就一兩年的光景，年紀輕輕的她變得憔悴和瘦弱。

出事之前，索朗旺姆已是兩個孩子的母親，其中年長的兩歲，年幼的僅一歲。前往採挖冬蟲夏草的那天清晨，她把兩個孩子留在家裡，坐上了開往遠方山谷的車，在崎嶇的山路上前行。此刻，我坐在咖啡館，想像著她離開家出發時抱孩子親吻告別的情景和在車廂裡左右搖晃的樣子。那天早晨，我的這個髮小女孩是否依舊滿臉愁容呢？她心裡是否充滿著對留在家裡的兩個年幼孩子的不捨呢？或者是否在擔憂自己採挖不到足夠多的蟲草呢？我這樣猜想的時候，心想這愁容女若在那一刻憂慮了自己所乘的車是否會出車禍多好啊！因為這樣憂慮而那一次沒有乘坐那趟車更是多好啊！

在咖啡館裡，我想到這裡，發覺自己的眼淚沒能被裹在眼眶裡，淌在了臉頰，我立刻用手背擦拭了一下。時間就在這些回憶和心思中消磨殆盡，但離天黑尚有一些距離。我心想著晚點我出發前往拉薩的列車上，有這個髮小女孩的陪伴多好啊！如她在，我和她可以從年幼時的髮小，變成前往拉薩的驢友，之後還可以變成相伴一生的愛人。然而，此刻這一切變成了幻想，冷冰冰的現實敲打了我，提醒我改變這樣的命運，根本由不得我自己。

5

北京的天空出現彩虹的這一天，我坐上了開往拉薩的火車。列車開始沿著軌道急速前行，我聽到了鐵輪與鐵軌摩擦和碰撞的隆隆聲，還聽到了壓迫感十足的鳴笛聲。火車窗外，北京城早已沉浸在夜色中了，那些樓房窗戶裡的燈光、路燈、路上汽車的前燈與尾燈等，正在努力撕碎這黑夜的臉頰。一個個夜的景象，從我眼裡晃過，雖然是夜晚，但人們還是不想給黑暗任何機會，消除陰暗照亮世界的願望，在城市裡不斷地正在變得可能。然而，看上去被燈光照亮的這個世界裡，像我一樣依然被黑夜吞沒的人有多少個呢？有多少個人在迷失方向呢？這些人，可能正在沉入無形的黑暗的洞裡，他們可能正在經歷和我一樣的被遺棄在黑暗深處的恐懼中。

在北京的三年裡，我體驗到了一個人活在這世界上，其實是一種艱苦的歷程。這種體驗，使得我經常迷失和彷徨。仁增先生給我們的酬金，勉強能夠維持生計。這不是關鍵，關鍵是為了能夠維持生計，我需要付出繁重的工作，沒有更多的自由時光，也沒有更多的休閒時間。偶爾，閒暇之餘擠出點時間，在單位旁邊的星巴克咖啡館喝一杯咖啡，就成了一種奢侈的享受。時間像冰塊，禁不起忙碌的溫度，很快就消融，這樣三年的時光瞬間即逝了。省吃儉用省下來的一點錢，我有時候寄給家裡，還通過母親給索朗旺姆的孩子買了一些奶粉寄過去。我想自己的生計如此窘迫，責任在於仁增先生，他得到了豐厚的資金承包了這一項目，但又很廉價地僱傭我們這些人來完成，他自己在中間賺得盆滿缽滿。其實，大家對此也心知肚明，只是都裝作不知情而已。更可笑的是，大家對仁增先生說的那些冠冕堂皇的大道理露出很認可的態度。仁增先生經常性地語重心長地告訴我們：你們這樣艱辛工作，是為了繼承和保護祖輩們留下的珍貴的文化遺產，是功在千秋的事業。如此這般的大道理面前，我們很容易變得很渺小，更甚的是我們在這些大我面前，顧及小我的生計與收成，顯得很不合時宜，變得不明事理。然而，我在他們中間扮演了刺頭，總是喜歡發動他們，鼓勵大家一起向仁增先生提出提高酬勞的意見。

「你不想工作，完全可以辭職走人！」有一天，仁增先生把我叫到他辦公室，攤牌道「不用暗地裡做那些見不得人的事。」他坐在寬大的座椅上，攤了攤手。他的辦公室瀰漫著淡淡的甘丹堪巴的香氣，一臺咖啡機正在擠壓著那些咖啡豆，發出細微的聲音。

「老師，我沒說過不想工作！」我也裝作一副不明就理的無辜樣子。

「那就做好自己分內的事，別的事你最好別摻和了！」仁增先生板起臉說道。以往在我的想像裡猶如一棵普通的樹木一樣的仁增先生，此刻開始變得長滿刺的荊棘，他的表情和言語中長出了尖銳的刺，刺痛了我的心和眼。

回到自己的工位，我感覺到了自己的那些同事也變成一棵棵荊棘樹，其中至少有一個人把我們商議提高酬勞的事提前告知了仁增先生。但是，那一刻我也不知道這位告密者是誰，於是在我眼裡所有的同事都變成了一棵棵荊棘樹。

沒過多久，我就向仁增先生提交了辭呈。

那天夜裡，我又夢到了自己很久沒有夢到過的那個夢。那是一場關於有人把我吊入黑洞的夢。其實，這個夢境不僅僅是一場夢，而是和我小時候的一場真實的經歷很相似。在山上，我曾經騙索朗旺姆吊入洞裡，而更早的時候我父親也這樣把我吊過洞裡。那時候，我大約十歲左右，在山上羊掉入洞裡，父親用繩子把我吊到洞裡讓我去把羊救上來。那時候我十分懼怕，也很牴觸，但父親用兩個理由來安撫了我，這兩個理由我後來也對索朗旺姆說過：一是我小，不重，很容易從洞中拉上來，二是不用怕，洞中有朵盛開的雪蓮花。在漆黑的洞底，我也經歷了索朗旺姆所經歷的那種恐懼，也期待過黑暗中能夠看到一朵盛開的雪蓮花，期待著每一葉花瓣散發出耀眼的光芒，照亮洞中的黑暗。但我的這些期望，終究沒有實現，就像後來索朗旺姆也在洞中沒有見到我說的那朵雪蓮花一樣，我也未曾見到雪蓮花。我在洞底發出了哭泣聲，像索朗旺姆那樣發出哭泣聲。我感到洞底某個黑暗的角落裡，盤踞著一條惡龍。一陣涼颼颼的風吹拂了我的臉，我以為那是那條惡龍呼出的氣。在我家鄉的山上，有很多口這種黑洞，它們像大地祕密的眼睛。當冬季的雪覆蓋了大地，而那些深不可測黑洞之口，雪將會很快融化，露出黑乎乎的洞眼。村裡的老人講，這些洞中盤踞著惡龍，而惡龍冬季從天上飛到洞裡冬眠，到了夏天又會飛走，洞口的雪那麼快融化是由於洞中冬眠的惡龍呼出有溫度的氣息。我在洞底想到了這個傳說，很懼怕惡龍醒過來吃掉自己，都不敢發出大聲的哭泣聲，感到惡龍變成了黑暗，而黑暗又變成了惡龍。

那時，我聽到了洞口父親向洞裡喊話：「你這個膽小鬼，不要哭泣，你試著用力閉眼睛一會兒，然後睜開，將會看到那朵盛開的雪蓮花！」

我照著父親的話緊閉雙眼待了一會兒，然後睜開。我沒有看到父親說的那朵盛開的雪蓮花，但視力適應了黑暗，我模模糊糊地看到了那隻掉入洞中的小羊羔在自己的前面，伸手摸過去，感到了一陣溫暖，我心中的那種洞底絕望的恐懼一下子緩解了很多。後來，我一個人滯留在洞底的那種恐懼，經常會來到我的夢裡。

來北京的這三年，對我而言，是獨自地向自己人生之路邁開的第一步，也是走向獨立生存的第一步。第二年，我的髮小索朗旺姆在去採挖蟲草的路上遭遇車禍死了。那幾年，在山上放牧的兩個孩子，沒過幾年便走向了完全不同的人生道路，這是完全超出我倆當年在山上的想像啊！我再也沒有機會給索朗旺姆聊這個話題，此時她已不在人世間。在我的想像裡，她永遠地掉入了漆黑的無底洞裡，她的憂慮、她的艱辛，總之她的一切被稱之為死亡的黑暗完全地吞沒了。我有時候在想，當她斷氣的那一刻，是否在黑暗裡看到了那朵盛開的雪蓮花呢？如看到了，她一臉的愁容，是否在那一葉葉花瓣散發出的耀眼的光芒中逐漸舒展開來，臉上露出了微笑了呢？我多麼希望是我想像的這樣啊！

列車劃破黑夜，一路向西，向著日光之處拉薩前行。後來，我的意識開始變得模糊，睡意襲來，恍惚中，還做了一場迷迷糊糊的夢。

在夢中，我聽到索朗旺姆對我說「哥哥，你能帶我逃到拉薩嗎？」我還看到，她露出了燦爛的笑容說：「哥哥，不要怕，洞中盛開著一朵雪蓮花！」

譯者解說

星泉

拉先加（一九七七～）擅長以細膩描寫與巧妙比喻寫出年輕人搖擺不定的心情與感傷的日常，是藏族青年之間最受歡迎的作家之一。近年，他持續書寫貼近青年不安心情，為青年帶來激勵的作品，深受藏族年輕人傾慕，認為他是「會寫我們故事的作家」。拉先加多半以回想為基軸，來回描述過去與現在。出場角色的經驗在讀者的記憶中層層堆疊，最後渾然形成一體。他經常在這個過程中寫出都市與鄉村的對照，呼應了許多離鄉求學就業，在陌生城市生活，因沒有穩固立足之處而感到困惑，有時甚至陷入絕望，努力摸索生存之道的藏族年輕人現實。此外，拉先加作品的一大特徵是運用大量比喻和反覆句式。隨著故事的推進，這些反覆的句子漸漸帶有與前面不同的意義，產生多重意象。在這篇作品中，這個特徵也發揮得淋漓盡致。

這篇作品描述的是在都市中迷失方向，走投無路的青年回憶與已逝青梅竹馬的交流，從中看見生存希望的故事。主角是一個大學落榜，有如逃避一般離開故鄉，來到北京生活的二十一歲青年。離鄉背井為的是在都市找到希望，卻只能做低薪重勞工作，過著痛苦的生活。儘管中國經濟成長顯著，少數民族的年輕人就算大學畢業也未必能找到好工作。不少年輕人陷入「被遺落在黑暗中」的恐懼感受。作品名的「洞穴裡」正暗示年輕人像這樣「沒入了黑暗中」。另一方面，曾在故鄉和主角一起放羊的青梅竹馬索朗旺姆無法升學，十五歲就嫁給父母決定的對象。在男女分工明確的藏族村落社會，不讓女兒上中學，年紀輕輕就嫁人勞動的習俗直到最近都還存在。故事中雖然沒有提及太多索朗旺姆的人生，但也看得出她嫁給懶惰的丈夫，一肩挑起育兒養家的重擔，不難想像人生活得有多艱辛。為了補貼家計，她甚至必須在仍然寒冷的季節上山挖掘冬蟲夏草，最後留下兩名幼子撒手人寰，多麼艱難又痛苦的一生。

看著生活在困境中的年輕男女所面臨的現實，讓人不免懷疑他們的人生是否沒有得到救贖的一天。然而，作者為讀者擷取了兩人漫長歲月中的內心交流。受黑心企業剝削，身心俱疲的青年辭去工作，或許只憑一股衝動前往拉薩。等待火車出發的那天晚上，在咖啡店打發時間的他想起與死去的青梅竹馬最後見面那天的事。那天，她專程來安慰大學落榜的他，提起到要相信洞穴裡有綻放的雪蓮花，總覺得這麼一來，對任何事都能懷抱希望。「洞中盛開著一朵雪蓮花」這句話，其實是主角過去對她說的兩次「謊言」。儘管她早就知道那是謊言，卻汲取了話中象徵「黑暗中一縷希望」的救贖意義，將這句話珍惜地藏在心中活下去。所以，這次輪到她來失意的青梅竹馬面前，為這句話再次注入靈魂，回贈給他。直到索朗旺姆過世的兩年後，他才明白她這麼做的目的。辭去工作，前往拉薩的火車中，他終於發現她「家裡的工作和外面的工作，男人的工作和女人的工作，全都由她一肩扛起」的婚姻生活有多辛苦，對她的死湧現難以抑制的悲傷。於是，這趟前往拉薩的旅程轉變為一場追思悼念的巡禮，主角就此邁向新的人生——

「雪蓮花」是從喜瑪拉雅到西藏高原都能看見的菊科風毛菊屬高山植物，也是為人熟知的藥草。根據作者描述，這是一種罕見稀有的花。雪蓮花的藏語為「Metok Kanglha」。Metok 是花，Kanglha 是雪山之神的意思。黑暗中綻放的雪蓮花比喻希望，原本其實是父親送給兒子的話語，主角後來才察覺這點的描寫方式令人印象深刻。主角和青梅竹馬都是事後才察覺這個比喻的意涵。仔細想想，人們或許總在事後才看見希望的花朵——而那正是「某個人曾對自己付出的愛」被察覺的瞬間。

拉先加目前任職北京的中國藏學研究中心，身為一名研究者，同時擔任隸屬單位的主管，每天過著忙碌的生活。就算腦中經常浮現小說的構想，也抽不出足夠的時間創作，這是他最近的煩惱。在日本發行的譯作《路上的陽光》中，收錄了二〇一八到一九的半年間駐留東京進行研究時執筆寫下的〈最後的牧羊人〉及〈遙遠的櫻島〉兩篇作品。事實上，這是他發表的最後一本小說。非出席不可的會議愈來愈多，已經沒有時間好好坐下來寫作了。這次是他睽違已久的作品，聽說費了好一番心力。若按照作品中的比喻，他的感覺或許也像一直在黑暗的洞穴中徬徨。然而，作家最後終於帶著宛如「洞中盛開的雪蓮花」般的作品爬出「洞穴」。不得不日日催促作家的譯者，這次說不定在無意之間扮演了激勵主角，說著「洞中盛開著一朵雪蓮花」的角色。不只如此，這次的執筆似乎促成了關於新作品的構思，前幾天已經寄了一篇短篇小說來。說這次的聯合創作計畫為一位藏族作家的創作活動注入一股活水也不為過。在悠緩溫和的言語往來之間，我好像看見了小小的希望。

逃避

Trốn thoát

阮玉四

野平宗弘 譯

阮玉四

Nguyễn Ngọc Tư

一九七六年出生並居住於越南南部哥毛市。使用南部方言創作，在作品中描繪越南南部三角洲地區庶民生活及情感。二〇〇五年發行小說集《無盡的大地》與同名中篇小說引起關注。曾獲越南作家協會獎（二〇〇六年）與 ASEAN 文學獎（二〇〇八年）。二〇一〇年，作品改編成電影並蔚為話題。二〇一八年，該作品德語版獲得當地 LiBeraturpreis 獎。短篇《有趣的電影製作》亦被翻譯為日語。至今出版過二十多部短篇集與散文集，長篇作品則有《河流》、《水之編年史》。

混濁，加上寒氣。霧緩緩逼近她。痛楚緊緊壓住倒在地上的獵物。

「原來不是扛著鐮刀的骷髏啊。」她稍微鬆了一口氣，想著來接走自己的是什麼。直到幾分鐘前，她還以為如果不是醜陋的死神，就是那留下年幼孩子結束短暫人生的母親。她或許會以當時年輕的樣貌，襯著背後的聖光出現。即使回過頭也什麼都不說，只是臉上散發深深的哀傷，溫柔牽起自己的手，引導自己走向那扇銀色的門。這是幾天前，她在淡淡椰子油香中醒來時的夢中情景。

「半夜媽媽要我跟著她走，我還真有點害怕。」天亮後，她這麼告訴丈夫，背脊還有點發涼。自己也不知道那是因為凌晨的濃霧，還是夢中寒氣縈繞不去的緣故。

「無聊。」拚命按壓頭頂幾乎要禿光的頭髮，丈夫這麼說。「要是夢境會變成現實，我早就飛天了。」

丈夫大概會想起當時的對話吧，當他發現躺在浴室地上，全身冰冷的妻子時。到那時候，霧已經從什麼都不知道的身體上剝除她淡青色的魂魄了。她想像還沒習慣無重狀態的自己，魂魄暫時無措飄盪的模樣。

可是，現在魂魄還和身體在一起，承受著心臟粉碎般的痛楚。胸口緊迫壓縮，身體麻痺，就算想掙扎也連一根手指都動彈不得。幾分鐘前發出的哀號讓她察覺自己身處的慘狀，雖然也覺得丟臉，但現在只能發出吐氣般微弱的聲音了。

「或許應該喊叫才對。」一邊清痰，她一邊這麼想。只是，她不知道就算喊了，自己的聲音又能傳多遠。兒子阿寶在牆壁的另一頭看足球賽。她知道阿寶一定坐在躺椅上，背靠著椅背，把蜷起身體的女兒放在腿上。如果不顧一切大聲呼喊求救，聲音會不會穿透國營電視臺球評浮誇的聲音呢？那個球評嗓門大得像以為觀眾都看不到畫面，彷彿一旦自己停止解說，觀眾就會無從得知球往哪邊滾或哪一隊的教練正在激動怒吼。

她感到身體輕鬆了一點，霧似乎想稍微退後，好打量整隻獵物。她心想，若是自己高聲求助，霧會就此離去嗎。那樣的話，只要在醫院裡度過被細細管子纏繞的數日就能回家，繼續讓爐火烘乾頭上的白髮，在院子裡焚燒落葉，為翼豆的藤蔓搭個攀爬用的棚架了吧。丈夫晃晃悠悠走向茶店，為上次下輸的棋局扳回一城。阿寶則和平常一樣邋遢地坐在電視機前緊盯著螢幕不放。一切將會跟原本一樣。只是，唯有一件事可能改變。那就是，阿寶會來救她。儘管他或許依然不在意任何人，但他的存在就說明了一件事──「是我讓媽活著的，別忘了」。

想像著這幅情景，她完全喪氣了。球賽似乎已結束，球評依依不捨大呼小叫到最後幾秒。阿寶轉臺，電視發出紊亂雜音。每次聽見這種轉臺的雜音時，她腦中都會浮現兒子從深深洞穴的上層落入下層的模樣。不過最後，他又會抓住一場排球或羽毛球之類的球賽，把身體掛在那邊。體育頻道總提供著某種賽事，現在是籃球。她聽見球反彈地面發出的聲音。螢幕發出青白色的光芒，照亮年近四十男人皮膚鬆弛的臉。那光芒築起一道堅不可摧的城牆。上個月，碰巧看見身穿警衛制服坐在銀行前低頭凝視手機的阿寶時，她甚至懷疑兒子和那青白色的光芒之間是否簽訂了什麼祕密條約。

她還記得自己曾多次試圖衝進青白光芒築成的牆，想盡辦法鑿開洞，觸碰把自己關在牆內的年幼兒子。甚至也想過，只要能靠近他，說些寵溺的話，或許就能把這好不容易懷上的孩子拉回自己身邊。可是，寵溺的話他聽不進去，恩威並施的教育方式也沒能打動他的心，母親的眼淚融化不了兒子築起的城牆。有時她求助神明，該做的都做了，竭盡所能，最後只好放棄。每當自己想方設法努力靠近，卻看到兒子張牙舞爪後退，她也只能這麼想。

現在還是一樣。橫亙在阿寶和自己之間的不只是磚牆。她一邊這麼思考，一邊發現霧已舔上她的小腿，即將爬過膝蓋。冷霧穿過脊髓抵達前胸，緩和了死亡的痛楚，也讓她察覺自己整個背都泡在水裡。她是在單腳正要套入褲管時倒下的，所以現在正赤裸地躺在地上，鬆垮的乳房朝兩邊腋下流淌、晃動。

一個老太婆腿上掛著沒穿好的褲子死去，僵硬的身體躺在浴室地上。她想像自己的葬禮上，人們腦中會否浮現這個景象。人們關心他人最後怎麼死的，並不完全出自同情心，只是為了修正自己將來臨終的瞬間。他們認為，要是死得體面，就能安心往生。

「至少把衣服穿好吧。」有人這樣嘆氣。

這時她的腦袋十分清醒，甚至足以想像自己的葬禮。「當時我去下棋了。」丈夫頂著沒剩下幾根毛的亂髮，見人就這麼彎腰低頭解釋。找藉口說明自己當時為何不在家，或許是為了壓抑內心幾乎爆發的罪惡感。當他一字一句擠出給亡妻的哀悼詞，內心可能在想，人的一生只能塞進這麼短短的幾行字嗎？當下內心再怎麼混亂都無法避免，但他也只能強自按捺。

沒什麼人來弔唁時，葬禮樂隊的幾個老人打起了瞌睡。午間的空氣在木槌碰巧敲到鼓面時發出的鼓聲中慌亂掙扎。幾個請來幫忙煮飯的幫手，正為了晚餐要用的食材切蒲菜莖。每次風一吹過，放在棺木底下的香爐裡就會飛出燒完的紙錢灰燼。

只有阿寶。唯一無法想像的，只有兒子阿寶在自己葬禮上的樣子。

他的頭上會纏繞代表喪家的白布嗎？還是不會？兒子應該不會忘記吧。「我已經沒有兒子了，就算死的時候也一樣。」她冷冷說出這些話的時候，連聲音都沒有一絲顫抖。

那是阿寶結婚當天的事。

「偏偏要挑現在說嗎？」兒子一邊反問，一邊生氣地推翻桌子。

丈夫氣得發抖，把脫下的西裝外套往外丟。「哪有人在婚禮當天斷絕關係的！」

她什麼都沒說，只是看著鏡子。淚水把妝都洗掉了。婚宴前特地去了美容院，請人化上足以遮住蒼白皮膚的光鮮亮麗濃妝。可是，當毒辣的情緒浮現，臉上的光彩是一絲也留不住。

「從沒見過妳這張臉。」丈夫大聲嚷嚷，像在說服自己，這個濃妝豔抹回家的女人是他的妻子。

差點沒認出躲在濃妝豔抹面具底下的妻子。「今天真不是個普通的日子呢。」她看著丈夫，笑著這麼說。確定自己的聲音沒有發抖。在那個感覺熬了好幾世紀才結束的婚宴上，她始終默默等待。等到會場只剩雙方親近家屬，她走回剛才從孩子們手上接過酒杯的臺上，面對那一張張五顏六色的臉。

「阿寶，從今天起，我們就是陌生人了。母子情分到此為止。」

完美地甩開了，當時她這麼想。怨懟與恨意將阿寶推向另一邊。她拒絕讓兒子進家門，直到老家賣掉為止，他都無法靠近。曾有一次阿寶回來拿鞋子，她盡可能提高音量，對著樓頂花園喊：

「老頭子，有客人！」

朝門外投以一瞥，看見阿寶沒熄火的摩托車停在路邊。兒媳翹腳坐在後座。她再次大喊：

「沒事！客人走了！」

阿寶用力甩上門離開。兒子關門的方式從以前就是這樣。粗暴地隔開兩個世界。曾有一次，因為關門太用力，甚至把她兩根手指骨頭夾到骨折。

她和丈夫搬到郊外的新家後，那位客人再也沒回來過。家裡的牆上連一張讓人看出屋主有小孩的照片都沒有。她在這個家裡高興怎麼睡就怎麼睡，因為再也不用守著隔壁房間發出的青白光芒。只要那光還亮著，就代表兒子還沒睡。在新家，她可以安然入眠。睡著之後還做了夢。夢中聽見庭院裡傳來孩子天真無邪的笑聲。圓滾滾的雙臂狀似蓮藕，伸過來抱住自己的臉。合歡樹上開滿煙火般的花，孩子從樹上掉下來，緊緊擁抱她的魂魄。是這樣的一個夢。夢中的她沒有哭泣。這樣的夢到底有哪裡好哭呢？然而，她總是在淚水中醒來，為什麼會這樣，她也不知道。

眼淚真是令人費解的東西。她好幾次都在想，自己一定病得不輕。有一次碰巧看見阿寶手機螢幕上的來電顯示「親愛的母親」，很快察覺那指的不是自己時，她也曾流下眼淚。她的名字從未被兒子寫進手機通訊錄。每次打電話給他，螢幕上顯示的都只是一串灰色的數字，其他什麼都沒有。

「別介意。」為了防治螞蟻，丈夫一邊朝牆壁噴醋，一邊這麼說。搖頭不解她為何為了這點不值一提的小事哭泣。「妳的號碼，他早就背起來了啊。」

丈夫是對的。她接受了這個說法，用衣服擦拭眼淚。然而，不一會兒淚水又沾濕了臉頰。淚腺一定短路了吧。這麼想著，趁丈夫還沒發火，她趕緊走進屋外的院子。她本來不是動不動就哭的人。阿寶用力關門，把她的手指夾到骨折那次她就沒有哭，彷彿腫脹麻痺的身體不屬於自己。

現在也一樣。霧已經吞沒她的腰部，即使痛得無法呼吸，她依然沒有流淚。沒有一絲不安。清醒的腦袋想著積在地上排不掉的水。浴室排水管一定堵塞了吧。上次，丈夫從浴室裡探頭出來這麼說。

「水只是流得比較慢，又不是完全排不掉。」丈夫思考了一下，爽快地彈響手指。「沖澡時一點一點沖就好，這樣積水就不會溢出來了。」

多麼簡單的解決辦法。反正兩人都上了年紀，身體表面積隨老化逐漸乾癟萎縮，洗個澡只需要幾桶水。況且那時，阿寶還沒回來這個家。

兒子在半夜裡回來。頭髮被雨淋得溼透，肩上流著口水的孩子睡得很熟。就算來的是個陌生人，看到這幅景象也無法不為他開門。「一個晚上而已，明天早上他們就會離開了」，丈夫這麼說著，姑且在地上為兩人鋪了厚厚的棉被。除了老夫妻的臥房，這個屋子裡沒有其他房間了。屋內用來隔間的牆壁高度不及天花板，也沒有門。兩人還記得住在前一個房子時的事。每次從阿寶房門前走過，就會聞到汽水罐、發霉果皮、汗溼的衣服與乾涸精子的腥臭交雜氣味，伴隨從抽風機縫隙漏的冷氣。兒子的房間像個洞穴。

打算從頭來過，像還沒生兒子時那樣過過悠閒舒適的生活吧，這麼想著搬進的這個新家，不該存在另一個新的洞穴。可是，阿寶回來了，她才明白原來即使沒有箱型空間也能打造出一個洞穴。兒子和他女兒佔據這個房子正中央電視機前的位子，明明四周沒有牆壁，兩人卻過起了穴居生活。

阿寶使出讓時間倒流的魔法，她覺得日子宛如回到十五年前。兒子身邊丟滿雞骨頭、髒衣服和沾了抽象藝術醬油漬的碗。他和女兒睡到中午才起來，到處翻找吃的東西。她曾故意煮了幾次兩人討厭的食物，他們就把東西放到腐臭，寧可剝速食麵來吃。就連吃飯的時候，青白色的光芒也在阿寶臉上跳舞。兒子對著發光的螢幕時而大笑，時而生氣，時而發出怒罵聲。

這不是發生在阿寶上大學前，而是現在的事。唯一能讓她分辨出這一點的，是那總蜷曲在父親腿上的小女孩。她瘦得像隻得了肺病的貓。第一次看到小女孩時，她非常生氣。到底是怎麼養的，把孩子養得如此骨瘦如柴。那孩子瘦得像一把小刀，湊上去可能會被刺到。今年四歲。她知道這孩子是什麼時候出生的。那天，她的朋友看到阿寶在醫院樓梯上奔跑，為了去買用來貼臍帶的OK繃。睡眠不足、滿臉鬍渣的阿寶拖著疲憊的身軀，一邊留心用來加溼的裝了熱水的鍋子，一邊蹲在臉盆前洗尿布。朋友打電話來告訴她這些事時，她只是淡淡地聽著，同時想像兒子的樣子。他現在應該還沒抱過自己的孩子吧。這並不是因為人太多大家搶著抱。就算只是手上小小的繭，剛出生的嬰兒可能都無法承受。臉上的鬍渣和太長的指甲就更別說了，或許會對神聖的小生命造成嚴重的傷害。做母親的都會這麼想。要是有人說嬰兒頭上怎麼「都是水牛大便」（註）（為什麼要對除了啼哭之外什麼都不會的小孩說這種低俗的話），她一定會生氣，若是同一間房間的人嫌棄孩子哭聲刺耳，她也一定會吼回去。

「想必您出生的時候都不會哭，是一邊唱歌一邊生下來的吧？」年輕的母親大概會這麼嘲諷對方。

女性總是豎起全身的毛髮保護小孩。可是，養了這隻肺病小貓的母親肯定不同。她這麼想。這孩子沒有獲得完善的照顧。瀏海像老鼠啃過一般參差不齊，衣服綻線，有些鈕扣都掉了。

「到底怎麼養育孩子的？」她情不自禁脫口抱怨。

「碰一下就像要被骨頭割傷一樣。」妻子從上週開始關心孫女，令丈夫有些驚訝。他也同情地這麼說。

這一星期，她不斷自問是否該招手要孩子過來。孩子曾一度靠近她背後，伸手摸了她一把又立刻逃開。就像在確認這個老太婆是否真的會像傳聞那樣，吼叫著撕咬人。一定有人，還不只一個人，拿著野狼的照片給這孩子看，並說了那種話。後來孩子開始遠遠打量她，做好萬一爪子或利齒襲來時隨時都能逃跑的準備。只有在看到牛奶、切好的木瓜或偶爾出現的鬆餅時，這孩子才不那麼警戒。她把食物放在桌子角落，裝作忘記了的樣子，這些東西一轉眼就消失在孩子肚子裡。

家裡明明有孩子，卻聽不到孩子的聲音。這孩子悶不吭聲，幾乎不說話，這也讓她很火大。「做媽的到底怎麼養的？她連啾啾叫個幾聲都不會。」這孩子不是蜷縮在父親腿上，就是抱著毛蟲抱枕輕聲低喃，或是偶爾含著自己的髮尾，踮腳站在窗邊凝望庭院而已。她甚至開始希望這孩子懂得反抗父親，哇哇大哭，吵著想吃冰或躺在路邊耍賴。這麼一來，她就能在一旁看著偷笑，讓兒子知道被流有自己血液的人背叛是什麼滋味。然而，這孩子連頂嘴都不會。就算沒看見孩子，阿寶也不急著找。他似乎很有自信，知道孩子不會離自己超過五步。阿寶的眼睛永遠盯著手機螢幕。她聽見手機裡傳來的聲音，那是把相同顏色的球排成一列就能消掉的遊戲。

回家後的阿寶不再玩扮演幫派角色互毆、把大刀舉在頭上轉出旋風，或持槍衝進敵軍埋伏屋內的遊戲。他只是幾乎動也不動地消掉一排一排的彩球。

「喔，那種遊戲只計分，不是對戰類型。」賣彩券的小販擺出內行的表情這麼說。就像過去她找人詢問兒子沉迷的遊戲時那樣，這次她也試著打聽了。像是為了確認那既不會流血也不危險。

好幾個早晨，阿寶帶著孩子騎摩托車出門，不知道上哪去了。丈夫會趁四下無人時往兒子口袋塞一點錢。他或許只是帶孩子到咖啡廳消磨時間吧。不到半天就回來了。阿寶似乎已辭去保全公司的工作。關於兒媳，她不知道兩人是否一起去法院公證離婚了，或者只是夫妻吵架而已。她也曾努力回想兒媳的長相，但身為新郎的母親，正式履行這個角色的時間只有從祖先牌位前點上燭火到婚宴接近尾聲的短短八小時。她也只在這八小時內看過新娘的臉。所以，她偷偷看那孩子。孩子長得像母親。婚前，阿寶曾為了這個媳婦冒雨買奶茶送上門，還賣了鋼琴換成名牌包贈送。只因擔心分隔兩地會出問題，阿寶放棄留學。某天，大學都還沒畢業的兒子說：

「我要結婚了。」

「那你就結吧。」她扶著掃把站穩，嘆口氣這麼說。

「婚禮結束我們會搬去別的地方住。」

一切事宜都由新娘家準備。對方說，一定要舉行一套完整的儀式。喔，那就舉行一套完整儀式吧。新娘母親說婚宴費用由兩家共同負擔，已經預約了豪華的水上餐廳。喔，那就在水上餐廳舉行吧。答應給我的房子和土地，要在婚禮前過戶到我們夫妻名下。喔，那就過戶到你們名下吧。因為什麼都輕易答應，當時人們還以為她心胸寬大。然而，某一瞬間大家終於發現，她之所以任由兒子為所欲為，是在為逃避做準備。

「沒想到，最後還是沒有逃成啊。」她重重吐出一口氣。聽見牆壁那頭傳來切換電視頻道的聲音。

霧已經爬到她的胸口。沉重的肉體之中不再殘留一絲痛楚。她心想，現在大叫還來得及。這將是兒子回來後第一次跟他說話。不，光想都覺得丟臉。

她環顧四周，短短的毛巾架、鍍銀已剝落的蓮蓬頭、肥皂盒……輪廓漸漸模糊。唯一看得清楚的，是伸進小窗的幾條薜荔藤蔓，以及最近擠滿牙刷的牙刷架。插在牙刷架裡的梳子被阿寶拿來梳頭，才一星期就變得油膩不堪。牙膏蓋子沒蓋上，管口黏著一圈乾掉的牙膏。隨手亂丟東西的習慣，阿寶從小到大都沒改過，甚至遺傳給了他的女兒。家裡到處都是兒子的複製人亂丟的糖果包裝，那纖細的兩條腿走到哪，哪裡就紛紛落下飯菜或零食殘渣。

「我真的受夠幫他們收拾了。」她平靜地等待霧湧到臉上。

註：意指新生兒頭頂因皮脂腺分泌過於旺盛所形成的乳痂（俗稱囟屎）。

因緣債（Nợ của duyên）——代替後記

週末，我們兄弟姊妹回老家，母親會使出渾身解數為我們做菜。那時，我經常觀察母親。孩子們回家的幾天前，她總是一個一個打電話問這星期想吃什麼，再在餐桌上準備這些飯菜。跟長女——我的姊姊，和母親像一個模子印出來的——一起上菜市場，買回小山一般高的食材，為每個人做菜。不只回老家吃的，還包括帶回家的份。沒能見到面的人，她也會另外準備。母親不和我們一起用餐。多數時候只是坐在旁邊，一邊納涼等待身上的汗乾透，一邊看盤子裡的菜餚有沒有減少，留心有沒有人需要更多辣椒，在意有沒有人伸出舌頭舔著嘴唇大呼美味。我常偷偷觀察這時的母親，從母親注視我們時那夾雜喜悅與疲憊，滿足與虛脫的眼神分析母親的情感。

人們總認為，親子之間的感情是無條件的，付出不求回報的，親子關係是充滿愛的。但我認為，實際上應該比那更複雜。親子關係往往伴隨犧牲的心情，尤其在東亞，父母為孩子犧牲是一種無須明說的默契。可是，這對作家而言，或者，對任何人而言都是一個陷阱。一旦成為無須明說的默契，人們——至少人們心裡——就對這件事不再要求變化了。

「媽媽真的連一次都沒想過要逃離孩子身邊嗎？」

我如此自問。一下去拿沾醬，一下去把平底鍋裡的煎魚翻面，為了給孫子找毛巾突然站起來時，母親似乎一陣頭暈目眩，得扶著牆壁才能站穩。看著這樣的她，我心裡忍不住這麼想。不管誰說要幫忙，母親都會說「什麼東西收在哪只有我知道」。以丈夫和子女為優先，被迫先處理什麼別的事之後，母親難道不會想找回自己嗎。連一瞬間都沒想過丟掉背上那薛西弗斯（註）的大石嗎？還是說，母親根本不認為這是重擔？

母親這種生物難以逃離孩子。就算孩子想從她身邊離開也一樣。我是在生下自己第一個孩子之後才深深領悟到這點。就算母親無情地把孩子丟在路邊，那孩子也會一直跟上來。回溯記憶，母親永遠不會忘記這小生物最初裹在厚厚毛巾裡的樣子。為了這最初的相遇，母子共同承擔著傷口——母親的傷口在肚子裡，孩子的傷口在肚臍上。

撫摸嬰兒粉紅色的小手，我心想，這就是我的孩子。直到最後都會是我的孩子。無論發生什麼事，這點都不會改變。假設婚姻觸礁，我不只嫁過一個丈夫，在世人嘴裡從A的妻子變成Z的妻子，我也永遠都是自己孩子的母親。

我的，但絕對不屬於我的孩子。孩子用自己的雙腿行走，用自己的大腦思考。那和我心中描繪的孩子不是同一個孩子。就算說不能跑，孩子還是會跑。就算要他坐在書桌前用功，孩子還是盯著電視看。孩子的身心將隨著成長愈離愈遠。即使如此，我仍無法逃離孩子。縱然那孩子和自己是分別獨立的個體也一樣。

受到佛教的影響，我故鄉的老人家們說，親子的緣分是前世欠的債。這輩子對彼此要求的，是償還上輩子或這輩子另外欠的債。這說法應該可以相信吧。即使如此，假設我是個理性主義者，不相信任何自己沒有親眼看到的東西，認為所謂前世今生是不切實際籠統模糊的東西，或許我會認為親子關係原本就是不平衡的吧。在親子關係中，愛始終伴隨著責任與從屬、依賴與束縛。

這樣的話，肯定有人會想逃，或至少產生想逃離的心情吧。可是，我的母親或許連這種念頭都沒有過。週末我們假裝忙得沒空回老家，是為了讓母親輕鬆一點。即使如此，母親親手做的溫暖料理還是會一一送到每個孩子家門口。

我有個朋友曾感嘆，孩子們來訪時為何不覺得厭煩，反而感到高興，到底是為什麼呢？她五十歲時曾獲得逃離孩子的機會。離家三百公里的小高丘上蓋了一座祭拜佛祖的祠堂。住進那裡的話，孩子們就很難要求她煮飯、照顧小孩或幫忙準備宴席了。這個距離遠得他們不方便拜託這些事，但以維持母子關係來說仍夠近，是最理想的居住地點。她從幾十年前開始計畫逃避，動不動就把「將來媽媽要一個人住」掛在嘴上。暗自規劃追求自由的旅行，這句話每說出口一次，就為她累積了一點逃避的勇氣。對孩子們而言，這也等於一點一點切斷母親綁在自己身上的鋼索。

為了替自己離開孩子生活的那天做準備，她從小就教導孩子們割到手時如何止血，如何處理不太新鮮的魚，如何藏起自己的悲傷不被人看見，如何一個人哭泣，如何找尋只屬於自己的內心喜悅。學禪的她有著堅定的耐力，耐心教導孩子每一件事，在孩子們不知不覺中為他們注射預防針，好讓他們在未來有能力面對難以彌補的空虛。

然而，當她終於獲得夢想中的自由時，目送孩子們離開，揚塵離去的汽車從視野中消失那一刻，她感到非常寂寞。孩子們就像大量湧上岸邊的波浪，濺濕了沙子，消磨了岩石，甚至連母親「只要潛心修行就能斬斷世俗情緣」的幻想都磨光。

失蹤、逃避、放棄……這類主題造訪我腦中無數次。我依賴文學的力量，得以在作品中寫下如我母姊般的女性尋求為自己而活的方法。

某位女性持續等待數十年，只為回到昔日戀人身邊。然而，孩子們的存在阻止了她的夢想。不過最後，他們終於在大海——化成灰的戀人沉浮的地方——重逢。這雖是沒有成功的逃避，那位老太太仍離開了家，將一切牽絆拋在腦後。

我應該也寫得出登場人物逃避成功的故事吧。比方說，丈夫一不順心就以放火燒房子為樂，妻子對此一直默默忍耐的故事。無論發生幾次火災，她仍努力重建家園。然而某一天，她再也無法逃出著火的房子。她筋疲力盡了。只要待在火裡，丈夫眼中總會有自己了吧。她或許這麼想。

又或是某個男人做了變性手術，試圖活出真正自己的故事。為了逃避用男人的聲音說話，他切除了聲門，彷彿切掉的是與希望兒子撐起這個家的父親之間的羈絆和衝突。

可是，關於一個母親如何從彼此相連，難分難捨的母子關係逃離，我始終找不到最自然又最理想的寫法。飛上天空、化身蝴蝶之類的，文學幻想的成分未免太濃。我也知道母親和姊姊做不到那種事。不只孩子加諸她們身上的束縛，這兩位女性自己也用繩子綁著自己，鎮日忙碌穿梭廚房，連去比市場更遠地方的機會都少有。就算哪天硬是押著她們上車，要她們去避暑旅行幾天，她們大概也會先在冰箱裡備好幾十樣菜，一路擔心自己不在家時家人過得好不好。

不是出於對母姊生活的擔心，也與佛教的教義無關，我認為無論用多麼極端的方法，或許都無法真正斷絕親子之間的緣分。可是這次，我決定假裝相信世界上有那個方法。一如當初假裝自己絕對不會成為母親的翻版，不曾在孩子回家時進進出出廚房，做好料理等待。

註：薛西弗斯是希臘神話中的角色。因為欺騙神明而受罰，每日岩石從山頂滾落，他必須不斷將大石頭搬運到山頂，如此周而復始，永無止境。

原刊登於《Viết và Đọc》春季號（二〇二一年三月）

雪莉斯太太的下午茶

連明偉

連明偉

一九八三年生於臺灣宜蘭。畢業於國立暨南國際大學中國語文學系。後取得國立東華大學創作與英語文學研究所碩士學位。以描寫海外多元工作經驗的作品聞名。曾在菲律賓華僑學校「尚愛中學」（Philadelphia School）教中文，以此經歷出版中篇小說集《番茄街遊擊戰》。另外，也根據他在加拿大費爾蒙班夫溫泉旅館的經歷寫成短篇小說集《藍莓夜的告白》。長篇小說《青蚨子》中，他試圖重新建立故鄉宜蘭的歷史記憶。

盛夏黃昏，太陽仍然高高照亮島嶼天空。

放了學，桌球隊的成員各自從學校解散，搭上八人座廂型車，前往卡斯翠綜合中學（Castries Comprehensive Secondary School）對面的桌球訓練中心集合。訓練中心由桌球協會出資租借，一棟寬屋，水泥牆面，斑駁的鐵皮屋頂近乎兩層樓高。建物分成兩個區域，面向馬路的老舊修車廠佔了四分之三，男性員工時常脫去上衣，揮汗工作，露出黑黝黝的乾癟胸膛；剩餘的部分，則是島嶼唯一的專業桌球訓練中心。空間不大，平常可以容納三張球桌，如果擠一點，可以塞下五張，但是幾乎無法前後左右跑動，只能停留原地對打。

伊敘梅爾（Ishmel）最早到，拿出球拍輪番對戰約翰（John）和米亞（Mia），贏了幾場，心開始野，性子開始瘋，退至後臺玩起高球。安德（Ander）和修立也到了，換上運動服立即對打。整個桌球訓練中心充滿此起彼落的叫聲。安德和伊敘梅爾最常在對戰中嘶吼，為自己加油打氣，只是聲音到了後來不像加油，反倒成了嚇阻對方的招數，正在變聲的嗓音時而低沉，時而發出玻璃破碎般的尖銳音質。相較起來，修立的個性最是沉默，贏球時握起拳頭，輸球時沮喪著臉不說話。在聖露西亞（Saint Lucia）國中以下的學生排名之中，修立和伊敘梅爾的桌球程度最好，兩人時常爭奪第一。安德的狀況不太穩定，起起落落，排行第三，狀況好時也會衝到第一。

一群人練完球，克爾斯（Chris）教練吩咐學生比賽，自己提前回到市區的青年體育部開會。

伊敘梅爾打沒幾場比賽就想偷懶，坐在靠壁的木頭長凳玩起手機，安德也被吸引過去，只有修立聽從指令打完比賽。安德體型壯碩，是道地黑人，皮膚黑得發亮，祖輩以奴隸身分輾轉從非洲至此。伊敘梅爾瘦如竹竿，膚色棕黃，身上流有英國、衣索比亞的血統，是英國統治者和黑人女傭的後代。修立是臺灣人，父親是臺灣政府派駐當地的農業技術團隊成員，負責香蕉葉斑病防治計畫，一家子來到加勒比海聖露西亞已經將近六年。

還未五點，安德、伊敘梅爾背起背包準備離開。

「修立，不要打了，一起去找鳥巢玩。」伊敘梅爾說。

鳥巢家不遠，走不到十五分鐘就到了。從桌球訓練中心的大鐵門出來，先行左轉，遇緩坡，再右轉沿著約五十度的斜坡往上。伊敘梅爾是最早發現鳥巢的人。第一次看到鳥巢時，伊敘梅爾立即從雪莉斯（Cherese）太太的後院跑回桌球訓練中心，吆喝安德和修立放棄練習，同去探險。屋後左側有一個久未修整的凹陷小型泳池，沉浮枯枝爛葉，右側則是一塊布滿碎石的草皮，接近柵欄處種植釋迦樹、芒果樹和椰子樹。鳥巢確實會動，身軀萎弱，手腳細瘦，面部朝下趴在後院，發出一種令人心驚的聲音，身子後方有一個看起來些微不穩的生鏽輪椅。高大的芒果樹垂落陰影，安德、伊敘梅爾和修立待在網狀柵欄後方，面面相覷，疑心自己到底看見了什麼，難道是怪物？怪物跌倒之後，還會自己爬起來，為何眼前的人像個破掉的雞蛋攤在地上？

「你還好嗎？」修立問。

鳥巢停止蠕動，靜止下來。

伊敘梅爾蹲下身，拿一顆石子往前丟去，打中鳥巢右小腿。

鳥巢沒有明顯動靜。

「會不會死了？」安德說。

「沒有那麼容易死吧。」伊敘梅爾說。

這次換安德拿起石子投擲，準確打中鳥巢彷彿隨時可能斷裂的脖子。

鳥巢劇烈掙扎了起來，雙眉緊鉸，面目猙獰，不斷搖晃缺乏肌肉的手腳。那樣的掙扎讓人覺得有些可笑，有些滑稽，然而，從喉嚨發出的尖利哭喊，實在讓人驚惶。伊敘梅爾最先拔腿開溜，修立尾隨，最後是不知所措反應遲鈍的安德。伊敘梅爾和修立先行回到桌球訓練中心，等了許久都沒有等到安德。修立站在鐵門邊踢著碎石，拿起一根枯枝四處敲打。伊敘梅爾坐在水泥階梯玩著手機遊戲。

十五分鐘之後，安德一瘸一拐回來了。

「這群渾蛋，竟然自己跑掉。」安德陰沉著臉，坐在階梯，盯瞧左腳膝蓋，磨破的皮膚混有泥沙，「沒有聽到我在後面叫你們嗎？」

修立拿了礦泉水罐裝水，遞給安德，「跌倒了？」
安德伸直左腳，輕輕朝著傷口撒水，沖去泥沙，皮膚內部的粉白肌理一一顯露。
「我以為身體裡應該是紅色的。」修立好奇凝視。
「應該是彩色的才對，像是彩虹。」伊敘梅爾說，「會痛嗎？」
「走開啦，都是你們害的，你們的身體裡一定都是大便色。」安德惱怒了起來。
「是你自己跑那麼慢，還怪我們，誰管你。」伊敘梅爾說，「而且最後丟石頭的人是你，活該。」
安德咬著下唇，起身背起背包，頭也不回往大馬路走去。
修立跟上幾步，「今天要一起坐車回家嗎？」
「吵死人了。」安德吼叫，「我要叫我爸來載我，你們自己坐車，我才不要搭廂型車（Van），那都是你們窮人搭的。」
「別理他，走，修立，我們去摘芒果。」伊敘梅爾起身，往斜坡走去，「我們跟有錢人是當不了朋友的。」
修立停留原地，不知該何去何從。

隔日，安德的左腳膝蓋覆上厚厚的紗布和彈性網狀繃帶。

克爾斯教練叮嚀安德好好休息，不要再次傷到膝蓋。安德一點都不想理會，打球打得比平常還要激烈，正手反手基本對打各五十下，正手反手直衝弧圈球各三十下，沉著臉，不發一語，專注球的彈跳、旋轉與來回軌跡。最後比賽時，竟然分別以三比零與三比一的成績打贏伊敘梅爾和修立。

「腳沒事吧？」修立問，「不痛的話，等一下要不要去摘羅望果。」

安德睨去淘氣與生氣的眼神，「你們昨天真的很過分。」

「不好意思，我太緊張，跟著伊敘梅爾一起跑了。」修立咬唇，略略低頭。

「害我被那個又醜又胖的老婆娘訓了一頓。」安德滿頭汗水，咕嚕咕嚕喝著運動飲料。

「老婆娘？」修立想了一會兒，「你是說雪莉斯太太嗎？」

「我怎麼會知道她是誰。」安德一口氣喝完運動飲料，「反正我跌倒爬起來時，忽然就看到她站在我的面前，我頭一直低著，不敢看她。她氣呼呼罵了好久，說不要跑來這裡撒野，不然就要把我的腿打斷。真是嚇死我了，我原本以為她會繼續罵下去，結果她似乎是聽到鳥巢尖叫的聲音，轉身離去，放過了我。你怎麼會知道她的名字？」

「我的同學菲爾（Phil）就住在那個斜坡上，我問他的。」修立說。

「是你們班的班長嗎？」安德說。

修立點頭，「他那麼有名嗎？」

安德搖頭，露出詭異笑容，「因為我們班的喬恩娜（Joana）暗戀他，說他長得又高又帥。」

「你們在那邊嘀咕什麼？對了，我昨天看到斜坡轉角的羅望果樹結了好多果實，一起去摘吧。」伊敘梅爾全身汗水淋漓，插進了話，「走囉，不然等一下克爾斯又說些有的沒的，很煩人。」

「我沒有說要跟你和好。」安德撇過頭，「你知道自己很討人厭嗎？」

「當然知道，你討厭我是因為正式比賽時你打不贏我。」伊敘梅爾說，「那你去不去嘛？反正修立和我會去。我先說，我也沒有打算要跟你和好，你生氣的樣子看起來很好笑，而且很蠢。」

安德不點頭也不搖頭，狠狠瞪向伊敘梅爾。

伊敘梅爾和修立走在前方，安德拐著腳一路尾隨。

羅望果樹真是大，樹幹約是三個孩子合抱粗細，兩層樓高，綠葉褐枝蓬蓬勃勃非常生猛。爬不上去，只能伸手搆拉枝椏末端。伊敘梅爾不願輕易放棄，攀附樹幹往上，然而不到一個成人高就顫巍巍退了下來，心虛說著：「樹幹沒有羅望果，都在枝椏上。」修立站在樹蔭下，左右張望，似乎怕被發現。安德放下背包，試圖攀爬，手腳不自覺發抖，爬了將近兩個成人高，突然心生恐懼退了下來。

「我有看到很多果子喔。」安德說。

「沒用啦，還不是沒摘到。」伊敘梅爾說。

「至少我爬得比你還高。」安德不甘示弱。

「是啊，我看你都快要爬到外太空去了。」

修立找了一根長枝條，蹬蹬跳跳，朝向大樹枝椏用力揮打。

安德張開手，拉住細枝尾端，想要採摘高高懸掛的果子。

「修立你的刀子借我。」伊敘梅爾說，「你老爸不是叫你隨身帶著一把折疊刀防身嗎？」

修立摸摸口袋，將刀子遞給伊敘梅爾。

「安德，你拉好樹枝，我把羅望果打下來。」修立說，「兩個人合作比較快。」

豆莢掉落腳邊，安德掰開硬殼，露出熟爛泛香的深咖啡色果子。

「要不要一起吃。」修立對伊敘梅爾說。

「我才不要，我只吃自己摘的，刀子還你，這把刀鈍掉了啦，都是你害我沒有摘到。」伊敘梅爾露出不屑表情，「我現在想去雪莉斯太太的庭院玩。」

「我們被警告過了喔。」安德說。

「真沒用，沒什麼好怕的。」伊敘梅爾往前走，「我和鳥巢可是好朋友。」

安德和修立吃著酸澀果肉，吐出果核，跟著伊敘梅爾的腳步行至斜坡高點，踏進右側雜草叢。走在水泥主道，往左眺望，可見平靜大海，進入濃密的雜草叢，立即撲上一股蓊鬱潮濕，泥土溼答答的，蟲蟻爬行，蚊蚋飛舞，空氣充滿楊桃發酵後的酒精味道。走了兩、三分鐘，穿過密植的香蕉林，來到網狀柵欄。

伊敘梅爾停下腳步，伸手攬住想要往前繼續探索的安德，側耳傾聽，「等等，你們有聽到鳥巢的聲音嗎？」

「沒有。」修立搖頭。

「我們要去找鳥巢玩嗎？」安德的話語透露一絲畏懼，「我覺得鳥巢應該會討厭我們。」

「你們有人知道鳥巢得了什麼病嗎？」伊敘梅爾轉過頭，「還是鳥巢做錯了什麼事？」

「我不知道。」修立說。

「你不是有問菲爾？」伊敘梅爾說。

「菲爾要我們不要隨便去招惹雪莉斯太太，說她是個瘋婆子，會亂咬人，叫我們小心點，完全沒有提到鳥巢。」修立皺眉思考，「不過我想可能是什麼奇怪的疾病，或者發生了車禍半身不遂。」

「如果我變成那副模樣，你們還是把我殺死好了。」伊敘梅爾兩手一攤。

「沒問題，我來當劊子手，我很早很早就想把你幹掉。」安德拍打胸脯，「我可以拿到手槍。」

「哪裡來的？」修立疑惑。

「我的堂哥可是在卡斯翠（Castries）的黑幫混。」安德說，「電視不是時常出現黑幫火拼對幹的新聞嗎？」

「你們小聲一點啦。」伊敘梅爾壓低身子，扯下蕉葉遮身，蛇行往前，像是準備狙擊敵人。

三人瞪大眼珠，縮肩駝背，畏罪般前行。日光在庭院之中烈焰燒烤，將地表的泥土晒出焦味，草叢病懨懨的，充滿臨死者的深情眼眸，發著光，同時陷入不知名的黑暗。兩層高的白樓剝落油漆，電線外露，陽臺的水泥天使雕像只剩一顆頭與右側翅膀，鳥巢依舊坐在輪椅上，雙腳瘦成細細的鳥爪，雙手扶著頭顱，時不時發出心臟絞痛般的聲音。三人都察覺鳥巢望過來的眼神，目光中帶有熱切、渴望與難以形容的沮喪。安德搖晃伊敘梅爾左肩，說不要再往前了。所有景物都讓網狀柵欄分割成塊狀，某一瞬間，三人同時屏住氣息，不發一語，雙眼溢出內心的惶恐。

你們有看到鳥巢舉手要我們過去嗎？這句話不知道是誰說的，卻都像是自己說的。搖搖頭，認真否認什麼，腳下的泥土開始變軟，身子逐漸下沉。

「雪莉斯太太今天似乎不在家，敢不敢去找鳥巢玩？」伊敘梅爾語帶挑釁。

「我們回去吧。」安德說，「不然等一下又會被盯上。」

伊敘梅爾沒有理會安德，一股腦兒攀上柵欄。

修立遲疑一會兒，跟上腳步。

「真是膽小鬼。」伊敘梅爾落地之後，站立柵欄另一側，「別理他了。」

修立跟在伊敘梅爾身後，越過積有腐葉枯枝的泳池，鬼鬼祟祟來到鳥巢身邊。

鳥巢搖晃頭顱，睜亮好奇雙眼，喉嚨發出含糊聲音。

伊敘梅爾伸出右手手指，輕輕觸碰鳥巢的手，「好軟喔，像是沒有骨頭。」

鳥巢看著伊敘梅爾，露出曖昧不明卻又充滿期待的笑容，以為看著另一個完整的自己。

修立也伸出手，攤開手掌，怕驚擾什麼般，謹慎撫摸鳥巢的鬈髮。

伊敘梅爾調皮了，開始觸碰鳥巢的臉頰、脖子、胸膛、肚腹、大腿和小腿，拉開鳥巢的褲子好奇盯瞧，「我還以為會有什麼不同。」

「你不要鬧他啦。」安德不知何時攀過柵欄前來。

「你這個膽小鬼不是回去了嗎？」伊敘梅爾說。

「我是來制止你們的。」安德拉住修立手腕，「我們走，不要被他帶壞了。」

「我也覺得早點離開比較好。」修立有些坐立不安。

伊敘梅爾拉高鳥巢的左手，鬆開，看著鳥巢的左手自由落體般落下；拉高鳥巢的右手，看著鳥巢的右手再次自由落體般落下。伊敘梅爾彎下腰，左瞧瞧，右看看，仔細觀察，「你會不會說話？真的不會嗎？為什麼你會變成這副模樣？你一定是被上帝懲罰，如果我是你的話，早就不想活了。不過你動不了，想要自殺也沒有辦法，真是可憐。你們覺得鳥巢上輩子犯了什麼錯？」

「夠了。」安德擋在伊敘梅爾和鳥巢中間，「你再這樣子，我要告訴教練喔。」

「大嘴巴。」伊敘梅爾不屑地說，「我又不是專門來欺負他的，我才沒那個閒工夫。」

「看到鳥巢，讓我覺得很不舒服，但是我不知道為什麼。」修立蹙著眉，「你們會這樣嗎？」

「怎麼樣？」安德說。

「就是會非常難過。」修立沉下頭，「難過到會想要殺了他。」

伊敘梅爾和安德一時愣在原地。

伊敘梅爾刻意迴避，轉過身，走至芒果樹下採摘剛剛成熟的果實。

安德蹲身，歪斜腦袋，準備親自查看鳥巢的身體。

「不好意思，我不知道自己到底說了什麼。」修立陷入鬱卒，「希望你不要聽懂我說了什麼，有時候理解是很痛苦的。」

伊敘梅爾一口氣摘下八顆熟紅芒果。

鳥巢無意間發出某種彷彿面臨溺斃的尖叫。

伊敘梅爾停止採摘，修立和安德則在驚惶中注視鳥巢，想要從聲音之中讀取正確訊息。鳥巢的表情開始扭曲，嘴角流出唾沫，舌頭伸了出來，手腳不自覺顫動，像是痙攣，像是中毒，像是得了某種無法治癒的疾病。三人都不知道下一刻到底會發生什麼。忽然，一個胖墩墩的身影不知從何處冒了出來，拿了一根掃帚朝著安德和修立大力揮打。修立躲開，安德再次摔了一跤。雪莉斯太太朝著伊敘梅爾追去。安德和修立趁著空檔，翻過柵欄，一路跑向桌球訓練中心。伊敘梅爾在後院跑了三圈，不斷被掃帚猛力攻擊，最後終於竄到前門溜了出來，耳旁還響著雪莉斯太太憤怒的吼叫：「你們這些死孩子，再讓我遇到一次，一定扒了你們的皮。」

那日，事情究竟是怎麼發生的，實在有太多說法。

伊敘梅爾的敘述最是誇張，他說雪莉斯太太加快腳步追了上來，還好那頭母豬上了年紀，沒跑幾分鐘就氣喘吁吁。伊敘梅爾還說自己搖著屁股，回頭扮鬼臉。安德的左側膝蓋再次受傷，沒想到這次連右側膝蓋都磨破了皮，編了藉口跟家人說，有一輛機車臨時從旁呼嘯而過，為了閃躲，只好跳至淺水溝。修立堅信，鳥巢那時似乎露出一種難以言喻的開懷表情，彷彿再次舉起手，想要邀請朋友一起來玩。

三人開始想要知道更多鳥巢和雪莉斯太太的事情。有人說，鳥巢是雪莉斯太太和魔鬼交媾生下的私生子；有人說，烏巢是雪莉斯太太的孫子，她的女兒車禍去世，意外留下孩子；有人說，雪莉斯太太是女巫，藉由吸取烏巢精力而重獲青春。修立又跑去詢問菲爾。菲爾搖著頭，說不知道，要大家別多管閒事。

伊敘梅爾一直慫恿要再去雪莉斯太太的後院，一口氣摘光芒果，拉下褲子在廢棄的泳池撒尿，只是大夥兒還沒等到伊敘梅爾的報復，克爾斯教練便在練球前的集合中宣布，伊敘梅爾正式請假一個月，會在暑假的國際桌球比賽之前歸隊。

安德帶著修立從桌球訓練中心往北，沿著環島公路繞向圓環。

「那個瘋子怎麼了？都快要比賽，還不來練球。」安德的語氣帶著責備。

修立低頭思考，不知該不該解釋。

「算了，不說也沒差，反正一定是發生了什麼意外，他這種沒大沒小的個性，一定到處惹事生非，總有一天會被黑幫砍死。上次我跟他因為一顆擦邊球吵了起來，他竟然罵我是黑鬼（Nigger），真是白癡，他自己也是黑鬼啊，而且還是血統不純正的黑鬼。」安德的話語帶著抱怨，卻也有一絲擔憂，「所以你知道這個雜種到底發生什麼事了嗎？」

修立點點頭，接著搖搖頭。

「有時候，我實在搞不懂你們中國人（Chinese）。」安德說。

「我不是中國人（Chinese），我是臺灣人（Taiwanese）。」修立說。

「好啦，Ching Chong Ching Chong，反正你們都長得很像，對我而言沒有什麼差別。」安德說。

「真的不太一樣，我老爸說，最近政治狀況非常緊張，臺灣和聖露西亞隨時都可能斷交。如果聖露西亞選擇和中國再次變成好朋友，那我們全家就必須在三天之內打包完畢，坐上飛機回到臺灣，而且很有可能，這輩子沒有機會再回到這裡。」修立說。

一時之間，安德不知該如何回應，「我很像有看到新聞，聽說有很多中國人要到聖露西亞來，準備蓋豪華的五星級飯店，還有要在維約堡（Vieux Fort）蓋高規格的國際賭博馬場。」

修立蹙眉，露出複雜的表情。

「怎麼那麼愚蠢，難道聖露西亞不能和臺灣和中國都當朋友嗎？我是指，同時都是邦交國。」

「不行。」修立語氣堅定，「只能選擇建交或者斷交。」

「所以你喜歡這裡嗎？」安德睜亮圓滾滾的眼珠。

「我不知道，這裡好熱喔。」修立說，「臺灣時常下雨，而且我們有春夏秋冬，這裡只有夏天。」

「我以後可是不會待在這裡，我爸說要有發展的話，得去歐洲或是美國，或許我可以去美國打桌球，或是像克爾斯一樣參加歐洲桌球職業球隊。」安德語氣停頓了下來，搔抓短髮，眼珠子骨碌骨碌轉動。「不過我爸不太希望我繼續打球，可能之後課業壓力變重，就得好好準備考試，不能來這裡練習了。桌球體育專長很難拿到大學獎助學金，大家都是學醫學、國際貿易、農業和法律等等的，不然就是踢足球。」

「那麼你也會離開這裡囉。」修立的語氣流露一股不捨。

「我想，你應該會先離開這裡，然後把我們全都忘光光。」安德說，「不過說真的，也沒有什麼好記得，反正這座島嶼的人，遲早都會離開這裡。」

安德繞過圓環，走上天橋，停在橋梁中央，「我很喜歡在上面，看著車子來來去去的感覺，我也不知道為什麼，可能單純就是喜歡『上面』，我討厭被別人看扁。」

「那你去當太空人好了，」修立笑著說，「這樣子你就可以站得很上面，不是，應該是飛得很上面，從那裡看下來，應該就是上帝的視角。」

「對了，我以後可以去臺灣玩嗎？不管我們的政府會不會和臺灣正式斷絕關係。」安德轉過頭看著修立。

「可以啊，為什麼不可以。」修立說。

「那裡的人都跟你長得一樣嗎？」安德說，「喔，我想我要問的是，那裡有黑人嗎？」

修立將兩隻胳膊攀附欄杆，試著將身體往上撐挺，「有被晒得很黑的人，不過大概沒有黑人。」

「這樣啊，那我就會是臺灣唯一的黑人。」安德轉身，踩踏雀躍的腳步走向天橋另一端，「到時我走到哪裡，大家一定都會睜著大大的眼睛看著我，把我當成明星。」

修立跟上安德，「聖露西亞和臺灣還沒有正式斷交，只是傳言，而且我還不一定會回到臺灣。」

「你還是趕快回臺灣吧，這樣子我就少了一個競爭對手。」安德對著修立吐舌頭。

「對了，還有一件事情想跟你說。」安德露出圖謀不軌的笑容。

「什麼？」修立有些疑惑。

「原本我跟伊敘梅爾很討厭你。」

「為什麼？」

「因為你的皮膚是黃色的，頭髮是直的，眼睛細細長長的，看起來非常奇怪，而且你的桌球不是在這裡學的。」安德伸出手，好奇搓揉修立的頭髮。

「那現在呢？」

「當然更討厭了。」安德戲謔說著。

修立知道這是玩笑話，卻也因為這些話語而受到傷害，臉上浮現一絲哀傷，「我也很討厭你們喔，你們那麼黑，黑得好嚇人，黑得跟木炭一樣，黑得像是食人族。」

安德步下天橋，「沒關係，我爸說黑人一向都是被討厭的。」

兩人進入梅西超級市場（Massy Stores），買了大家寫在清單上的可口可樂、運動飲料、椰子餅乾、杏仁巧克力酥、黑麥汁和六大罐礦泉水，一人提著一個袋子往回，前前後後，快快慢慢，有時安德停下腳步看車，有時修立停下腳步看海，有時安德突如其來往前跑，有時修立放下袋子放鬆手臂。

豔陽照射島嶼，天空湛藍，大海長出一層薄薄的光的鱗片，環島公路的車子仍然相互狂飆，猛撳喇叭。修立發現安德不見了，額頭滲出一顆一顆豆大汗水，左右張望，往路的前方探去，往路的後方尋去，依舊沒有找到任何熟悉的身影。

修立站立原地，像是被老師罰站，某一瞬間，時間瓦解人類賦予的定義，而以持久凝止，歇停事物的流動。那股刻意被遺忘的恐懼瞬間襲擊而來，腳底發麻，嚙咬的螞蟻從脊椎攀爬而上，同時，一種被遺棄的茫然從頭頂籠罩而下，兩者匯聚胸腔，心臟在跳動之中時刻抽痛。

想哭，一股強烈的哭泣衝動。

隱藏心底的畏懼、害怕與無能為力，修立從來沒有跟任何人提過。

修立心中，始終存有缺塊似的愧歉，他覺得自己似乎對不起曾經陪伴過他的親人，對不起過往的友伴，對不起出生的亞洲島嶼。然而，他不是背叛者，不是欺騙者，不是情感冷漠的人，只是他的生命，剛好處在移動跨域的階段。人有那麼容易消失嗎？就像他離開臺灣，就像他隨時可能被驅離聖露西亞，他的缺席以及同時間的另一種強硬列席，都讓內心深處感到驚慌失措。修立模模糊糊知曉，自己必須主動斷絕過往，不管願不願意，然而就在這難以定義的過渡之中，自己彷彿也將隨時被斷絕於當下生活。人真的有那麼容易消失嗎？有的，因為修立就是那一位消失與被消失的人。

身子已經被烤得有些焦脆，吸口氣，轉動腳踝，拍打痠麻的手臂，再次走向桌球訓練中心。尚未回到球場，遠遠的，修立便聽見安德的喊叫聲。

「你怎麼那麼慢才回來？」安德放下球拍，跑至修立旁，從塑膠袋中拿出運動飲料。

修立斂著五官，不發一語。

「我們還以為你跑去海邊玩了。」安德咕嚕咕嚕喝著運動飲料。

「我等你很久，你不見了。」修立說。

「你才不見，我不是說我肚子痛，要先回來上廁所嗎？」安德反駁，「是你自己沒有聽到。」

「我真的等了你很久。」修立垂下頭，眼神黯淡，如同嚴厲的指責。

「你說得好像都是我的錯。」安德的口氣有些強硬，「我們也等你很久了啊。」

修立將裝滿飲料的塑膠袋用力甩向地面，走向角落拿起書包，撇過頭，沉默無語走出球場。

七月暑假，各項重要的桌球賽事陸續展開。

克爾斯教練大幅增強訓練課程，每日早晨九點之前，必須抵達桌球訓練中心，慢跑二十分鐘熱身，接著展開各種肌耐力訓練、身體延展與平衡練習，加強正手反手連續板攻擊。中午，吃過飯，大夥兒一排聚集門口，或躺或臥，掀開上衣排遣暑氣。下午兩點，訓練再度展開，強化腳步，一次一次演練攻擊套路，五點到六點則是一連串交叉對戰。運動衫乾了又濕，濕了又乾，帶來的水都喝光了，仍然口渴，滿身汗水像是浸泡海水之中。每日練球練到落日西下，才拖著沉重的腳步離去。

伊敘梅爾和安德再度吵了起來，克爾斯教練沒有說些什麼，大夥兒似乎都已經習慣兩人的爭吵。伊敘梅爾剛剛回來準備桌球比賽時，竟然主動提出要和安德搭配雙打，只是和平沒有維持多久，隔日，兩人再次因為球質旋轉的強弱罵罵咧咧。兩人從以前到現在，不曾真正好好相處。安德是最早培育的桌球菁英，當時，克爾斯教練每個禮拜三下午四點和禮拜六上午九點，會安排兩個小時的特訓，教導正反手、切球、直衝弧圈、旋轉弧圈和攻擊技巧等，長時間訓練下來，安德進步神速，衛冕好幾屆國小組冠軍；升上國中，安德的父親希望安德將重心轉移至課業，練球時間大幅縮水，此時，伊敘梅爾、修立、米亞和約翰等人快速進步，安德的桌球成績便逐漸被超越了。

其實，安德沒有不喜歡伊敘梅爾，只是不想輸給他。

克爾斯教練說，雙打需要培養默契，跟單打大大不同。單打是獨自奮戰，只需要跟自己對話，雙打則必須仰賴雙方配合，包含球質掌握、第三板銜接、連續板進攻、前後左右跑位方式、攻擊防守交互替換等。伊敘梅爾和安德在泛加勒比海的國際賽事中，總共搭檔了兩年，第一年進入三十二強，第二年初次出場便被淘汰。安德怪罪伊敘梅爾怯場，反手無法銜接。伊敘梅爾怪罪安德發球，沉的下旋球發成側下旋，直球發成下旋直衝快球，根本無法打下一板。克爾斯教練希望兩人多多磨合，只是每次合組雙打，必定吵架。一次比賽，伊敘梅爾直接摔拍，對著安德說：「你滾回非洲去啦。」後來被裁判罰了一張黃牌。修立來了之後，成為兩人之間的緩衝，克爾斯教練嘗試讓修立和兩人分別搭配雙打。

修立還記得第一次來到桌球訓練中心時，安德和伊敘梅爾注視他的眼神，帶著好奇、疑惑以及一絲潛在的挑釁。修立覺得自己似乎變成某種珍稀的動物，讓人觀賞，讓人評斷，讓人獵奇。伊敘梅爾瞪著大大的眼睛說：「你們是不是每一餐都吃狗肉啊？不對，是吃貓肉，不對，你們是不是都吃泡菜？」修立沒有回答。安德跑到修立身後，先用手指戳刺，後來拔下修立的頭髮，笑著說，「你們看，他的頭髮不是捲的。」克爾斯教練吩咐伊敘梅爾和安德對打，修立和米亞對打。

修立不說話，一方面，當時他的英文能力還沒有那麼好，另一方面，他覺得聖露西亞人的英文口音怪怪的，不像是英國或是美國的「標準英文」，許多音節都黏在一起，像是動物發出的類人語言。沒錯，就是這種感覺，修立覺得身邊的每一位黑人，都帶給他面對黑猩猩時的壓迫，而他隨時都可能被一群野蠻的黑猩猩圍毆。修立看著他們，不對事物發表意見，不對話語給予反應，沉默是他黑色質地般的保護色。修立當然可以感覺伊敘梅爾和安德對他的敵意，尤其當他在單打比賽屢屢獲勝，然而，他是一位甘於被欺凌的獲勝者，唯有如此，才有辦法在陌生的環境中生存。有那麼一段時間，修立封閉自己，他不再跟父母吵著要去就讀國際學校，他不再抱怨同學沒有人願意跟他同組，他也不再對伊敘梅爾和安德的敵意感到畏懼，只要有效屏除對舊日生活的懷念，忽視內心深處的徬徨無助，棄置感知、情緒與語言，或許，就能逐漸適應新的環境，從生理上的黃種人，徹底變成精神上的黑種人。

時間緩慢推移，修立終究開始聽得懂另一種英文口音，習慣伊敘梅爾和安德沒有惡意的玩笑，同時，開心接納自己日益被太陽晒得黝黑的皮膚。

星期六早上九點，大夥兒約在桌球訓練中心前集合，分別坐上克爾斯教練和桌球協會主席安東尼（Anthony）先生的轎車，前去歐文・金歐洲聯合醫院（OKEU）。安東尼先生梳著油頭，穿著潔淨貼身的灰色西裝，引領前行。米亞捧著克爾斯教練買的鮮花，安德提著安東尼先生準備的水果禮盒，修立抱著大家合資購買的三大盒蜂蜜玉米片，嬉嬉鬧鬧，左右張望，好奇凝視身邊羅患各種痼疾的病人。安東尼先生出聲訓斥，大夥兒立即閉上嘴巴，放輕腳步，走過一間一間充滿濃濃藥味的病房。病房有四位病人，分別用布簾隔開位置。伊敘梅爾的父親躺在病床上，伊敘梅爾的母親正在收拾更換下來的衣物。伊敘梅爾坐在病床旁的椅子上玩手機，看見大夥兒前來，有些緊張，不知該如何應對，收起手機，尷尬起身點頭招呼。克爾斯教練和安東尼先生同大人談起病況，詢問還需要待在醫院多久，是否有向相關單位申請補助。伊敘梅爾不說話，不知該把眼神往哪擺，不自覺走出病房門口，像是準備逃離現場。米亞將鮮花擺放床頭，安德將水果禮盒放置病床櫃，修立和安德則在病房外的廊道將蜂蜜玉米片遞給伊敘梅爾。

「這個是要給誰吃的？」伊敘梅爾問。

「都可以啊。」修立說。

「我頭一次看到有人探病送蜂蜜玉米片，好奇怪喔。」伊敘梅爾說。

「不然你可以不要收。」安德說，「這可是用大家的零用錢買的。」

伊敘梅爾沉著臉，倔強地說，「你們拿回去，我不需要。」

「神氣什麼，又不是給你吃，是要給你爸爸吃的。」安德說。

伊敘梅爾沒有回話，心中知道不該拒絕別人的禮物。

「你什麼時候要回來打球？」修立問。

「等我爸爸的右腳重新長出來。」伊敘梅爾試圖開玩笑。

「很好，那表示你不用回來了。」安德說完之後，覺得自己說錯了話，刻意避開伊敘梅爾的眼神。

「別理他。」修立說，「你趕快回來，比賽快要開始了，我們還要一起配雙打。」

「我不知道，之後下了課，我可能得去市區打零工，沒有人會僱用被截肢的工人，我得代替我老爸出去工作賺錢。」

「這樣啊。」修立不知該如何回應。

伊敘梅爾沮喪地皺起眉頭。

「別擔心，我想一定會有賠償金。」修立說。

「大概吧，如果有的話，可能也不會太多。」伊敘梅爾說，「我老爸只是臨時工，沒有正式保險。」

「所以你還能回來嗎？」安德說，「你是不想被我打敗吧。」

伊敘梅爾看著安德，再看著修立，「我不知道，我真的不知道。」

三人不自覺同時沉默了下來。

「我得回去了，不能離開太久，我老爸尿尿時我得扶著他。」伊敘梅爾說。

「等一下，」安德拉開背包拉鍊，拿出一盒巧克力能量棒，「拿去，這可是我好幾天的點心。」

「你自己留著吃。」伊敘梅爾說。

「我說過了，這是要給你老爸吃的，還有，你最好不要回來，這樣子我就不用跟你配雙打。」安德抬起頭，不等伊敘梅爾回應，立即轉身逃跑高聲嚷嚷，「我想去尿尿。」

修立陪著伊敘梅爾走回病房，大夥兒都不在了，只剩克爾斯教練和安東尼先生還在關心後續的醫療處置。修立陪著伊敘梅爾，各自拿出手機打著遊戲，直到眼睛酸澀，起身離開病房，一個人走在醫院廊道，好奇觀望大大小小的病房。缺手的人，斷腿的人，骨盤歪斜的人，胸腔凹陷的人，眼球外凸的人，病者枯萎身子，眼神渙散，頭顱垂落肩膀癱瘓輪椅，皮膚長滿一層厚厚的灰黴，修立赫然發現自己從一個會對苦痛發出嚎叫的生活，來到另一個只會對苦痛隱藏呻吟的生活。每一位病者都睜著茫然眼珠，默不吭聲，一臉無助，靜靜承受一切，默默習慣所有。

那似乎是一個有別日常的世界，變異，扭曲，始終被誤解的世界。

不知為何，修立感覺自己似乎也成為其中一員，動彈不得，無法舉步離開，身體有了大大的變化，頭髮毛線般蜷曲，手腳與軀幹連接處出現針織的粗糙縫線，全身軟綿軟綿塞滿蓬鬆棉花，骨頭一根一根被拆解下來。無法發出聲音，喉嚨被黑色針線細密縫合。或許，那是安詳，是寧靜，是放棄抵抗的姿態，生存的唯一法則就是自我棄絕。那些漫長的日子，坐在椅子上，注視身旁同學的吵鬧、嬉戲與躁動，或許都是充滿善意的玩笑，可被視為美麗的誤會。有些同學會用指尖戳刺他的背脊，有些同學會拍打他的後顱，有些同學會扯下他的褲子，有些同學會向他丟擲紙團，有些同學會用黑色簽字筆在他的手臂畫畫，有些同學會大膽撫摸他的身體——不說話，保持緘默，他將那些從傷口露出的蓬鬆棉絮一一塞回體內。

腦海不時出現奇怪的念頭，彷彿必須要將自己重新縫合起來，不然內在的填充就會逐漸消失；然而另一方面，心中又渴望全然敞開，覺得那似乎是接近終點的便捷途徑。不，這終究只是膚淺的念頭。修立覺得自己應該得認真思考死亡，抵達邊界，因為那可能是當時唯一能夠掌握的報復，唯一具有力量的行為，唯一能夠好好證明自己的方式。

說不定，能夠在桌球訓練中心找到朋友。

打桌球相對簡單，不需要使用流暢的英文，不需要理會內心的情緒，甚至在比賽時不需要把對方當成朋友。單打比賽只有一個明確的目標，那就是贏球，低身前傾，拿穩球拍，一次一次調動全身，流暢轉移重心，精準無誤將桌球回彈到另一側球桌。切球，側擰，正手反手直衝弧圈，避免非受迫性失誤。只要面向自己，專注球，好好掌控身體就可以了。

修立在一次一次的比賽中獲勝，藉由桌球，重新蒐集信心的碎片，很快地，自己的實力便顯著超越了約翰、米亞、安德，甚至威脅了伊敘梅爾，只是球場再次尋回的自我，往往在日常生活之中時刻瓦解。其實，修立暗中欽羨伊敘梅爾，因為伊敘梅爾擁有修立欠缺的信心、衝動與行動力。

修立想要脫離自我，想要不被排擠，想要成為另一個黑人質地般的伊敘梅爾。

修立將伊敘梅爾家中的事情告訴父親，父親告訴農業技術團團長，團長告訴大使館內的參事，參事再正式告知大使，於是，一筆特別費便被安排了下來。

克爾斯教練和安東尼先生理了短髮，穿上全套西裝，載著伊敘梅爾前往羅德尼灣（Rodney Bay）的臺灣駐聖露西亞大使館。祕書來了，參事來了，大使來了，聖露西亞青年體育部部長和教育部部長都來了。兩張長桌合併，鋪上米白布巾，擺上英文名牌，放置臺灣和聖露西亞的小國旗。記者們在桌前耐心等候。修立穿著白色襯衫黑色長褲，也在出席名單之中。十點，記者會正式開始。安東尼先生先行致詞，青年體育部部長和教育部部長接續致詞，接著大使發表五分鐘演說。最後，伊敘梅爾低著頭，表情畏懼，聲音乾癟，按照擬定的感謝文稿一字一句朗讀。臺灣大使館總共捐贈三張全新球桌、二十支桌球橫拍、六打比賽用球，以及贊助優秀的年輕桌球選手伊敘梅爾一年期獎助學金。記者會約三十分鐘，司儀宣告結束之後，人員聚集拍照，記者與新聞媒體各自採訪大使、部長和伊敘梅爾，要求修立和伊敘梅爾面對面握手合照。兩人露出尷尬笑容，彷彿接受不知緣由的表揚。修立原本還想找些空檔聊天，可是伊敘梅爾一溜煙便不見人影。

一個禮拜之後，伊敘梅爾重新回到桌球訓練中心接受集訓。

修立想著，自己幫助了伊敘梅爾，暫時解決經濟上的困境，伊敘梅爾一定會非常感激他，把他當成知心朋友，兩人會成為義氣相挺的好兄弟。然而，修立隱然察覺，伊敘梅爾似乎不想看到他，甚至刻意躲避，他再度從伊敘梅爾的眼神，看到那股流溢而出的排斥、不耐與敵意。

練完球，安德為了準備考試先行離去，約翰和米亞組隊和學長姐比賽，一些新進的學弟妹則在球場丟著桌球相互追逐，伊敘梅爾再度開溜，修立不自覺跟了上去。

伊敘梅爾轉過頭，看著修立。

修立止住腳步，怯怯懦懦迎上注視。

伊敘梅爾收斂表情，有些不耐，加快腳步接續前行，進入蕉林之中。

修立雖然遲疑，仍然跟了上去。

伊敘梅爾在柵欄前停下腳步，雙眼望向後院中的鳥巢。

修立畏畏縮縮來到伊敘梅爾身旁，像是主動接受任何未知的懲罰。

「你不要再跟著我了，真的很煩人。」伊敘梅爾說，「你不知道自己很黏人嗎？」

修立低下頭，眼神偷覷，不知要不要回應。

「你趕快滾回去啦。」伊敘梅爾說，「最好滾回中國。」

修立想要辯解，說自己真的不是來自中國，話語卻懸在口中。

「聽好，我不會感謝你，我也不需要你們亞洲黃猴子的施捨。」伊敘梅爾的口氣相當強硬。

「我沒有這樣想。」修立呆立原地，「我只是想要幫助你——很抱歉，如果我做錯什麼。」

「安德看不起我，沒想到你也看不起我，你們這些狗雜碎，你以為砸了錢，我就必須要當傀儡嗎？你以為你們政府捐了錢，就不會斷交嗎？」伊敘梅爾憤恨說著，「我不需要同情，我的國家也不需要你們高高在上的幫忙，這裡是黑人的地盤，我們有黑人的規則，我們用黑人的方式生活。」

修立受到斥責，不敢抬起頭來，任何注視都會刺傷他的眼珠。

「你不要跟過來，我暫時不想跟你說話。」伊敘梅爾說。

修立感覺心中的受挫，包含一種難以解釋的疼痛、委屈與羞愧，身子逐漸僵化，任何輕微的敲擊都將引起崩解。

伊敘梅爾越過柵欄，「就這樣，我要去找鳥巢玩了。」

修立望著伊敘梅爾，卻又彷彿沒有意識到自己的雙眼正在注視，直到被抽空的腦海開始浮現一些聲音，一些影像，一些極其相似的動作。鳥巢瘦弱的雙膝，擺滿伊敘梅爾摘下的熟紅芒果、青綠釋迦和一串黃澄澄香蕉。伊敘梅爾將吃剩的香蕉皮覆蓋於鳥巢頭頂，將芒果皮一片一片黏貼於鳥巢手臂，將吐出的釋迦籽當作彈珠塞進鳥巢口袋，並且在鳥巢的臉頰抹上一層濕黏泥土。鳥巢興奮地搖晃手腳，發出含糊聲音，臉上露出一絲笑容。

夠了——有人大喊。

修立不知道自己竟然能夠發出那樣強而有力的聲音，一時之間，受到巨大的驚嚇，然而緊隨而來的是憤怒，是膽怯，是一種對自己以及對他人的強烈畏懼。身子不由自主顫動，胸口沉沉鬱積什麼，熱脹的血液衝上頭顱，修立想要再說些話卻說不出口，眼淚猝然肆無忌憚流淌了下來。修立不知道該如何反應，不知道情緒失控了，等到他冷靜下來，重新意識身處的環境，他發現自己瑟瑟發抖，身子正在一片蓊鬱的香蕉林中，深褐葉鞘四處散落，全身衣褲沾染泥土，下巴、手掌和雙腳膝蓋都磨破了皮，滲出鮮血。

修立許久許久都沒有好好地哭了，他覺得自己似乎在哭泣之中，獲得某種難以解釋的慰藉，像是另一個自我來到面前，給予擁抱。

參與牙買加國際比賽前幾天，修立忽然收到菲爾傳來的簡訊，說是鳥巢死了，而且是淹死在自家的小型泳池。

收到消息的午後，天空下了一場雷陣雨，桌球訓練中心多處滲水，地板都濕了。三人鬱鬱寡歡，無法專心，克爾斯教練對年輕選手發了脾氣，有些責備，說如果再不好好練球，乾脆直接取消機票，不用坐飛機去國外比賽，正好替青年體育部省一些錢。

「鳥巢真的淹死了嗎？」安德的聲音有些顫抖。

「我不知道。」修立說。

「鬼才相信。」伊敘梅爾扭過頭說，「菲爾那傢伙最喜歡亂講話。」

「會不會是被害死的。」安德說。

「我覺得很有可能，我看電影都是這樣演的，很多恐怖小說也都是這樣的故事。」修立說。

「你們想太多了，神經病。」伊敘梅爾說，「說不定鳥巢正在哪裡取笑我們，人才沒有那麼容易死掉。」

「可是很多時候，人就無緣無故死掉了。」安德說。

修立點頭，「有些人走出家門，就再也不會回來，尤其走在卡斯翠那些黑幫佔領的地盤時更要小心。」

「我才不信。」伊敘梅爾說，「等比賽回來，我們再一起去找鳥巢玩。不跟你們鬼扯了，肚子好餓，我要坐車回去吃飯。」

安德和修立坐在長凳上沉默許久，抬起頭，看見對方的眼神隨即轉過頭去。

「我覺得鳥巢不想活了。」修立說。

安德不敢否認，也不敢輕易認同。

「趕快回去休息吧，」修立說，「我們都需要好好睡一覺。」

兩人收拾背包，一同離去。

牙買加舉辦的泛加勒比海國際桌球比賽結束了，五日賽程，分為成人組與學生組，學生組又以年紀分為不同組別。克爾斯教練止步成人組男單八強，伊敘梅爾和安德同時止步學生組十六強，只有修立打進準決賽，可惜只有獲得第四名。

比賽結束之後，克爾斯教練要求學生一個禮拜不要碰觸球拍，不要打球，不要去想比賽哪裡表現不好，只需要好好放鬆。

暑假即將結束，伊敘梅爾、安德和修立無所事事，來到桌球訓練中心閒晃，看高年級學長姐練習。伊敘梅爾先行開溜，說是要去買香蕉蛋糕。過一會兒，安德也離開，說是要去買芒果汁。修立獨自坐在長形板凳，看著球一左一右一左一右來回彈跳，不知為何，心中浮現一股無法言說的疲倦。修立走了出來，撿一根樹枝當作鼓棒，隨意拍打地面，晃到大馬路，坐在公車站牌前凝視爬行的螞蟻，再凝視路邊一隻被輾斃而露出內臟的貓咪，晃回斜坡，不知不覺爬了上去。修立先看到安德，順著安德觀望的眼神，看到躲藏柵欄後方的伊敘梅爾。修立默默跑到安德背後，拍打肩膀，準備一同前去驚嚇伊敘梅爾。兩人歛住氣息，躡手躡腳往前。來到伊敘梅爾身邊，修立和安德立即默契般安靜了下來。三人一同望向雪莉斯太太的後院，小型游泳池的水已乾枯，底部蓄積一層肥厚的泥土與四處散落的枯枝。掉落地面的果實散發熟爛味道，酒精隱然發酵。他們一度以為自己看見了鳥巢，只是再仔細看，便知道那只是一個綠色布偶，深褐鬈髮，黑色眼珠，紅色厚唇。布偶有著大大的頭，細細的頸，身軀乾癟，手腳不成比例細長。綠色布偶坐在鳥巢平常坐的鏽蝕輪椅上，垂著頭，露出微笑，手腳癱軟垂放。

鳥巢不在，三人卻像是看見了鳥巢。

「你們來這裡做什麼？」伊敘梅爾說。

安德和修立面面相覷，如同考試作弊被當場抓到的模樣。

「我來找鳥巢玩。」修立說。

「我也是，」安德問，「那你來這裡做什麼？」

「你管那麼多。」伊敘梅爾說，「我愛去哪裡就去哪裡，你們不會偷偷跟著我吧。」

「我才不想浪費時間。」安德反駁。

三人同時看向網狀柵欄另一側。

雪莉斯太太的聲音從屋內傳了出來，「吃飯了喔——」

安德受到驚嚇，轉過身，拔腿起跑。

修立和伊敘梅爾隨即邁開腳步跟上安德。

「停下來啦，你跑什麼？」伊敘梅爾說，「那隻母豬又沒有追上來。」

「我又沒叫你跟我跑。」安德停下腳步，喘著大氣，雙手撐扶膝蓋，「我不能跑回去尿尿喔。」

「狗屁，你被雪莉斯太太嚇到了，真是沒用。」伊敘梅爾調侃。

「我才沒有。」安德說，「我只是不想待在那裡，不，我是不想和你待在那裡。」

「修立你評評理。」伊敘梅爾說，「安德一定是被嚇得尿褲子。」

「唉，你們兩個成天吵來吵去的，不會煩嗎？」修立說，「明明就想找鳥巢玩不是嗎？剛剛——」

「把話說完啊。」伊敘梅爾說。

「剛剛我好像聽見鳥巢的聲音。」修立皺起眉頭，陷入思考，「我也不太確定，鳥巢不是死掉了嗎？」

三人不約而同沉默了下來。

「你們來之前，我有看到那個綠色玩偶站起來走動喔。」伊敘梅爾露出詭異微笑。

「怎麼可能？你眼花了吧。」安德反擊，「不然就是在作夢。」

「鳥巢會不會躲在裡面？」修立有些狐疑自己說出的話，「我是指，躲在布偶裡面。」

「鳥巢一直都躲在裡面。」安德說，「我覺得鳥巢很早就放棄了自己，很早就決定放棄這個世界。」

「或許鳥巢搭了飛機去美國紐約的大醫院治療。」修立說，「有很多新聞都是這樣播的，得到怪病的小孩受到慈善家贊助，找了世界上最頂尖的專業醫師開刀，最後奇蹟發生，小孩健康痊癒。」

「白癡喔，我覺得遇上慈善家的機率，比被雷打中的機率還要低。」伊敘梅爾說。

三人走回桌球訓練中心。

一雙一雙眼睛亮了起來，一雙一雙眼睛暗了下去，網狀柵欄隔開兩個世界，沒有人願意透露自己看見的一切。

兩層建物，赭紅傾斜屋頂，米色壁面有著透明方窗，默默蓄積泥土的泳池，一張隨時可能發出金屬摩擦聲的輪椅，綠色人偶癱軟身子，面帶微笑，兩顆大大的眼珠不斷注視遠方如同注視死亡。雪莉斯太太坐在輪椅旁，指甲已經很長了，卻不急著修剪。臉龐漆黑，長髮鬈曲，雙眼黯淡動也不動，畫了妝，塗抹口紅的嘴唇像是被毆打後留下的血漬。身上的衣服十分顯眼，白色為底，綴飾紅色雨滴點，新的衣裳卻有著陳舊的感覺。許多天了，雪莉斯太太仍然穿著那套紅色雨滴白底套裝，面無表情坐在布偶旁，望向前方，同時沒有望向任何地方，像是曝曬，像是皸裂，像是等待一個遙遠的回應。輪椅右側，有一張木製圓形小桌，桌面放置強化玻璃，再以織有花草禽鳥的白色布巾覆蓋，上頭擺放椰子餅乾、樹薯餅和一瓶蘋果利樂包果汁。

下午，土地蒸騰暑氣，林中泥土柔軟濕潤，如同舌頭，葉縫之中猶能透出清朗日光，雪莉斯太太不見人影，三人決定再次越過柵欄。

伊敘梅爾來到輪椅旁，伸出指頭戳刺綠色布偶，撓弄鬈髮，右手大掌掐住布偶細頸用力搖晃。安德雙手握住輪椅後方的推把，往前往後，輪椅立即發出嘎吱嘎吱聲響。修立十分緊張四處張望，擔憂雪莉斯太太手持棒棍隨時現身。安德伸出手，想要搶奪布偶。伊敘梅爾不放，左手緊抓，右手強力推搡。安德雙手抓住布偶頭部，伊敘梅爾抓住布偶雙腳，兩人用力拉扯，相互叫囂不肯退讓。

修立十分著急，低聲囁嚅，「你們不要這樣子。」

安德提高嗓音，「我早就看你不順眼了，你這個雜種。」

伊敘梅爾回應，「你這個婊子養的（You son of a bitch!）。」

「你們不要這樣子好不好。」

布料撕裂的聲音赫然響了起來。

安德和伊敘梅爾受到驚嚇，停止拉扯，兩人目瞪口呆看向修立。

不知何時，修立從褲袋之中掏出防身摺疊刀，亮出刀子，猛然刺向布偶，在肚腹留下一條歪歪斜斜的割痕。

「都是你啦。」伊敘梅爾先鬆開手。

「不要發神經，把刀子收起來，我們鬧著玩而已。」安德說。

修立沉下臉，收起折疊刀，「對不起，我不是故意的。」

布偶腹部裂開，露出許多化纖棉，安德和伊敘梅爾將人造棉重新塞進腹肚，再將布偶放回輪椅。

「我真的不是故意的。」修立說。

「等一下雪莉斯太太看見一定會發瘋。」安德說。

「沒關係，因為這個老太婆早就已經發瘋，不會發現的。」伊敘梅爾刻意轉移焦點，露出鬼臉，「你們看，是陸蟹。」

三人越過草坪，來到泳池底部。

陸蟹鑽進泳池的泥土洞穴。

伊敘梅爾皺著眉，思考對策。

安德和修立蹲下身，仔細觀察，拿起樹枝往洞內戳刺。

「這隻死陸蟹，如果被我抓到一定要烤來吃。」伊敘梅爾說。

「問題是你抓不到，」安德說，「而且沒有人在吃陸蟹。」

「誰說我抓不到？」伊敘梅爾說。

「那你抓給我們看，不要只會耍嘴皮。」安德說。

伊敘梅爾撇過頭，一臉不認輸，執拗地在枯乾的泳池走來走去。

安德跪落，兩手扒著泥土，想要挖個大洞。

「鳥巢會不會就是在這裡淹死的？」修立問。

安德停止扒土，看著表情憂愁的修立，「應該就是這裡吧。」

「真是奇怪，我忽然有些懷念鳥巢。」修立說，「你們還記得鳥巢的聲音嗎？」

「我知道了。」伊敘梅爾先是拍打頭顱，緊接拍打安德和修立的肩膀，「我們來尿尿。」

安德和修立用狐疑的眼神望向伊敘梅爾。

「灌水啊。」伊敘梅爾說。

「有用嗎？」修立說。

「不試試怎麼會知道。」伊敘梅爾篤定地說，「我們三個人圍在一起朝著洞口尿尿，一定可以逼出陸蟹。」

安德有些遲疑，「可是我不想跟你們一起尿尿。」

「我也是。」修立說，「我會尿不出來。」

「真沒用。」伊敘梅爾說，「還虧我把你們當作兄弟。」

「這根本是個爛主意。」安德說。

伊敘梅爾站立兩人面前，拉下褲子，露出陰莖，尿液精準射至洞口。

安德和修立面面相覷，立起身，同樣拉下褲子，露出陰莖，只是兩人實在尿不出來。

「你的陰莖有長毛。」安德說。

「因為我是大人。」伊敘梅爾有些自傲，右手擺弄，使陰莖上下搖晃，「賺了錢，我要去買女人，有買過女人，才算得上是真正的男人。」

安德和修立拉起褲子，看著伊敘梅爾的尿液灌進洞口。

洞口的泥土開始塌陷，彷彿傷口結疤積成小小的水窪。

「你們這群渾蛋，又跑來這裡做什麼？」雪莉斯太太的聲音由遠而近逼迫而來。

安德和修立瞬間拔腿逃跑，越過柵欄。

伊敘梅爾杵成木頭，不知是否應該止住尿液立即竄逃，遲疑著，最後索性一不做二不休，假裝鎮定，壯起膽子哼著歌，準備好好撒完尿。

沒什麼好怕的，自己是大人，雞巴都已經長毛。

雪莉斯太太來到伊敘梅爾身邊，看著他撒尿，「我警告過你們很多次了。」

伊敘梅爾絲毫不理會，刻意昂起下巴，繼續尿。

雪莉斯太太拿著木棍準備攻擊，就等伊敘梅爾拉起褲子。

伊敘梅爾刻意對著雪莉斯太太用力甩動陰莖。

「我打得你叫媽媽。」雪莉斯太太拿著木棍，朝伊敘梅爾的屁股狠狠打去。

伊敘梅爾動也不動，十分倔強，挨打幾下之後，突然鐵青著臉，縮起上半身，往雪莉斯太太猛力撞擊。

雪莉斯太太跌倒在地，發出尖叫。

伊敘梅爾以毒辣眼神瞪視雪莉斯太太，撿起木棍，罵了一句：「難怪鳥巢會去自殺。」

「你說誰自殺了？」雪莉斯太太露出驚惶面容，聲音失控充滿銳角，「你說誰？」

伊敘梅爾舉起木棍，想要朝向雪莉斯太太揮打。

雪莉斯太太沉下頭，緊咬唇，兩眼矇矓積滿淚水，面向伊敘梅爾剛剛尿過的地方倒臥，「沒有，沒有人離開，你騙不了我，你絕對騙不了我的——」

伊敘梅爾丟掉木棒，轉身朝向網狀柵欄後方的修立和安德跑去。

伊敘梅爾恨死雪莉斯太太，不斷咒罵她，說要給她好看。

安德和修立有些擔心，害怕雪莉斯太太會跑來家裡告狀，或是做出什麼瘋狂的報復行為，兩人練球練得更加認真，希望透過體力的消耗，排遣內心的恐懼。這些日子以來，雪莉斯太太沒有出現，彼此對談也很少談到鳥巢，但是腦海仍然不時浮現那些畫面，濃密的蕉林，積累泥土的泳池，綠色布偶，停滯轉動的輪椅，掉落草皮的腐爛芒果，雪莉斯太太不斷叫喊的瘋狂模樣。影像沉浮，逐漸產生難以言喻的吸引力，綠色布偶斷折頸子，哭泣面容如同微笑，舉起瘦瘦的手，發出虛軟聲音：「我們一起來玩好嗎？」

安德不願意承認鳥巢死了，認為這只是嚇唬人的謊言。修立知道鳥巢離開了，不禁想著，真的是自殺嗎？手腳無法自主移動的人，真的有辦法自殺嗎？會不會是雪莉斯太太將鳥巢推向泳池？伊敘梅爾的焦慮隱藏得很深，不敢正視，一股腦兒將心中的疑惑轉為抵抗。有時，伊敘梅爾會有想要毆打雪莉斯太太的念頭，只是那樣的想法過於兒戲，幼稚，他覺得自己已經成熟得可以侵犯雪莉斯太太。是的，伊敘梅爾覺得自己必須學著用男人的眼光來衡量一切，戲弄，嘲諷，甚至狩獵，他要告別童年的自己，他要拒絕任何人再把他視作孩子，他要幹死她，讓這個又老又黑的醜女人呻吟出水。但是，伊敘梅爾知道，這一切都只是虛張聲勢，他沒有那個膽。

三人各自懷著不同的心情回到網狀柵欄後方，以相似卻又相異的眼神望向泳池，帶有不同揣測，以及深深愧疚。他們沒有向彼此透露，同時不願揭露內心的恐懼，懷有默契，絕口不提自己陸陸續續躲在雪莉斯太太的後院，凝望那動也不動的綠色布偶。

幾日傾盆大雨，綠葉洗得清亮，廢棄的泳池再次積滿了水。

「你怎麼會在這？」安德說。

修立受了驚嚇，身子悚然，「我什麼都沒做。」

安德好奇地看著修立，緊接露出尷尬笑容，自己不禁感到一陣心虛。

「那你來這裡做什麼？」修立嘟著唇，低下頭。

安德撇過頭，刻意不理會修立。

兩人的眼神隨著清涼夏風穿過網狀柵欄，望向雪莉斯太太的後院，近近貼近，遠遠眺望，身影逐漸融解於樹蔭，最後只剩一雙一雙不斷眨動的眼睛。

時間凝止，被遺棄的兩人聽見胸腔內沉重的心跳聲。

一雙手驟然按壓安德和修立的肩膀，「你們這兩個傢伙竟然偷偷跑來，被我抓到了吧。」

「來這裡晃晃不行嗎？」安德說。

「你不是也來了。」修立說。

伊敘梅爾昂起下巴，「當然不一樣，我是來這裡報仇的。」
「你一定又會被雪莉斯太太毒打一頓。」安德詛咒。
「我才不像你們，我跑得比牙買加閃電還快。」伊敘梅爾說，「就算遇到了，我也不怕。」
「能不能不要再惹麻煩。」修立蹙緊眉頭。
「擔心什麼，我已經偷偷進去好多次了。」伊敘梅爾興奮地說，「每到黃昏，輪椅旁的桌子都會擺上很多吃的，像是椰子餅、木薯餅、蘋果派和三角咖哩黃金酥，有時候還有巧克力牛奶可以喝。你們兩個小雜碎是來這裡偷東西吃的吧。」
「才不是。」修立說。
「我們又不是你。」安德說，「說不定那些東西都加了老鼠屎，是雪莉斯太太故意整你的。」
「想太多了。」伊敘梅爾不服氣地說，「你們看，布偶旁的桌子又擺了很多吃的。」
安德和修立早就注意到桌面擺放了木薯餅、椰子麵包和蘭姆酒蛋糕。
伊敘梅爾翻過柵欄，跳了過去，「趕快進來吧。」
安德和修立面面相覷，略有遲疑。
「我要獨吞點心喔。」伊敘梅爾說，「一定得氣死這個老太婆。」
安德不想被看不起，壯起膽子翻過柵欄。

修立怯怯懦懦尾隨。

伊敘梅爾來到綠色布偶前方，伸出手，狠狠猛掐布偶，伸出舌頭扮鬼臉，抓起可口味的木薯餅，坐在草皮吃了起來。安德看見伊敘梅爾狼吞虎嚥的模樣，隨即抓起椰子麵包猛啃，彷彿是在比賽誰吃的速度比較快。修立坐在安德旁邊，吃著帶有蘭姆酒清香的蛋糕。三人抬起頭，望著熱熔熔的太陽逐漸西傾，鮮豔的紅，像是心臟的顏色。

「我好想念鳥巢喔。」安德說，「雖然我也不知道為什麼。」

「鳥巢好像真的不在了。」修立抿著下唇，一臉落寞，「總感覺不是我們拋下鳥巢，而是鳥巢拋下我們。」

「不在就不在了嘛。」伊敘梅爾一口氣將剩餘的木薯餅塞進嘴巴，隨手將廢棄的紙袋揉成一團，朝著蕉林丟去，「好渴喔，今天沒有果汁喝。」

「你們不會覺得奇怪嗎？」修立說，「為什麼這裡會擺著點心？」

「有什麼好奇怪的，這些都是雪莉斯太太的下午茶。」伊敘梅爾說，「不然你以為她那個母豬身材怎麼來的。」

「我想回去了。」安德說。

伊敘梅爾先行起身，跑至泳池邊，雙膝跪地，傾身，以手當瓢咕嚕咕嚕喝水。

安德和修立也來到池邊，跪地舀水。

「走吧。」伊敘梅爾說，「今天的任務已經圓滿達成。」

伊敘梅爾和安德先行翻過柵欄。

修立來到結實纍纍的釋迦樹下，想要採摘幾顆果子。微風吹來，帶來一股香氣，然而那並非果實熟爛的味道，而是羼雜汗水體味的濃郁香水，是的，修立記得這股味道。修立在釋迦樹下轉過身，知道自己惹了大麻煩。雪莉斯太太沒有出現在後院草坪，然而，修立的的確確看見了她。雪莉斯太太站在玻璃窗後，仍然穿著那襲紅色雨滴白底套裝，黑皮膚似乎更深了。雪莉斯太太沒有咒罵，沒有盛氣凌人，沒有持拿棍棒奪門而出，而是站在屋子裡望著他，望著他們的一舉一動。那張模糊的臉多麼哀傷，卻又多麼滿足，一雙濕潤的眼睛開開闔闔不斷顫動。

修立看著雪莉斯太太，雪莉斯太太看著修立。

沒有人在這樣的相互凝視之中畏罪潛逃。

沒有人有罪。

修立不清楚雪莉斯太太的注視，為何充滿一種難以解釋的深情，彷彿包容，洋溢關愛，近乎疼惜，他只覺得自己應該受到懲罰。

「別發呆，快過來。」伊敘梅爾說。

修立將釋迦放進口袋，轉過身，攀爬而上奔向遠方。

伊敘梅爾和安德打了勝仗般穿行林葉。

離開之前，修立再次轉過頭，眼神穿過網狀柵欄，穿過布偶，穿過讓夕陽染紅的玻璃窗，看見雪莉斯太太流著眼淚靜靜微笑。

譯者解說

及川茜

截至二〇二二年六月的現在，與臺灣保持邦交的國家有十四國，其中之一便是加勒比海的島國聖露西亞。一九七九年從英國自治領獨立的聖露西亞面積六百二十平方公里，約相當於一個淡路島，人口約為十八點三萬人（根據日本外務省資料）。本作描寫了聖露西亞首都卡斯翠的風景。一九九二年諾貝爾文學獎得主，也是劇作家兼詩人的德瑞克・沃克特故鄉就在這座島上。

聖露西亞與臺灣的關係有著複雜背景。一九八四年五月建立外交關係後，一九九七年八月曾因聖露西亞政權交替而曾一度斷交。不過，二〇〇七年四月再度建交至今。

一九七一年聯合國承認中華人民共和國後，與臺灣維持外交關係的國家數量便不斷減少。光看二〇一六年蔡英文執政後的狀況，就有聖多美普林西比、巴拿馬、多明尼加共和國、布吉納法索、薩爾瓦多、索羅門群島、吉里巴斯、尼加拉瓜等國家與臺灣斷交。此外，經過二〇〇三年SARS疫情，儘管臺灣於二〇〇九到一六年以觀察員身分加入世界衛生組織（WHO），二〇一七年後即未再受到參加許可，甚至二〇二二年新冠疫情中仍未能加入世界衛生組織。在這樣的狀況下，臺灣社會也開始產生了危機意識。當發生世界規模的災害或危機時，臺灣的國際社會地位往往形成重要的問題。作為「新南向政策」的一環，蔡英文政府任內強化了與東協各國、南亞、澳洲及紐西蘭等國的關係。

除了上述國際情勢，選擇以聖露西亞為小說舞臺，或許也來自連明偉本身曾在聖露西亞當過志工的個人生命經驗。透過半官方性質的財團法人「國際合作發展基金會（ＩＣＤＦ）」派遣的各國志工，最初只有小說中修立之父擅長的農業技術團，到現在已拓展出各種專業領域。順帶一提，連明偉當時是以桌球教練身分赴任，在當地指導如伊什梅爾和安德那樣的學生打桌球。

小說中譯為「鳥巢」的男孩名字，原文就是「鳥巢」。根據作家本人的說明，「巢」這個字來自樹上鳥巢中三隻雛鳥的象形。這三隻雛鳥正象徵著修立、伊敘梅爾與安德三位少年。人的身體就像鳥巢，一方面作為養育雛鳥的溫床，一方面也是精神的黑洞。一如坐輪椅的少年「鳥巢」「一直躲藏在裡面」，來到聖露西亞與當地學生坐在同一間教室內學習的修立，同樣經歷過將自己隱藏在黃皮膚下的時期。

臺灣與聖露西亞這兩座島嶼，分別擁有日本與英國殖民地的近代化經驗，今後也將各自懷抱著內部的裂痕，步步邁向嶄新的共生歷史。

絕緣

절연

鄭世朗

吉川凪 譯

鄭世朗

정세랑

Chung Serang

一九八四年生於首爾。曾任編輯，二〇一〇年在文學雜誌《Fantastic》上發表〈Dream ,Dream, Dream〉，正式踏入文壇。二〇一三年以《under, thunder, tender》獲得創批長篇小說獎，二〇一七年以《五十人》獲得韓國日報文學獎。日語譯作有《保健教師安恩英》、《在屋頂上見面吧》、《發出聲音》、《奶奶的夏威夷祭祀》、《地球上唯一的韓亞》等，作品內容包括科幻、靈異等多變風格，廣受各世代喜愛。

佳恩曾經做過一個夢，夢裡無人的電影院座位被撒上大量的消毒粉。走在空無一人的街道上，無意間進入電影院，坐在白色粉末上看大銀幕，電影畫面斷斷續續跳接。夢中的自己笑了笑。就是這樣的一個夢。覺得好笑的是，都已經失去至今的日常了，消毒粉到底是誰撒的，又是誰在操作放映機。沒想到隔年，真的變成與夢境相似的世界，導致佳恩再也忘不掉那個夢。

即使發生看似不可能發生的事，也能像早已預料般接受。然而，當原本以為不可能發生的事是自己招致時，人往往會慌張失措。佳恩決定再也不要和親近了十八年的善貞及亨祐見面了。長久維持的隨性關係，原本堅信即使從中年邁入老年也將繼續維持的緣分，居然由自己親手斬斷，真是做夢也想像不到。感覺就像在人生裡跌了一跤，又像影像與聲音不同步。

「妳這人真嚴厲。」

善貞這麼說的時候，佳恩喃喃回應：「妳要這麼說我也沒辦法。」是在嘴裡嘟噥而已？還是真的說出口了？自己也不是很確定。

佳恩一個月至少會去善貞和亨祐家兩次，是因為他們家離自己隸屬的影像製作公司很近。公司位於上岩洞和江南中間，從兩邊都能去，但實際上從兩邊去都有點遠，又是陡斜的上坡路，對體力不夠的人來說是一大考驗。職業性質的緣故，坐著的時間很長，心想至少通勤時走點路吧。善貞和亨祐家的公寓在離公司最近的車站對面，雙腿自然而然就走了過去。見了面也沒做什麼，多半都在吃辣炒年糕。

「在辣炒年糕裡放蒜頭，會因為蒜頭味道太重，吃不出年糕原本的味道。我也不喜歡放辣椒醬，是純辣椒粉派的。」

亨祐每次吃辣炒年糕都要強調這個。學年相近，畢業後又實際持續在傳播業界工作的人不多，佳恩還有往來的，頂多就是亨祐了。這間公司在佳恩當初進來時還是一間單純的電影公司，後來慢慢也接電視影像的製作。原本分發進導演部門的佳恩發揮了現場編輯的才華，先做了影像剪接助理，現在是一個影像剪接師。公司幾年前把影像製作部門獨立為子公司，專門承包企業活動攝影和個人影片的攝影剪輯。老闆們看似對金錢沒概念，眼光倒是意外的精準，總是搭得上賺錢事業的列車。佳恩對職務分配沒有怨言，安分轉移到子公司。影像製作公司採用指定剪接師的制度，無論內部製作或外部發包，佳恩一直都負責綜藝節目的剪接，要說不可思議也是不可思議。她自認不是有趣的人，或許是精準展現氛圍和取得剪接平衡的能力為她博得了好評吧。雖然不是沒有配出更逗趣字幕的剪接師，但那些人也經常引起爭議。相較之下，佳恩的剪接大概更給人務實穩健的感覺。明明只是沒引起問題加上動作快而已，佳恩認為自己的實力受到高估。大家都說，她能從乍看之下無關的事物中找出脈絡，只須移動、剪接幾個片段，就能把故事講得活靈活現，連預告都交給她也不用擔心。錄影當下判斷氣氛太沉重無法使用的鏡頭，透過她的剪接也會變得有趣起來……她不知道自己為何被捧得這麼高，但也沒必要特地破壞大家的幻想，就這樣按兵不動。對那些自己都懷疑真的是在講自己嗎的傳聞，佳恩既不承認也不否認，持續待在昏暗的剪接室裡工作。她的資歷扭曲膨脹那段時間，亨祐先是參與無線電視臺的紀錄片節目製作，後來落腳傳播學院（註1）。由於他經常表現出悠哉又滿足的樣子，沒當過電視臺員工的佳恩也不確定這是不是亨祐自己追求的結果。善貞則很早就離開了傳播業界，轉換跑道做行政工作，年近四十時懷孕離職。亨祐和善貞的女兒知娥就算耍脾氣也很可愛，晚上佳恩到他們家時，只要知娥已經睡著，她就覺得可惜。

「妳也該生小孩，很有趣喔，能看見不一樣的世界。」

善貞每次這麼說，佳恩就回答：

「姐（註2），我沒辦法啦。」

佳恩無法坦然說出真心話。上個月，妹妹佳英又發作了。妹妹得了家族中遺傳多年的疾病，佳恩不知道自己是對此感到悲哀，還是害怕生下的小孩也有可能繼承這個問題。也曾拐彎抹角對兩人透露過這件事，但他們似乎沒聽懂。明知理解他人的人生並不容易，依然希望能夠獲得理解。

「前陣子佳英突然說小時候家裡失火，爸媽和我都丟下她自己逃命去了。」

「真有這種事？」

「不、當然沒有。知道她是生病了才說這種話，我很難過。我們姊妹感情明明那麼好，現在卻產生了嚴重裂縫。她什麼話都不跟我說，好不容易開口，說的卻是錯誤的記憶。」

佳恩偶爾會像這樣透露關於妹妹的事。然而下次見面，善貞還是會慫恿她生小孩。佳恩多半認真回應，不過有時也覺得麻煩，只好笑著打馬虎眼，說自己和先生已是倦怠期的週末夫妻。亨祐有時會制止善貞，有時只會幫腔說些知娥有多可愛的小插曲。

「可是，我真的想做的是……登出吧。」

佳恩藉著幾分酒意這麼說。

「登出？」

「入口網站新聞裡，有一篇提到天災中避難人們的報導，附的照片拍到一位女性，穿著打扮引起話題，被傳播到各種網路社群上。最後，下面充滿連說出口都令人作嘔的留言……」

「妳沒事去看那些東西幹麼？」

亨祐皺起眉頭。

「哥（註3），又不是想看才去看，就算不想看也會看到啊。」

「不要上什麼網就好了。」

佳恩認為亨祐就是不太上網，才得以老得一點都不醜陋。

「然後呢？那件事又怎麼了？」

「那不是一天兩天的事，網路上更過分的事要多少有多少。感覺像是超出內在容器的容量了……不從這個世界登出不行。」

聽到佳恩這麼說，善貞臉色一沉：

「妳該不會在想什麼奇怪的事吧？」

「不是啦，我不打算自殺，但確實認為死了就一了百了。我說的登出，是指登出這個骯髒的世界。」

善貞和亨祐回答：「是啊，是很骯髒。」

「可是，妳這潔癖症不想想辦法治好的話，會無法前進的喔。雖然也有令人厭倦的日子，我認為這世界還是會愈來愈好。比起我們年輕時，現在不是比較好嗎？知娥未來要生活的時代一定也會比現在好。」

從這番話裡感受得到善貞與知娥有多健全。佳恩羨慕她們的健全，同時確信自己沒有那份健全。自己有的，只是無法順利活在這個世界的天性。

「我無法控制自己，所以選擇完全登出。我喜歡小孩但是不生，因為有了小孩就不能完全登出了。頂多就是疼愛像知娥這樣的孩子，做個哪天不知不覺從她身邊消失的阿姨（註4）。」

像是為了實踐這番話，佳恩買了雙門轎車。那種後座不能載人的車。即使如此，她還是會去他們家。儘管察覺大家總在重複一樣的話題，佳恩仍喜歡那種一邊說著同樣話題一邊旁觀自己青春逝去的感覺。喝醉的時候，佳恩會在他們家客廳鋪記憶棉床墊留宿一晚。早上和善貞一起送知娥去幼稚園，借穿善貞的衣服去上班。她曾以為這樣的日子可以永遠持續下去。

佳恩喜歡上善貞和亨祐，是因為他們救了她。那是彼此都還不到二十五歲時的事，想想簡直就是上輩子。當時，佳恩為了與男友之間的關係而苦惱，沒有人能保護她。男友是傳播系上名符其實的Alpha男（註5）。一頭茂密得看不到分線的黑髮與粗眉，令人印象深刻。畢竟他身高足有一百八十六公分，想看到頭上分線的機會也不多。世人對高大的美男子總是特別親切，他可說是集教授與學長姐的寵愛於一身。不只如此，男友還有個知名主播叔叔，曾來系上開過特別講座。大家都喜歡他，沒人發現他會毆打佳恩。或者，知道也視若無睹。佳恩從沒想過找人傾訴，只是默默等待自然分手的時機。比起暴力，她更無法忍受與朋友交惡。雖然不知道是不是故意的，每當他發現佳恩跟誰走得近，就會捏造佳恩根本沒說過的話，巧妙扭曲她的意思，造成別人對她的誤會。接著，又在佳恩不在場時抱怨佳恩情緒不穩。真要說的話，那個年紀的孩子誰沒有情緒不穩的時候，他卻將佳恩的狀況形容成病態。回想家族病史，就連佳恩自己也信了他說的話，陷入必然的孤立。即使過了十幾年，現在依然難以判斷他做的那一切究竟是出於意圖還是本能。說不定，意圖和本能原本就是同一件事。

善貞和亨祐槓上身材高大，個性活潑，前途光明，在學校裡擔任重要職位的他時，佳恩並不在場。一次喝到天亮的聚會上有人提起佳恩，他一如往常說了佳恩的壞話。這時，兩位學長姐對他提出異議。他們說「你不能這樣對待佳恩」、「我們知道你傷害了她」……他當然生氣否認。這段對話，透過一個不太熟的同學傳入佳恩耳朵。不知道對方為何要告訴她。總之，那不清不楚的轉達方式姑且不提，得知這對學長姐情侶替不在場的自己發聲，佳恩對他們產生了好感。不過，實際上和他們變得親近，已是畢業後的事了。在那之前，佳恩經常回想他們說的話，告訴自己「我不該受到那種對待」、「他傷害了我」。善貞和亨祐的話拯救了佳恩好幾次。男友最後沒能進入媒體業工作，他那後來從政的叔叔因為屢屢鬧出醜聞退出政壇的事也令佳恩莫名感到痛快。就連條件那麼好的他都進不了的業界，自己不但進來了，還持續工作到現在。簡直就是奇蹟。在導演部門的三年和當剪接助手的五年，佳恩或許都靠一股毒性撐了過來。唯有遠遠稱不上 Alpha 的人，體內才能持續擁有這種毒性。

因此，聽到同為傳播系畢業的李潤燦成為傳播學院講師時，佳恩為亨祐感到擔心。老實的亨祐好不容易在這個職場站穩腳步，現在來了潤燦這種人，他一定很不舒服。與亨祐同屆的潤燦，和佳恩那個前男友也是朋友。學生時代的潤燦不太起眼，當他在某本雜誌上以大眾文化評論家出道時，不少系友疑惑地問「欸，這人是誰啊」。然而事實上，女生都知道潤燦。潤燦每個學年交往的對象都不一樣。他給人的印象是皮膚白皙，長相溫柔，總穿著整燙平整的襯衫。到了新學期，一起做小組作業時，交往的對象往往又跟上次不一樣了。大概是這種程度的認識。這樣的他在與觀眾互動為賣點的新聞節目及教養綜藝節目當起評論來賓則頗令人意外。去年，聽到他接連對好幾個自由接案的女編劇出手的事被踢爆時，佳恩有點吃驚。

「不上不下地成名又不上不下地結束了呢。」

「畢竟不是多有名的人，引起的騷動好像也不算大。」

來編輯工作室的人們皺眉聊起潤燦的傳聞。佳恩還記得自己苦笑心想「這種傳聞甚至傳到我這昏天暗地的編輯室來了呢」。過了一陣子，佳恩都忘記這件事了，竟然聽到傳播學院錄用潤燦為講師的消息。她一看到亨祐就問：

「到底是哪個白痴讓那種人當講師的？應該是權力很大的人吧？」

不管怎麼想，這都是一句安慰的話，亨祐和善貞聽了卻臉色大變，令佳恩不知所措。

原來是亨祐。邀請潤燦當講師的人似乎就是他。無視其他資歷更長，評價更好，什麼問題都沒有的候補人選，拚命說服其他相關人士錄用潤燦。亨祐事前應該也跟善貞商量過這件事才對。佳恩完全無法想像曾經幫助自己的兩人如何討論這件事，又必須在毫無心理準備的情況下繼續這個話題。

「為什麼？你跟那傢伙很熟嗎？」

說不出委婉的話，單刀直入地問了，惹得亨祐不太高興。

「跟那無關，我們也不熟。」

「就算要用人渣也還有更好一點的選擇吧。為什麼偏偏是那傢伙。我還以為是哪個高層硬塞進去的，原來是哥你推薦的嗎？」

聲音逐漸激動，掩飾不住內心的不耐。

「我也跟善貞談過……私人問題要公眾付出代價是不對的，我認為現在正是議論這個問題的時候。」

亨祐大力皺眉，極力控制表情不扭曲。

「他都對六個人下手了，不用他有什麼不對？是六個人耶！」

不是一個兩個，是六個人。佳恩還以為自己搞錯數字，錯愕得說不出話。

「下手？既不是性騷擾也不是強暴，為什麼要說成那樣？」

這次輪到善貞開口。

「我仔細讀過控訴文，那些都是彼此合意下發生的關係。認為成人女性缺乏自己決定這種事的能力才是違反女權主義。女人沒那麼脆弱。一般情況下都不會輕易被操控的呀，尤其是從事傳播工作的人。」

善貞語氣冷靜，像是早已料到佳恩會有這種反應。善貞背後那一整排的女性主義書籍，看起來簡直像布景道具。

「我身邊的人都說那是不該發生的事件。」

佳恩感到混亂。畢竟是在工作忙碌的時期聽人說的事，說不定自己誤會了什麼。另一方面，善貞和亨祐則經過詳細調查做出判斷，認為那是成人之間彼此合意且不該公開的關係。

「妳也該再好好讀一次控訴文。那不管怎麼看都只是不痛不癢的外遇，公開議論這種事，只會讓其他重大事件中實際受害的人蒙受更大損失。不能因為後來才對自己的選擇後悔就把責任轉嫁到他人身上。」

善貞說得斬釘截鐵。佳恩拿手機搜尋，想找出去年那篇控訴文。一時之間找不到，只能先放棄，急著拋出下一個問題。

「就算是彼此合意，難道沒有違反規定嗎？」

「當時沒有那樣的規定。」

「就算沒有，那也是人人都該理所當然遵守……」

「妳的意思是要追究不存在的規定嗎？」

「可是，節目嘉賓和工作人員之間的權力關係並不對等！」

佳恩為自己也不認識的六個陌生人辯護，聲音顫抖。

「潤燦又不是什麼當紅名嘴，和對方一樣都是自由接案的身分。隨時有可能接不到節目通告的潤燦到底有什麼權力可言？再說，那個節目本身也沒持續太久。」

佳恩搜尋了潤燦上的那個節目，的確沒有做很久，但她的心跳愈來愈劇烈。你們兩個是怎樣？情不自禁這麼想。我信任的學長姐怎麼判若兩人了。快告訴我你們是在開玩笑啊。然而，佳恩哀求的眼神，似乎被誤解為接受了他們的說法。

「潤燦是愚蠢沒錯，但他不是犯罪者。世人卻把他當成真正的犯罪者一般撻伐。這是不對的。他沒有犯罪是明確的事實。」

亨祐強勢地說了「愚蠢」。差點被說服的佳恩弱弱反駁：

「總之，有家室的人不能做那種事吧？我聽說他早就結婚了。」

佳恩和潤燦沒有交情，沒參加婚禮。後來才聽人家說，他們是先上車後補票，因為女方懷孕才匆忙結的婚。

「喔，原來妳不知道啊？」

亨祐露出從容的笑容。

「他結婚時太年輕了，只是一時衝動。夫妻之間什麼都不留，只剩下形式。他和妻子早已分居，沒正式辦理離婚只是為了孩子。」

「在通姦除罪化與假借婚姻姦淫罪（註6）已廢止的現在……為什麼大家反而變得更保守了呢。妳應該懂我意思。」

佳恩裝作沒聽見這句「妳應該懂我意思」，因為有更讓她在意的事。

「小孩呢？」

說潤燦有三個小孩。即使第一個小孩是預期之外的到來，婚姻瀕臨破滅的夫妻會繼續再生兩個小孩嗎？光聽就缺乏說服力。佳恩懷疑善貞和亨祐是否顧慮到潤燦妻子的生活才扭曲自己的信念。你們是怎樣？你們是怎麼了？滿腦子都是這樣的疑惑，那天比預計提早了兩小時離開。

這種不對勁的情感到底從何而來？佳恩為自己的情緒困惑了好幾天。與其說是潤燦，佳恩不願承認善貞和亨祐的行為更令自己錯愕。無法接受不同意見的自己太不成熟了，這念頭使佳恩感到痛苦。思慮周延的人經過一番周延的思考做出與自己不同的結論，相較之下，把這個問題想得過度簡單的自己是不是太膚淺了。

聽善貞說的當下沒有想太多，現在那句「妳應該懂我意思」卻有一種藥錠卡在喉頭吞不下去時的異物感。善貞應該是在暗示佳恩婚前經歷的奇妙四角關係吧。和自己論及婚嫁時，丈夫已經調到外縣市工作。兩人交往雖然順利，他對影像媒體卻沒有太大興趣。這令佳恩感到遺憾，畢竟現代人的婚姻可以說是「今後將一直看著同一個畫面」的行為。這麼想的自己太偏激了嗎？太扭曲了嗎？佳恩為此感到苦惱。碰巧這時，出現一個填補了她內心空洞的男人。在業界聚會上認識的他和佳恩很聊得來，感覺不管說什麼，彼此都能理解對方。三心二意時，佳恩找了善貞商量。善貞很中意佳恩現在的丈夫，也指出佳恩後來認識的男人時常聯絡不上的這點很奇怪。後來才知道，原來他當時有其他正式交往的對象。佳恩原本以為的三角關係，竟然是四角關係。她沒說什麼，默默回到原點，結束了那段關係。

「姐，原來還有『另外一個女人』，只是我不知情。我差點在不知不覺中變成那種角色了呢。」

「任何事都一樣，沒有哪一方一定對或一定錯，這不是一個非黑即白的世界。」

還記得那時這樣笑著帶過，沒想到善貞居然這時拿出那件事來講。七年前，大家都還單身的時代。和潤燦做的事差了十萬八千里遠吧。佳恩和那個男人連手都沒牽過，只是想像了另一個可能而已。難道那樣更壞嗎？一邊這麼嘀咕，佳恩思考著自己和潤燦之間有什麼不同。即使差異那麼大，還是讓她心浮氣躁。

為了消除不適的情緒，佳恩試圖找出當初控訴潤燦的文章。離事件曝光已經有一段時間，原文早就被刪除，不是剩下別人複製的內容，就是全部消失。

第一位女性和潤燦從二〇一四年開始交往一年多。潤燦告訴她正在準備離婚，傳來的卻是潤燦妻子懷第二個孩子的消息，於是她選擇分手。

第二位女性在二〇一五年間與他發生過一次關係，當時雙方都喝醉了。即使性行為本身出於模稜兩可的合意，控訴文提到她既不知潤燦已婚，事後又因他採取逃避態度而深深受傷。潤燦表示自己曾多次告知團隊已婚事實，只是女性自己沒聽見，責任不在他身上。女性對他這樣的說詞表示難以置信。

潤燦與第三、第四位女性交往期間重疊。第三位和佳恩同年，第四位則剛出社會。潤燦在與第三位交往期間，同時接近第四位。第三位向節目主要工作人員提出抗議，當時的紀錄有留下來。然而，由於第三和第四位女性分別任職於不同節目，聽說電視臺對潤燦只提出口頭警告，事情就這樣算了。潤燦和第四位女性交往最久，從她二十三歲到二十七歲。四十多歲的男人和二十多歲的女人交往，不管怎麼看都有問題。雖然沒生過小孩，佳恩想像自己說服女兒三十歲前不准談戀愛的場面。戀愛沒有錯，問題是社會上有太多剝削者。善貞說的對，人們就是在這樣的世道中變得保守。因為這是保護自己最快的方法。

第五位女性在控訴文的開頭就揭露自己患有精神疾病的事實。要是沒有其他控訴者，或許沒有人會相信她說的話。想到這個，佳恩不由得一陣暈眩。比起相信她的人，指責她的一定更多。根據控訴文的內容，潤燦的示好難以拒絕，想分手時也遲遲分不了手。文章最後說，和潤燦的關係導致她病情惡化，花了很長一段時間治療。看到這裡，佳恩嘆了一口氣。如果沒有其他人出來作證，人們會相信她的話嗎。哈維·溫斯坦曾用艾希莉·賈德患過精神疾病反擊她的指控。布雷特·卡瓦諾的事也一樣，如果不是舉發他性侵的女性不只一人，大眾一定不願意相信。必須要有超過三位且無疾病弱點的人做出一致的證詞，否則人們不但不會相信，事情也無法獲得解決。佳恩自己不也如此嗎，自從佳英提起從未發生過的火災，她開始懷疑所有佳英說的話。萬一佳英遇到潤燦這種男人，來向自己求助的話，自己會怎麼做？縱然只是假設，佳恩也難以做出確定的結論。或許會叫佳英去找其他證人吧？要是找不到的話呢？想像中的自己過於無能，陷入極度自我厭惡的佳恩放棄滾動滑鼠。

第六位女性和第四位認識，潤燦的行為才一一被揭穿。潤燦剛接近第六位女性沒多久，她就著手展開調查，和其他幾位女性取得聯絡並整理證詞。她們的訴求很簡單。只要潤燦離開傳播業界，發出明確承認自己行為不道德的道歉啟事。潤燦是離開了業界沒錯，沒想到亨祐給了他回來的機會。那篇模稜兩可的道歉啟事已經撤下，結果兩項訴求都沒得到滿足。

新冠疫情成了佳恩逃避善貞與亨祐的藉口。剪接室不通風，工作性質又無法避免與人接觸，以此為由，佳恩說自己最好不要去有小小孩的家，將近半年沒有登門造訪。再次接到亨祐聯絡，是要她參加傳播系教授屆齡退休的紀念派對。亨祐說不是聚餐，只是聚一聚，而且大家都會戴口罩。

「為什麼我也得去？」

佳恩跟那位教授不熟，又沒修過他的課，彼此印象應該都不深刻才對。

「活躍傳播圈的畢業生不參加說不過去吧？」

亨祐或許被要求最少得召集到幾個人吧。如果是從前，就算不想去，佳恩也會去幫忙湊人數。但是，這次她一點也提不起勁。

「我應該不用算在裡面。」

不確定亨祐如何解讀佳恩的拒絕，要是直接面對面或許一眼就能看出來，現在狀況又不是那樣。幾乎忘記這件事時，收到亨祐的群發電郵，裡面是紀念派對的照片。儘管疑惑，因為是群發電郵，一時也就沒有想太多。沒想到，打開照片一看，不知道是會場太熱還是偷喝了酒，人們臉上都泛著紅光，其中也包括潤燦。以為他上了年紀會變醜，沒想到外貌維持得不錯，令人看了更嘔心。不小心把照片放大來看時，一位合作多年的編劇正好走過，大罵了聲「討厭的傢伙」。

「那傢伙纏著最年輕的編劇不放，我為此和他大吵一架過。」

佳恩忍不住望向對方。

「抱歉，明明是很久以前的事了，說起來還是滿肚子氣。妳看那種人的照片做什麼？」

「他是大我兩歲的學長，現在好像還厚顏無恥地回母校參加活動。」

「聽說他進了傳播學院當講師，搞不好很快就能拿到大學教職了？」

佳恩沒想過這件事，突然一陣反胃。

「那位編劇也很年輕嗎？」

「對啊，剛畢業。她不知如何是好，猶豫了很久才找我商量。要是能早點告訴我就好了。我很少在工作場合大聲說話，那天意外發現自己有這項專長，發得出那麼大的聲音。」

「知道他們之間是怎樣的關係嗎？」

「妳問這個做什麼？從我嘴裡說出來不太好。」

「我擔心他真的進大學任教。」

編劇臉色一沉，往常的開朗神情從她臉上消失。

「他的手法很巧妙，遊走越界邊緣，所以才能得逞到今天。一開始，他會找幾個人一起見面，說是為了促進交流。那傢伙不是很會裝出一副聰明的樣子嗎？一下說有好點子分享，一下說可以介紹年輕人沒機會認識的大人物，不然就是請女孩子喝買不起的高價好酒，花一兩年時間邊喝邊傳授知識。一切聽起來都沒有需要警戒的地方，女孩子會慢慢卸下心防。看到對方放心了，他就開始說自己婚姻出問題，博取對方的同情，最後推說「是妳給我趁虛而入的機會」來讓對方產生罪惡感，不然就是嚷嚷著說什麼自己墜入一生一次的情網。」

「聽來他很有耐性，願意花很多時間。」

「可是，他不會動手動腳，也不會傳足以作為證據的訊息。那孩子試著錄了幾通電話，我聽了之後也無法從內容找出證據。同樣的手法，那傢伙肯定用了很多次，懂得怎麼不讓人抓到馬腳……」

「這樣就不能從外遇出軌這個方向檢舉他了。」

「嗯，看在不知情的人眼中，只會覺得男女吵架鬧事。可是，即使如此，清楚舉出那傢伙的名字還是很重要，就算只是為了避免其他女生受害也好。」

與其舉出潤燦的名字，更該做的是先為潤燦這種人的行為取一個名稱。目前這個名稱還不存在，也只能先舉出他的名字了。

「對了，那時妳大聲說了什麼？」

最後佳恩這麼問，編劇嘆了一口氣。

「我忘了，只知道顎關節年年退化。」

那之後，社會上連續出現了幾樁校園暴力（註7）控訴事件。其中有類似控訴性暴力事件的地方，也有不一樣的部分。校園暴力主要發生在同性集團之中，權力關係的性質也不同。某個藝人遭指控學生時代曾有暴力行為，為了把他的畫面從已拍好的節目中消除，佳恩和導播及編劇三人熬夜趕工，彼此開著壽命都要縮短了的玩笑。即使沒有加班費也不可能獲得任何人誇獎，還是靠著堪稱藝術的技巧完成了使命。

好一段時間，佳恩尋遍所有相關報導，就怕自己漏讀了什麼。但是，她愈讀愈迷惘。實際上發生過的事、沒發生過的事，無法確定究竟是否發生過的事，每天都被寫成煽情的報導。報導裡只引用了顯而易見的暴力行為及未成年人之間不愉快的記憶，看不到事件的真相。本該分離思考的議題混為一談，充其量只是為了博取點閱數的材料。犯下嚴重過錯的人沒有付出代價，而且一定還有其他人受傷害。

同樣的情形也發生在潤燦身上吧。

也是這時，佳恩堅定不移的信念開始產生動搖。那些對潤燦的控訴，真的只是成人情侶私人往來之際感到的不愉快而已嗎。佳恩回想善貞和亨祐說的話。人類原本就是令人不愉快的存在，只因不愉快就剝奪別人的工作，這不但不是進步，反而是退化。以此為基準做出過火的判斷本身才是暴力……

原本想仔細思考，卻沒辦法這麼做了。佳恩寫的字幕引起爭議，變得無暇顧及別人的事。節目內容明明經過好幾層修訂，試映時也沒問題，字幕上的其中一個詞彙卻在網路掀起輿論風波。說是和最近國語辭典查到的用法不一樣。

「這個詞什麼時候變成那個意思了？」

「我們應該要知道的，真抱歉。」

老交情的導播和編劇累得眼窩凹陷。新冠疫情肆虐時，工作團隊反而拿出更多使命感努力工作。「我們得好好做節目，讓人們安全待在家中」。佳恩喜歡夥伴們說這些話時臉上可靠的表情，也曾認為只有工作狂才能在這業界生存。然而，透過近距離的觀察，只會覺得他們是讓人忍不住想要支持的一群人。這一切的努力，都在節目留言板湧入大量批評留言時化為水泡。電視臺懲戒了公司，內部也對相關人員做出懲處。佳恩被扣了幾個月的薪水，為此沮喪不已。「惹出問題的剪接師」會不會就此惡名遠播，工作減少甚至失去工作呢？這麼擔心的同時，也很想什麼都不做，乾脆好好休息一段時間。離開這份工作，休息個兩年左右怎麼樣？如果能像冬眠中的動物，不分晝夜地睡著……腦中不斷浮現天馬行空的想法，證明她真的累了。忽然好想見善貞和亨祐。想去那個舒適的家，躺在那張總是被粗魯對待而變得太柔軟的老沙發上。如此一來，一定能趕跑全身的疲倦。接下來什麼都別在意，讓一切就此過去吧。佳恩發現自己累的時候就會想把思考外包。困難的事交給別人決定，自己只要同意就好。多希望善貞姐和亨祐哥說的話是對的。在這個無止盡被迫進行價值判斷的日常裡，如果能拿這兩人當作穩定的判斷標準，好像也不是件壞事。只要反覆說出那些他們經過充分考量才說出口的話就好了……

然而那段時間，出問題的不只佳恩。潤燦再次惹出事件。據說，他在傳播學院的公用電腦裡安裝了援交用的聊天室軟體。他大概以為比起個人手機或電腦，這麼做比較不容易被查到。不料，軟體很快被學生發現，ＩＤ跟潤燦平常使用的ＩＤ又非常像，從上網時間來看，除了他不可能是別人。這件事在學生社群裡掀起宣然大波，相關新聞甚至登上入口網站首頁。即使只寫上姓名縮寫，知道的人就知道那是潤燦。

幾天後，亨祐邀佳恩去家裡。

「好久不見。防疫等級已經調低，來家裡坐坐吧，知娥很想妳。」

佳恩到的時候，知娥已經睡了，彼此都知道知娥只是藉口。無力地打了招呼，佳恩把買給知娥的玩具和麵包交給善貞。善貞端出一籃水煮花生，放在客廳茶几中央。還以為會是辣炒年糕，看到這個，佳恩有點意外。三人動手剝殼吃花生，說不定氣氛就沒那麼尷尬了，善貞或許打的是這個主意。佳恩只吃過炒花生，不習慣水煮花生的味道。剝殼一看，蒼白的花生豆躺在裡面。亨祐毫不掩飾疲憊地說：

「我為了懲戒委員會的事忙得不可開交。」

其實也可以聽聽就好，但佳恩沒辦法。

「懲戒委員會的工作應該交給別人才對吧？」

亨祐嘆口氣。

「佳恩，我知道妳對我們很失望，但妳也知道我們沒有惡意吧？」

「竟然做得出援助交際那種事，李潤燦這人到底缺了什麼？」

「那傢伙什麼都缺。」

「明知如此，你還硬要讓他進傳播學院。那種人哪裡有為人師的資格？」

善貞不斷剝著沒打算吃的花生回答：

「真正的強暴犯依然活躍於業界，妳應該懂我意思吧？」

明知「妳應該懂我意思吧」是善貞的口頭禪，佳恩還是難以忍受。

「他只是犯了點小錯，卻成為遭過度洩恨的對象。我知道他出身貧困，所以不想把他逼到走投無路。」

亨祐接在善貞後面做了這個結論。

「獲得你的幫助，他又可以開開心心去買春了呢。」

雖然不想挖苦，還是忍不住脫口而出。沒人伸手去拿啤酒或茶，三人絕望地坐著不動。

「懲戒的結果呢？」

才剛問完，善貞就嘆了一口氣，大概可以猜到結果了。

「證據太薄弱，也沒對學生造成實際危害。」

「頂多只能說違反品行維持條款……」

佳恩無法忍受亨祐語焉不詳的態度。

「他還能繼續講課嗎？」

「不、最後決定請他自行離職。」

「這樣不就不會留下紀錄？」

沒有紀錄，潤燦就能繼續遊走這個業界，從同情他的人手中拿到工作。

「唉，我真想拍一部紀錄片。標題是『那個男人的生存之道』。李潤燦今後一定還是能過得很好。這個世界就是這麼維持下去的。不該回到工作崗位的人回到工作崗位，我原本以為這種事只會發生在離我很遠的世界，沒想到近在身邊。是姐和哥這樣的人幫忙維持的呢。」

佳恩不出聲的笑了。

「妳自己還不是做出了一樣的選擇？」

亨祐低聲嘟噥。與其說是反駁，他就只是低聲嘟噥而已。不過，佳恩聽得一清二楚。

「我？選擇了什麼？」

亨祐這時才像逮到反駁的機會。

「學生時代，對於發生在自己身上的事，妳什麼都沒說不是嗎？妳不是允許他那麼做了嗎？所以他才能為所欲為。不去控訴比潤燦更過分的人，自己難以做到的事卻輕易就去要求別人。人啊，就算以為順利，也還是有失敗的時候。即使以為取得了平衡，還是有可能不小心絆倒。那個時候，只有我們兩個做妳的後盾，妳卻把我們打成那種膚淺的人，我有點難過。」

要是早幾年，佳恩可能會哭出來或相信他說的話。但現在，佳恩既沒有哭也沒有相信，只是盯著亨祐看。善貞看一眼知娥房間，提醒亨祐別太大聲。善貞穩重的聲音，聽在佳恩耳裡還是很有親切感。

「妳選擇了什麼都不做。無論是那時，還是經過了一段時間。所以妳才緊咬潤燦的問題不放。因為那些女人做出了與妳不同的選擇，所以妳想當她們的後盾。只要無條件支持她們，妳就能忘記自己過去做不到的事。妳的心情我能理解，但也不能因為這樣就把氣出在我們身上吧。」

佳恩慶幸自己坐著。萬一現在站著，可能會撐不住蹲下。她重新坐直身體，不讓兩人發現自己頭暈目眩。就在這時，忽然察覺一件事。

「你在懲戒委員會上也為李潤燦辯護嗎？哥，是你饒過他的吧？為了讓他能一直在這業界有飯吃。」

亨祐沒有回答，浮腫的眼皮跳了一下。為什麼自己曾覺得他老得很好看呢。現在的他和從前已經判若兩人。

「是啊，李潤燦將永遠作為李潤燦生活下去，只是我們再也不會見面了。」

這話一說出口，牆壁裡的管線和冰箱的馬達聲都消失，休止符般的寂靜籠罩。那一瞬間，佳恩在靈魂與身體游離的狀態下喃喃自語。這裡就是剪接點。是該剪得乾淨俐落的地方，也是為了強調某個畫面而改變角度的最佳時機。感覺自己正從身體外側觀察著那短短幾秒間產生的，與以往不同的流向。

「妳不打算再見我們了？」

善真的反應一如預料，佳恩反而冷靜下來。

「妳這人真嚴厲。我認為……如果把潤燦做的事也歸為性暴力，等於否定女性好不容易確立的主體性。所以我和妳意見不同。也可以有這樣的觀點吧？」

「就算意見不同，依然認同彼此，我們不是這樣的關係嗎？」

善貞的話很充實，亨祐的話很空泛。看似站不起來的佳恩站了起來，輕輕擁抱善貞，把手放在亨祐肩上好一會兒。對著陰涼的房間裡打了十八年分的招呼。雖然想再看一眼睡著的知娥，最後還是放棄。就當預計哪天不知不覺消失的阿姨提早消失了吧。

踏出門外時，佳恩不知道自己是茫然地踏入確實的世界，還是懷著明確的意識踏入茫然的世界。聚不了焦的風景搖晃不定，明明這條路走過幾千幾百次，還是被崎嶇不平的路給絆了腳。路上空曠得像是特地安排不讓自己遇到任何人。即使如此空曠，往前邁步時卻沒有落腳的地方。

那天晚上，能與他們曾經同情的過去訣別，是佳恩唯一的慰藉。

註：

1 電視臺設立，旨在培養傳播人才的學校。

2 稱呼親姊或比自己年長的女性。

3 稱呼親哥或比自己年長的男性。

4 對母親的姊妹或母親女性朋友的稱呼。

5 生物學用語，原本指的是支配群體的雄性，引申為在各方面具有優勢和領導能力的男性。

6 謊稱將與對方結婚以建立性關係的罪名。

7 根據韓國校園暴力防治法第二條（二〇一六年六月二十三日施行），校園暴力的定義為「於校內外，針對學生發生的傷害、施暴、監禁、脅迫、綁架、誘拐、誹謗、侮辱、恐嚇、強迫、強制使喚及性暴力、排擠、網路排擠，利用網路散布淫穢或暴力資訊等行為，對受害者造成身體、精神或財產上之損害。」

譯者解說

吉川凪

在韓國，有些名人會在鬧出問題後收斂活動一段期間，之後再度回到大眾面前。作者鄭世朗從這樣的事件裡獲得靈感，寫下了這篇小說。在這篇作品中，至少名義上仍有妻子的李潤燦以甜言蜜語接近多位女性編劇，最後還在網路上做出不道德的行為，因而遭到指控。針對李潤燦的行為，主角佳恩和親近的前輩夫妻意見不和，針鋒相對。

這裡提到的「編劇」，指的並非撰寫戲劇的腳本作家，而是在電視或廣播節目負責企畫組織的幕後工作人員。在日本，從大橋巨泉、前田武彥、青島幸男的時代，到最近的莉莉法蘭奇、鈴木收等人在內，不乏轉換跑道活躍於螢光幕上，或在演藝圈擁有重要影響力，成為發言廣受矚目的文化人，甚至進入政壇、出版暢銷書的編劇。實際上當然也有窮困潦倒的編劇吧，但基本上，日本的編劇和韓國的編劇給人完全不同的印象。韓國電視節目編劇多半是自由接案的年輕女性。或許因為這份工作有許多接觸名人明星的機會，乍看之下光鮮亮麗，韓劇之中經常可見年輕美麗的編劇角色。然而事實上，這一行的工作時間不規律，長時間勞動也是家常便飯，有時還會被製作單位當跑腿使喚，酬勞更是相對低廉，絕對稱不上是令人稱羨的職業。遇到節目改組，還有可能丟了飯碗。這樣的編劇，想和對節目有影響力的人建立人脈是天經地義的事。佳恩說「節目嘉賓和工作人員之間的權力關係並不對等」，指的就是編劇在製作現場立場比嘉賓更薄弱的意思。

佳恩大學讀的是傳播系，畢業後在影像製作公司工作，擔任綜藝節目的剪接師，是職場上累積多年經驗的女性。大學時代，她曾苦於戀人的暴力行為，傾慕為她挺身而出的學長姐情侶善貞與亨祐，十八年來經常造訪兩人的家，彼此建立起如同親人的關係。然而，為了和自己沒有直接關係的潤燦事件，佳恩與善貞亨祐意見衝突，甚至宣布絕交。

承包電視臺工作的佳恩在自己製作的字幕引發輿論時，曾幻想如果把一切都交給別人判斷，自己一定能活得很輕鬆。可是，這樣的佳恩在與學長姐坦率交換意見後，自己做出了決斷，獨自走出他們溫暖的視線。至少可以說，她終究沒有「將思考外包」。儘管網路社會中，從那些躲在匿名陰影下一味攻擊他人的人身上看不到希望，開始思考自身煩惱的佳恩總有一天還是會回來和善貞與亨祐好好談談吧。佳恩現在或許仍在黑暗道路上踉蹌而行，路的前方已經亮起一盞微弱的燈。

譯者簡介

藤井光
Fujii Hikaru

一九八〇年出生於大阪。北海道大學大學院文學研究科博士課程結業。現為東京大學文學部副教授。主要譯作有薩爾瓦多・普拉森西亞（Salvador Plascencia）的《紙之民》（*The People of Paper*）、哈桑・布拉希姆（Hassan Blasim）《屍體展覽會》（*The Orpse Exhibition*）、蒂亞・歐布萊（Téa Obreht）《紙老虎的妻子》（*The Tiger's Wife*）、安東尼・杜爾（Anthony Doerr）《呼喚奇蹟的光》（*All the Light We Cannot See*）、蕾貝卡・馬卡伊（Rebecca Makkai）《戰時的音樂》（*Music for Wartime*）、尼克・德納索（Nick Drnaso）《薩賓娜之死》（*Sabrina*）及亞非言（Alfian Sa'at）的《馬來素描》（*Malay Sketches*）等。

大久保洋子
Ookubo Hiroko

一九七二年出生於東京。於北京師範大學文學院專攻中國近現代文學。文學博士。譯作有郝景芳《流浪蒼穹》（與及川茜共譯）、顧適〈莫比烏斯時空〉、雙翅目〈猞猁學派〉（《奔跑的赤紅》）、寶樹〈時光的祝福〉（《移動迷宮》）、葉廣芩〈外國人墓地〉《胡同舊事》、郁達夫〈還鄉記〉（《中國現代散文傑作選 1920-1940》）等。

福富涉
Fukutomi Sho

一九八六年出生於東京。泰國文學研究者、泰語口筆譯者。神田外語大學、青山學院大學約聘講師。著作有《泰國現代文學備忘錄》、《認識泰國七十二章》（共著）等。譯作有 Prabda Yoon 的《新眼的旅程》、Uthis Haemamool 的《欲望的形體》等。

及川茜
Oikawa Akane

譯有臺灣現代詩人鯨向海《A夢　鯨向海詩集》、唐捐《有人被家門吐出》。也翻譯馬來西亞中國文學，包括陳志鴻的〈佛往深山求〉（《東南亞文學》十八期）、賀淑芳的〈湖面如鏡〉（《東南亞文學》十六期）等。

星泉
Hoshi Izumi

一九六七年出生於千葉縣。東京外國語大學亞洲・非洲言語文化研究所教授。研究藏語之餘，積極推廣西藏文學及電影。譯作有拉先加《等待下雪的人》及《路上的陽光》、Tsewang Yishey Pemba《白鶴啊請借我翅膀》。擔任《西藏文學與電影製作的現在 SERNYA》總編輯。

野平宗弘
Nohira Munehiro

一九七一年出生於千葉縣。東京外國語大學大學院綜合國際學研究院副教授。專攻越南文學及思想，著作有《新的意識　越南亡命思想家范功善》，譯作有范功善《深淵的沉默》及《新的意識》，以及井筒俊彥《面向禪佛教之哲學》、《亨利．米勒文集15　三島由紀夫之死》（共譯）等。

吉川凪
Yoshikawa Nagi

出生於大阪。於仁荷大學國文科研究所專攻韓國近代文學。文學博士。譯作有鄭世朗《under, thunder, tender》、鄭書英《隔壁的英姬》、崔仁勳《廣場》、李清俊《謠言之牆》、金惠順《死亡自傳》、朴景利《土地　完整版》等。以金英夏的《殺人者的記憶法》獲得第四屆日本翻譯大獎。

致謝

本書誕生於鄭世朗提出的想法。

「想和亞洲年輕一代的作家們針對同一主題創作短篇集——要不要來做一本這樣的合集呢。我現在腦中浮現的主題是『絕緣』。」

起初，編輯部邀請鄭世朗「要不要和日本作家合作一本書」，她則在回覆中如此建議。面對這規模更大的「反提案」，編輯部感到興奮不已。然而，該如何對國家、語言都不相同的作家們說明這個企畫並邀請他們執筆呢？

當我們懷抱著這樣的不安時，從背後溫柔推了一把的，是出版韓國文學翻譯書的CUON出版社金承福先生與伊藤明惠女士。最後，我們得以邀來七位作家創作全新作品，並從兩位作家那裡獲得作品的世界首次翻譯授權，共同收錄於本書中。

與各國作家的聯絡事宜借助曾在英國出版社擔任合約等業務的帕爾米耶里・塔尼亞女士協助。

封面設計的部分，與設計師川名潤討論後，委託出身中國上海的插畫家趙文欣繪製。趙女士在實際閱讀過作品後，舉出「與時代背道而馳的孤獨感」為關鍵字，由此展開創意想像，完成了封面插畫（編按：此指日文版封面）。

接下翻譯任務的譯者們不僅翻譯作品，更肩負起介紹各國、各地文學的重責大任。即使面對突如其來的邀稿，作家們仍興致勃勃寫下了出色的作品。這本書得以順利完成，仰賴的是各位的協助。特此感謝。

編輯部　柏原航輔　加古淑

藍小說 三六八
絕緣（絶縁）

作　者—村田沙耶香　亞非言　郝景芳　威瓦．勒威瓦翁沙　韓麗珠　拉先加
阮玉四　連明偉　鄭世朗
原書譯者—及川茜　藤井光　大久保洋子　星泉　野平宗弘　吉川凪　福冨涉
譯　者—邱香凝
副總編輯—羅珊珊
責任編輯—蔡佩錦
校　對—蔡榮吉　蔡佩錦
封面設計—廖韡
行銷企畫—林昱豪

總編輯—胡金倫
董事長—趙政岷
出版者—時報文化出版企業股份有限公司
一〇八〇一九臺北市萬華區和平西路三段二四〇號
發行專線—（〇二）二三〇六—六八四二
讀者服務專線—〇八〇〇—二三一—七〇五．（〇二）二三〇四—七一〇三
讀者服務傳真—（〇二）二三〇四—六八五八
郵撥—一九三四四七二四時報文化出版公司
信箱—10899臺北華江橋郵局第九九信箱

時報悅讀網—http://www.readingtimes.com.tw
思潮線臉書—https://www.facebook.com/trendage/
法律顧問—理律法律事務所　陳長文律師、李念祖律師
印　刷—紘億印刷有限公司
初版一刷—二〇二五年五月三十日
定　價—新臺幣五二〇元
（缺頁或破損的書，請寄回更換）

時報文化出版公司成立於一九七五年，
一九九九年股票上櫃公開發行，二〇〇八年脫離中時集團非屬旺中，
以「尊重智慧與創意的文化事業」為信念。

絕緣/村田沙耶香, 亞非言, 郝景芳, 威瓦.勒威瓦翁沙, 韓麗珠, 拉先加, 阮玉四, 連明偉, 鄭世朗著；邱香凝譯. -- 初版. --臺北市：時報文化出版企業股份有限公司, 2025.05
344面；14.8x21公分. --（藍小說；368）
譯自：絶縁

ISBN 978-626-419-486-0（平裝）
813.7　　114005663

ZETSUEN
by Alfian Sa'at, Chung Serang, Hao Jingfang, Hon Lai Chu, Lhacham Gyal, Lien Ming Wei, Nguyen Ngoc Tu, Sayaka Murata, Wiwat Lertwiwatwongsa

Original Japanese edition published by SHOGAKUKAN.
Traditional Chinese (in complex characters) translation rights arranged with SHOGAKUKAN through Bardon-Chinese Media Agency.

ISBN 978-626-419-486-0
Printed in Taiwan